末
UnRead
–
文艺家

Don't Close Your Eyes

我不存在的曼彻斯特

[英] 霍莉·塞登 著

钱思文 译

北京联合出版公司
Beijing United Publishing Co.,Ltd.

献给我的朋友们

此时此刻

萝宾

萝宾小口小口地吸进污浊的空气，又迅速地呼出。看着灰尘在阳光中起舞，她尽量不去想象那些微小的颗粒填满她的肺叶，将她压倒。

屋外，曼彻斯特的人行道阴暗潮湿，空气中却带着一丝清新，有一种春日将至的意味。萝宾不会感受到这些。她才不会让潮气缓缓渗进自己那件已然褪色的黑 T 恤里，刺痛肌肤。

一辆巴士从窗边疾驶而过，水洼里的积水一时间变成了浪花，溅到萝宾和离她最近的邻居家门前。不过萝宾并没有看见，她只听见积水喷溅的声音，还听见一个女人沮丧地说自己的牛仔裤都"他妈的湿透了"。

昨天萝宾没有出门，今天她也不会离家。只要没有火灾预警或是洪涝，明天她依然会待在屋里，就像过去足不出户的几年一样。直到几个星期之前，她的世界还一切安好。一个温暖安全的保护壳。白天她在计步器上积满每天推荐要走的一万步，收看电视，举起能堆满废旧金属回收厂的重物，外加漫无目的地上网。

萝宾谨慎又克制：只有事先约好的人来，她才会跑去应门；网上订购的日用品要是没有放到指定的位置，就只能被一肚子火气的司机重新运回仓库；意外送来的包裹，她绝对不会认领。马上就要选举了，不过萝宾可没兴趣跟那些穿着劣质西服、局促不安地站在她家门口的热心积极分子讨论政治。

这会儿有人正在敲她的房门，起初还很礼貌，现在已变得越来越气恼。萝宾下巴翘得老高，坚定不移地盯着电视上一档给学步儿童看的节目。屏幕上尽是鲜艳的色彩和温柔的声音。每分每秒都充满了成功的喜悦，做成一件小事，帮上朋友的忙，或是学会一种让人高兴的新本事。少儿节目里没有坏人，没有内疚或是恐惧，每个人都欢欢喜喜的。

敲门声变得更加狂躁了。萝宾仍旧固执地盯着电视，有意识地做了一次深呼吸，集中精神感受空气充盈胸腔，而后又从齿缝之间缓缓渗出。

莎拉

有人从我的身边夺走了我的孩子，而我却无能为力。

四天前，维奥莉特牵着她叔叔的手，开开心心地走远了，那便是我最后一次见到她金色的头发、小鹿一般的眼睛和粉红色的小鼻子。

她微笑着，向我挥着手，全然没有察觉发生了什么。我则坐在自家的餐桌边上，听着一项又一项我无权反驳的罪状。吉姆坐在他的父母中间。我们刚刚吃完"家庭午餐"，我花了一个上午才做好的午餐。他没有像平常那样让我收拾盘子，而是清了清嗓子，冲着弟弟点点头，让他把维奥莉特带走，接着便读起了他的控诉清单，一行接着一行，像发射子弹一样。

　　读完之后有那么一会儿，我们全都惊呆了，一声不吭地坐着，直到吉姆望了一眼母亲，得到她的点头鼓励之后才开口说道："我们不要再拖了。你得收拾好东西离开这里。我们已经给你找好了一个住处，没安顿好之前你可以待在那里。"

　　我双手反剪被押上楼，又在他们的监视下整理好行装，随后吉姆和他的父亲护送着我离开了自己的家，送我上了一辆出租车。在车上，有十五分钟的时间，我都呆滞地注视着挡风玻璃，惊愕万分，连哭都哭不出来。

　　我脸色煞白，一遍又一遍地回想吉姆念出来的那份清单，努力想搞清楚这究竟是怎么回事。

1. 嫉妒

　　我还以为他会再多说点什么呢。可他却只说了"嫉妒"这一个词，轻柔而又坚定，视线从没离开过手上的那张纸片。

　　那个时候，我还觉得这整件事情说不定是个什么玩笑。他的母亲和父亲坐在餐桌旁边，他那个平常很是亲切友好的弟弟则和维奥莉特一起待在另外一个房间里。

然而并没有笑料包袱抖出来。相反，他只是继续念着那份清单。就在吉姆对我、对我们就要满四岁的女儿横加指责的时候，他的父母就坐在那儿，双手放在腿上，置身事外。

吉姆认为我嫉妒他对维奥莉特的爱，嫉妒他们父女之间的纽带。这一点从一开始就显而易见。他觉得我嫉妒他一下班回家就问上一句"我的宝贝在哪儿"，而宝贝指的是她，我们两个人的小宝贝。尽管我已经喂了她一整天，竭尽全力想要一个人做好家里的每一件事，而我的考拉宝宝却一直黏着我，捂上我的耳朵，咬住我的嘴唇，但只要在下午六点一刻见到吉姆走进家门，她便会嗖地举起手，像小猴子一样声嘶力竭地叫着去够他。

我并不嫉妒维奥莉特，真要说嫉妒的话，我嫉妒的是吉姆。我想要女儿只爱我一个人，但是对于他们父女之间的关系，我并不怨恨，我喜欢看着他们这样。这是爱的表现。一个辛勤工作、体贴慈爱的男人，我和他温馨舒适的家，我们漂亮的小宝贝。

所有的这些排成一排，就像多米诺骨牌一样。

1989 年

萝宾

萝宾一路沿着墙壁磨着自己那双漆皮鞋子的鞋尖。虽然她个子小，但也不能因此就该被打扮成一个傻里傻气的洋娃娃。莎拉才是那个喜欢看上去光鲜又整洁的人，才是那个站在镜子前左转右转、像迪士尼的长发公主一样欣赏自己那头金发的人。假如萝宾的言谈举止能更像莎拉一点的话，她们的父母都会很高兴的。这个念头让萝宾的嘴里充满了酸水。

"萝宾！"

"干吗？"

"不许往地上吐口水！你怎么回事？"

萝宾抬起头来，怒气冲冲地望着母亲："我嘴里不舒服！"一边说，一边不假思索地继续沿着墙壁磨蹭自己的鞋尖。

"萝宾！该死的，你究竟在干什么呢？"

哎呀！

"没干什么。"

"这可是双新鞋，你这个小姑娘太不听话了。"

萝宾的母亲站在那儿，双手叉腰，两腿叉开，身后的阳光把她的剪影照得棱角分明。不过她的身体曲线其实是相当柔和的。

"这双鞋太亮了。"萝宾回答，但她知道这场争论自己已经输了。

莎拉站在母亲身边，装得和她一样忧心失望。两姐妹同样是在学校里待了一整天，但莎拉的头发还是一丝不乱地编在辫子里，她那条方格棉布的夏装连衣裙一尘不染，也没有黑乎乎的脏东西在指甲里面连成不祥的细线；而萝宾的深褐色头发早在第一个课间休息前就冲出了发带。萝宾的头发浓密有卷儿，那些小卷儿总是一刻不停地乱动，没有哪根头绳能捆得住。若干年之后，萝宾会用厨房的剪刀把它们剪成尖尖的、一撮一撮的。但现在还不是时候。

莎拉和萝宾仍旧被归在一起：那对双胞胎。可实际上，她们之间的不同点简直多得不能再多了：一个金发，一个褐发；一个高挑，一个娇小；一个安分乖巧，一个惹是生非。

在她们两个还很小的时候，母亲安吉拉——安吉——也做了双胞胎的父母惯常会做的事情——给她们套上相同款式的帽子、裙子和鞋子。可是莎拉的身材要修长得多，举止也更成熟——几乎从第一天起就是这样——相同的衣服只会突出两个人的不同。甚至有几次——就像马歇尔一家的家族传说记载的那样——完全不认识的人会断定这两个姑娘不可能是双胞胎。

"如果不是的话我应该知道的呀，"母亲会夸张地长叹一声道，"我可是把她们两个都给挤出来了呢。"

"我的小不点儿。"萝宾的父亲杰克会这么叫她，要么是在她挨着他坐在沙发上，荡着还够不到地面的两只脚的时候；要么是在悠长的星期日，他正在车库修理一些萝宾母亲宁可干脆换掉的东西，唤萝宾给他递木头、几根钉子和一点胶水的时候。这时他通常会说："我又不是钱多得花不完，安。"萝宾则会假装叹着气说道："说得太对了。"

萝宾和姐姐上完了新学期第一天的课，刚刚开始往家里走。两个人无精打采地耷拉着脑袋，对话渐渐变成了哈欠和牢骚，徒留三明治上的面包皮在午餐盒里发出咕噜咕噜的声音。过了六个星期做游戏、看电视的日子之后，开学第一天总是非常累人。通常母亲并不会来接她们——姐妹俩现在已经是大姑娘了，下个月就满九岁了——不过今天是第一天返校，有"特别优待"。萝宾已经被教训了两次，迫不及待地想到明天，能自己拖着步子走回家。尽管还有姐姐作为指定的成年监护人。

十六分钟能造成这么大的差异，真是叫人惊叹不已。"我是最大的。"莎拉总是这么说，而萝宾每次都是白眼以对。要是我个子高一点就不一样了。

萝宾皱起了眉头。前方有一辆亮闪闪的黑色宝马车，压占了大半个人行道，打着双闪灯。那些还有更加年幼的孩子坐在婴儿车里的母亲正在大声地发着牢骚，夸张地说着要越过这个挡路的障碍物有多难。驾驶员一侧的车门啪地打开，一个女人飘了出来。她留着一头富有弹性、光泽亮丽的秀发，穿着一件看起来价格不菲的外套。"真对不起，"她朝着其他母亲所在的大致方位说道，"我不知道该把车停在哪儿。"

其他女人没有理她，这个时候，这位光彩照人、活力十足的宝马妈妈看见了一个人兴奋地挥起了手，是萝宾和莎拉班上新来的那个男孩。男孩向她跑了过去，虽然他的背包一上一下地颠着，发丝却没动，一定是抹了发胶。待他爬进车前座，汽车缓缓驶离人行道，几乎是悄无声息地飞驰而去。

萝宾对此不以为然。

莎拉

我们的班里新来了一个男孩。他长得就像新街边男孩乐队里的乔丹·奈特[1]一样好看，而且非常安静。他有金色的头发和黑色的眼睛，颧骨和"雅典娜"[2]海报上一个模特的一模一样。我们的新任老师是一位优雅的老太太，留着银色的长头发，名叫霍华德夫人，萝宾说她是个巫婆。她让新来的男孩站在全班面前做自我介绍，没想到他的耳朵变成了粉红色，张开了嘴巴却什么话也没讲出来。最后霍华德夫人撇了撇嘴说："这位是卡勒姆·格兰杰，刚刚到我们学校来，希望你们能和他好好相处。"

1　新街边男孩（New Kid on the Block，简称 NKOTB），美国男声偶像组合，20 世纪 80 年代成名。乔丹·奈特（Jonathan Knight）是主要成员之一。

2　雅典娜（Athena），1964 年成立的英国连锁零售企业，早年以销售经典海报知名。

我把"卡勒姆"写到练习本上，还绕着它画了一个爱心，这样我就能记住他的名字了。我才不会忘呢。

中午吃饭的时候，我发现他一个人坐在"友谊长椅"上，膝盖紧紧地并在一起，一边读着《托马斯·肯佩的幽灵》[1]，一边啃着苹果。男生们在附近打打闹闹，围着一只网球又踢又踩。每次他们跑到卡勒姆附近时，他都只会缩起双腿躲开，然后继续看书。

"你好，"我开口说，尽力露出热情友好的微笑，"我是莎拉。"

"你好，"他回答说，"我是卡勒姆。"我一时还以为他说不定会伸出手来让我握一下呢。

"你知道这是'友谊长椅'吗？"我问道。

他的耳朵又变成了粉红色，不过他说自己没有注意。

"这是你觉得孤单，想和别人一块儿玩的时候坐的地方。"我解释说。跟别人讲解我们学校里的规矩和习惯，总会让我兴奋不已。我从四岁开始就待在这里了，知道这里所有的规矩。

我主动提议带他四处转转。他看了一眼自己的书，小心翼翼地夹进一枚书签把它合上，接着便跟到我的身后。我指给他看我们玩游戏的操场，那个废弃的漏水的游泳池，门房那间闹鬼的小屋，还有——为了逗他开心——露天的女生厕所。他又脸红了。

他告诉我，他是因为爸爸的新工作才搬到桦树梢里来的，他的爸爸是雷丁一家可乐公司里的大人物。不过卡勒姆多半连一瓶免费的汽

---

1 《托马斯·肯佩的幽灵》（*The Ghost of Thomas Kempe*，1973），英国奇幻儿童读物，讲述一个男孩随家人搬到陌生的村庄，与名叫托马斯·肯佩的幽灵相识的故事。

水也喝不上，因为他的爸爸不喜欢别人问他要东西。听上去，他爸爸是个很严厉的人。

现在该回家了，看在妈妈已经数落过萝宾一顿的分儿上——她一直把自己的新鞋子往墙上磨——我本来已经决定不跟妈妈告她的状了，可后来她又无缘无故吐起了口水，妈妈只好骂了她。我不明白她为什么要做这些事情，因为每次都会被抓住。她好像就是要惹上麻烦似的。我不知道为什么会有人想要惹麻烦，乖巧一点的话，一切都会舒服得多。我想要做个乖巧的孩子，从来都是。

爸爸管我叫他的小书呆子，妈妈则说我是她的掌上明珠。

妈妈喜欢假装自己实在是受够了爸爸，而爸爸则喜欢耍活宝，用"女管家"之类的词语来称呼妈妈，或者是开些有关唠叨的玩笑，不过我觉得他们还是很相爱的。我们看《眼中之星》[1]或是《罗珊娜一家》[2]的时候，他们会相互依偎着坐在沙发上，妈妈的金发散落在爸爸的胸口，爸爸的手则随意搭在妈妈的腿上。我们在车里的时候，他们俩还会像好几个星期没见面似的说个没完，而我和萝宾也已经不打算尝试打断他们的对话、要一点奥宝水果糖了。我们会玩猜谜游戏或者"黄车"，谁先看到一辆黄色的车，就大叫："黄车！"再往另一个人的手臂上捶上一拳。虽然最后总会以大哭收场，但是在玩的时候，我和妹妹都会疯狂地大笑，并把鼻子紧紧地贴在车窗玻璃上，这是全世界最好玩的游戏。妹妹常常把我气得发疯，不过要说有什么事情是她一贯在行的，那就是开心快活了。

---

1 《眼中之星》(*Stars in Their Eyes*)，1990 年在英国开播的模仿秀节目。

2 《罗珊娜一家》(*Roseanne*)，1988 年开播的美国情景喜剧。

此时此刻

萝宾

透过三楼卧室的窗户，萝宾能瞥见自家屋后九间分开的公寓。要是往下走一层，在备用卧室兼健身房的窗台上站稳，她又能望见另外两边的三间公寓。正对着她家后墙的每间公寓都有三扇朝外的窗户，映满了与她素不相识的生命。宛如西洋镜的窗户一面面彼此交叠，呈现出飘忽来去的人们轻松自如的动作。

现在是上午十点，大多数的窗户跟前都没有人。人们的一切活动暂停，直到黄昏降临。在顶层的公寓里，一位清洁工麻利地推着拖把。色彩鲜艳的上衣在她庞大的身躯周围摆动，活像一顶马戏团的帐篷。她双肩摇晃，萝宾猜她要么是在听着音乐，要么就是在回想旋律。右下角的那间屋子里，那位老太太戴着明黄色的菊花牌塑胶手套，简单实用的尼龙上衣外套着海军蓝的罩衫，做着惯常的家务活。

大楼正中间的公寓里，有一男一女两个人在家。喜鹊先生，萝宾最特别的观察对象。

"喜鹊先生"自然不是他的真名，他叫作亨利·沃特金斯，他的太太叫作凯伦·沃特金斯。不过在萝宾知道这些之前，观察喜鹊先生——为他起这个名字是因为他脑袋侧面垂下来的那绺显眼的灰白头发，他其余的头发都是黑色的——已然成了她一天当中重要的组成部分。

每天早晨，萝宾都会目不转睛、屏气凝神，直到喜鹊先生和那个小男孩（男孩的名字在网上找不到，所以就叫他小鹊）从单元楼的公共花园里出来，抖掉积在滑板车上的夜雨，从那条隔开两排院子和花园的鹅卵石小巷里七拐八弯地走出去为止。

说一声"早上好，喜鹊先生"是每日必不可少的环节。这句话说完了，这一天才能开始。不到那个时候，她就喝不了茶，吃不了吐司，走不了一万步，举不了杠铃，看不了抚慰人心的儿童节目：什么也做不成。

当然也还有其他不可或缺的东西，一件一件地组合起来，组成萝宾的一天：踏步，举重，把信件分门别类然后小心翼翼地不予理会，隐迹埋名以及仔细观察。永远都要仔细观察，萝宾觉得，自己一不留神，就会有人丧命。和她绝大多数"如果是这样该怎么办"的念头不同，这种想法还是有些道理的。

过去的几个星期，萝宾并没有打算在喜鹊先生的家里窥见什么可以节外生枝的事情。她观察他们，只是为了保证他们的安全，并不想插手干预。喜鹊一家相亲相爱，彼此体贴关怀，毫无异样，是世上一切美好的代表。这是小鹊和喜鹊先生所应得的。喜鹊本就是从一而终的，喜鹊夫妇他们也应该如此。

因此，在见到喜鹊太太和她的朋友沿着小巷一路走来，眉飞色舞地说着话、拥抱、亲吻，接着又更进一步的时候，萝宾没法移开视线。一种怒火中烧却又无计可施的感觉让她呆立在自家的窗帘后面，动弹不得。

这会儿她密切地注视着他们，毫无察觉的丈夫和定时炸弹似的妻子。她在故意找碴儿吵架，对他横加指责。

楼下，邮件已经飞到了地毯上，投信口也啪的一下重新合上。萝宾本来准备下楼去把它们收起来，整理好——原封不动地——加到她那些整整齐齐、越垒越高的信堆里。然而，就在她踏上铺着厚实地毯的楼梯平台的时候，敲门声响了起来。一个夹着写字板的慈善机构雇员，一个从政的人，或者是一个冷不防上门推销塑料窗框的家伙。又或者，也可能是别的什么人。唯一能够加以确认的方法——除了一把拉开房门，让门外的一切汹涌而入之外——就是等待。

笃笃笃。敲门声依旧彬彬有礼，却没有停下来。

笃笃笃。咚咚咚。这会儿敲得更急促了。

咚咚咚咚咚咚咚咚。接连不断地拼命猛敲。

这下萝宾明白这是一个"别的什么人"了。一个急不可耐、怒气冲天的访客，一个她不知道姓名、不清楚身份的人此刻就在她家门前。她待在楼梯口，数着那个人的敲击声，不知他要敲上多久才会放弃。

居然是三十七秒。他的坚决让她心里发毛。

莎拉

2. 谎话

我很清楚为什么这一条会出现在清单上。我确实对吉姆说了许多谎话。打从一开始，我就有一些事情没有告诉他，后来隐瞒变成了粉饰，粉饰又变成了彻头彻尾的杜撰。

吉姆和我是在工作的地方认识的，就在我搬到萨里郡的戈德尔明之后不久。这是我长久以来的第一份工作，浑身都是使不完的干劲。

吉姆问起我的兄弟姐妹的时候，我说我一个都没有，而且父母也去世了。这第一句谎话，在很长一段时间里我都感觉这是一个正确的决定：我没有亲人。

他说起自己的家庭和他小小的愿望，我便明白他就是那个对的人。我和他搬到了一起。哦，天啊，我可以呼吸了，可以微笑了。生活是那么正常，那么健康，那么美好，而且我也能应付得来。

谎言接二连三，随之又化作确凿的事实。那么多我不曾料到的问题冒了出来，有许多漏洞需要填补，而且还只能毫无准备地草草填补。一旦撒了一个谎，就是选择了一条路，没法回头。

我选择了吉姆，也选择了去做讨人喜欢、心智正常的莎拉，住在戈德尔明。而且，最重要的是，我选择了维奥莉特。

吉姆和我必须在我们共同居住的房子里，学着一起生活。在我们适应调整的时候，是有一些棘手的状况，但是我们的女儿胜过了这些。她是早产儿，需要额外的照顾。我一下子就爱上了她。

我曾经在全家都睡着的时候，凝视过这个布娃娃一样的小宝宝，她长着我见过的最纤细的腿脚。我的宝宝。我把这句话如同咒语一般反反复复地轻声念诵："我的宝宝，我的宝宝，我的宝宝……"

与她共度的第一个夜晚，感觉就像是一场天大的恶作剧。这个娇小无比、脆弱至极的生命留给了我。没有点拨指导，医院没有人过来检查家里的状况，没有人监视我的一举一动。

我望着维奥莉特那细小的血管伴着心跳一起搏动。仿佛一盏小灯忽明忽灭。她脉搏之间那屏住的呼吸变得越来越正常，不再那么令人恐惧，我才渐渐放松下来，开始相信我们大家都很安全。

一开始，我并不是每次都能把她哄得不哭。而且，在最初的几个月里，我常常在凌晨时分绝望地哭泣，在那个时候把吉姆叫醒毫无意义，因为除了看着精疲力竭的我之外，他又能做些什么呢？

但我们还是这么过来了，我也这么过来了。

而且过得还不坏。这不只是一段交织着午夜泪水和温热乳汁的难熬日子，更是一次由潮水般的母爱支撑起来的坚强壮举。

吉姆念出清单上的第二条"谎话"的时候，我不明白他指的是什么。这个词他念得很轻，仿佛那是骂人的脏话。

我抬眼望着他："谎话？什么谎话？"

事实上，我应该问："哪句谎话？"因为我撒的谎太多了。谎言就像鲜血一样从我身上流出来。

1990 年

萝宾

今天晚上，萝宾和姐姐平生第一次要在卡勒姆家里过夜。自从她们的父母和格兰杰一家成了朋友——几个月前，两位母亲在本地美发沙龙里的一次偶遇，不知不觉发展成了牢固的友谊——周末就彻底变了样。对于马歇尔一家而言，再也没有端着盘子、边看电视边享用的周六晚餐了。星期六的下午要用来洗澡洗头发，晚上则要坐在餐桌一旁，听大人们讲着无聊的话题，开一些似乎故意就是为了要把萝宾、莎拉和卡勒姆排除在外的玩笑，太可气了。

希拉里——卡勒姆的母亲——会做一些她在劳埃德·格罗斯曼的《顶级厨师》，或是迈克尔·巴里的《美酒佳肴》[1]上面看来的菜式。菜

1　劳埃德·格罗斯曼（Lloyd Grossman），英国电视美食节目主持人及评委。迈克尔·巴里（Michael Barry），本名迈克尔·巴克特（Michael Bukht），英国电视美食节目主持人，厨师。

名里常常会有"佐酱"或是"原汁"之类的词[1]。萝宾非常怀念周六晚上的鸡柳或是比萨。卡勒姆的父亲整晚都在谈钱——他有多少钱,他指望从"奖金"里拿到多少钱,他打算怎么花钱——她的母亲则会极其惹人讨厌地放声大笑,隔天早上就跟父亲吵架,因为他就不会买——买不起——德鲁·格兰杰买的那些东西。

通常,这一晚都会以开车回家、一路颠簸收场,两个女孩提心吊胆地扣好安全带,空气里弥漫着从前座传来的气息,暖暖的,带着酒味。警方对酒驾的打击日趋严厉,用酒精测试仪的次数也更多了,她的父亲说这样不值得,因为一旦被吊销驾照,他就没法工作了。萝宾提议干脆待在家里,不去格兰杰家,却没人理睬她,于是他们转而开始留宿过夜。

虽然萝宾向来都情愿待在自己的家里,吃自家的饭菜,穿牛仔裤而不是那些被强行裹到身上的裙子,但这个夜晚仍旧令她兴奋不已。她和莎拉会头对着脚地睡在卡勒姆的房间里——卡勒姆的床甚至比萝宾和莎拉的父母睡的床还要大——而且大人们还答应让他们在睡前看一部电影。萝宾希望能看《魔幻迷宫》[2],但莎拉多半会跺着脚说要看《油脂2》[3]或是《辣身舞》[4]之类的,三个人拿到了一张同意书和一英镑的钞票,用来去加油站的影像区租电影看。再拿到一张同意书,说不定还能给萝宾的爸爸买些香烟回来。

卡勒姆会在她们身边的地板上搭一张折叠床睡觉,心甘情愿地把

1 佐酱（Coulis）,法语,法餐中指将蔬果搅打成泥,经过滤后制成的佐菜酱料。原汁（Au jus）,法语,法餐中指肉类菜肴搭配烹调过程中所产生的肉汁一起食用。

2 《魔幻迷宫》（Labyrinth,1986）,英国乐坛传奇大卫·鲍伊主演的音乐奇幻冒险电影。

3 《油脂2》（Grease 2,1982）,美国音乐爱情喜剧。

4 《辣身舞》（Dirty Dancing,1987）,美国舞蹈题材爱情电影。

自己平日里的小窝让给这两个小姑娘。如今他的空闲时间多半都和她们待在一起，听她们说话。那些滔滔不绝的话语，那些只有她们自己才懂得的笑话和拌嘴，让他深深着迷。对于独生子而言，这些实在是太抽象了。

莎拉

整个星期我都兴奋极了。我喜欢去格兰杰他们家。那里的每件东西都新奇、温暖，而且摸上去软软的。他们家有三间厕所，其中一间在楼下，被希拉里称为"衣帽间"[1]，这个名字总是让我们有点想笑，因为衣帽间是放外套和雨靴的地方。有时候我和萝宾会假装要在自家的衣帽架旁边小便。

格兰杰家的另外一间厕所在最大的浴室里，浴室里面还有一个淋浴房和一只浴缸——我巴望着能试试那个淋浴房。我只在镇上的游泳池里洗过一次淋浴，那水流细得就像滴下来的口水。第三间厕所在德鲁和希拉里的卧室里，名叫"配套卫浴"，我们的妈妈非常想让爸爸在他们的房间里也装一个。"我要把它装在哪儿呢？"爸爸笑她说，"衣柜里吗？"

我期待着跟卡勒姆待在一起。萝宾一直是个非常有趣的人，虽然我并不会告诉她，但是和卡勒姆在一起的时候，她的暴躁和疯癫会收

1　英式英语中，"衣帽间"（Cloakroom）可指位于公共建筑内部或私人住宅底层的厕所。

敛一点，而且有他在的时候，她也不会用脚踢我或是做些让人恶心的事情来出风头。

在学校，卡勒姆小心翼翼地围着我和萝宾转悠，就像我们两姐妹彼此形影不离一样。每个年级只有一个班，所以不管愿不愿意，我们都要待在一间教室里，然而心照不宣的事实却是，要是聚在一块儿玩的话，我们三个就会变成别人取笑的对象。因为男生不该跟女生一起玩，姐姐也不该跟妹妹一起玩。几乎从刚一上课开始，我和萝宾就表现得各自周围都有一片看不见的力场似的，不跟对方靠得太近。这是为了保护自己，我猜。有些人觉得双胞胎很古怪，有些双胞胎也确实很古怪。他们抱成一团，把其他的人排斥在外，还会造出属于自己的语言。这些事情我们一概不做。妈妈说，在我们两个还小的时候，常常会睡在同一张婴儿床上。虽然被放上床的时候是各睡一头的，但是在夜里，我们俩会扭来扭去，直到挨在一块儿为止。开始上学的时候，我们也花了一点时间才意识到这条不成文的规矩。所以在进学校的第一天，我们俩手拉着手走进教室，还坐在了一起。现在我们再也不这样了，我想我还是很难过的。我觉得萝宾其实并不想跟我有什么瓜葛，而我也不知道该怎么告诉她，我喜欢做她的姐姐，也希望我们两个能够友好地相处。

说不定这是因为我们不是同卵双胞胎，正相反吧。实际上，如果有人过来看上一眼正在和卡勒姆一起玩耍的我们的话，大概都会觉得卡勒姆和我才是一家人。我和他都是高个子，金头发。他像个舞蹈演员一样站得笔直，而我也努力这样去做。萝宾则娇小玲珑，深褐色头发，瘦得皮包骨头，无论穿什么衣服都不合身，所以她老是用手去扯衣服，拉上拉下的。

在家里的卡勒姆很不一样。我们在操场上各自和一群人一起玩耍的时候，他的举止属于"正常"男孩当中比较安静的那一类，但他看起来好好的，也没有心事。我们在树林里，在郊外的公园里，或者是在沙滩上，分享各自的饮料和野餐，妈妈们在随便哪块离她们最近的皮肤上抹着防晒霜的时候，他既开朗又活泼，用那种抖着肩膀的滑稽模样不出声地笑着，毫不拘束。可是我们在他家里的时候，萝宾说他就像个老太太，小题大做，慌慌张张。要是萝宾拿起了一件什么东西，他就会涨红着脸，在她身边转来转去，好像自己非得去把它保住似的。萝宾是有点笨手笨脚，但也不至于那么糟。"你不懂，"卡勒姆说，"就算是她把东西摔坏了，那也会是我的错。"

我们开着自己的那辆旧路虎来到格兰杰家。两家的妈妈如今已经抛起了那种做作的飞吻，起初是开玩笑，现在却已经成了习惯。我注意到，为了这个晚上，爸爸得要做足准备。我们敲门的时候，他会深吸一口气，把胸膛挺起来。他身边的朋友们和德鲁·格兰杰都不一样。他们像爸爸一样是工人，或是花匠，或是砌砖头的，或是修屋顶的。他们其实并不怎么说话，就是开开玩笑，在本地的酒吧里轮流买酒喝。他们穿着从来不洗的工作裤站在吧台边上，把烟灰掸到敦实的烟灰缸里。跟德鲁在一起则要一天到晚说个没完，好像也会开玩笑，但他们说的却不是一回事，一句好笑的话也没有。我觉得我们到这里来，更多的是为了妈妈。她和希拉里是朋友，其他人都要适应这一点。虽然爸爸永远也不会说出来，但是为了妈妈，他做什么都愿意。而妈妈似乎很喜欢这种新生活，有一流美食和美酒相伴，还让妈妈有了唠家常的伴儿，变得健谈起来。我也很喜欢。

此时此刻

萝宾

啪一声打开。呼啦啦飞进来。哗地落到地上。

邮件到得比平时早了一点，不过处理它们的方法还是一样。传单和广告会放进回收箱里，静静沉睡，直到萝宾能使出一股晚上出门的劲头，在夜幕的掩护之下把它们送到外面那只棕色的大垃圾桶里。账单仍旧放在各自的信封里，在书房（空余房间）的文件盒里归档，日期最近的在前。尽管所有的费用都会直接扣款，但萝宾还是要有账单来确保万无一失，她喜欢纸质文件的触感。通常处理完这些就结束了，不过偶尔会有一只白色的信封夹在当中，显得既刺眼又异样。这封信不会被打开，不会入档，萝宾会把它小心翼翼地拿起来，摞到那堆一模一样的白色信封上面，高高地搁在那个闲置的衣橱顶上，这样它就不会伤害到任何人了吧。

账单并不会让萝宾忧心，费用都会付清。萝宾有钱，虽然数额在减少，但还是足够再维持一阵子的。

她曾经是——名义上现在依然是——英国摇滚乐队"职场太太"的主音吉他手。他们一系列的专辑打入了排行榜的前二十，少数几首单曲吸引了广播节目制作人的注意，冲出了自己的小众市场，21 世纪第一个十年的各种合集唱片里，多的是他们的作品。在某些地方，她的海报说不定还挂在一两间卧室的墙壁上，海报上的她吉他挎在身后，嘴唇撇到一边。甚至还可能有她为《男人帮》[1]杂志专题所拍摄的照片——穿着招牌的短裤和背心，化着并不想化的妆，绷着一张脸，站在一堆光着的屁股中间。标题是：《不可思议却心甘情愿》。

倘若那些昔日的热情歌迷见到她如今的模样，会做何感想？

信件归档完毕——今天没有白色的信封——萝宾徘徊在屋子背面的卧室窗口。屋子的正面是禁区。一块窗帘随着她的呼吸轻轻移动，她试图用指尖让它停住，可帘子只是贴着玻璃荡漾开去。她也这么掀了一下另一块窗帘，试图让两边对等。她急急地使劲咽了一下口水，又咽了一下，好凑个双数。

在沃特金斯（喜鹊）的家里，两个大人正躺在房间后面的沙发上。小男孩坐在自己房间里，在迷你桌子旁边，聚精会神地舔着舌头，用乐高玩具搭着什么。那是一堆彩色积木的大杂烩，还有一片一片的屋顶凸在外面。他向后一靠，欣赏着自己的作品，笑了，随后又小心地俯下身去，跑到毛绒玩具堆里一阵乱翻，揪出了一只小小的、看起来像是兔子的东西。他从自己的乐高大厦上面抬起几片组成屋顶

---

1 《男人帮》（*For Him Magazine*，简称 *FHM*），创刊于 1985 年的英国男士杂志，主打介绍模特、电视节目主持人、真人秀明星及歌手的全球百位性感女性等内容。

的积木，小心谨慎地把玩具放了进去，就在这时，不知什么事情把他吓了一跳，大厦被撞倒在地，他失落地用小手捂住了脸。

萝宾探头望向主人的房间，看看是什么事情吓到了男孩，她看见两个大人站在厨房里，拼命地挥着手，显然是在吵架。喜鹊先生的手里拿着一部手机，塞到太太跟前，还用手指着屏幕，而她则想把手机给抢回来。小男孩过来了，两个大人迅速地分开，假装摆出漫不经心的姿势——那模样实在太过虚伪，就连萝宾都觉得难堪。夫妻吵架是常有的事，但这次可没那么简单。丈夫只是需要把所有的事情都了解清楚而已。萝宾决定要帮他一把。

一个年轻男人正要住进喜鹊家楼下的底层公寓。他有一大批帮手，他们把箱子和手提包搬到房间各处的时候，他就在一旁指挥。

他长得有几分英俊，笑眯眯的，然而五官却很不紧凑，像个小孩子。

他有好几种不同的箱子，有一半是崭新的，上面印着搬家公司的名字，剩下的则全都变了形，尺寸也各不相同。萝宾纳闷儿他是不是因为结束了一段恋情才搬的家，这里是不是他全新的"单身汉小窝"，而他是不是正在强作欢颜。

萝宾家餐厅的纸箱上也写着搬家公司的名字，那家公司是她在网上找到的。所有的纸箱都排列整齐，公司的商标朝外，就像一支足球队在进行一分钟默哀。总有一天，她会鼓起足够的勇气把纸箱打开，让箱子里的悲伤流淌到房间里来。不过不是今天。

莎拉

3. 疏于照顾

　　这一条，吉姆一说出口我就明白他指的是什么了。一件陈年旧事，已经过去三年多了。不过即使是在那个时候，我也知道它是不会被忘记的，因为那天他看着我的那种眼神像是一个停顿，仿佛他把看到的画面拍摄了下来，又在脑海里归档保存。不过当时吉姆什么也没再说，他有很多事情需要处理，加之那天他没有睡好，事发时才刚刚恢复点精神。

　　我在照看维奥莉特的时候睡着了。前一天的晚上我过得非常辛苦，她就是安静不下来，不想吃奶，也没有胀气。我在屋子里面走来走去，越发泄气地摇晃着她。吉姆已经上床去睡了，我看他疲惫不堪地上了楼，听见他重重地倒在床上，把床垫都压得嘎吱作响。等到维奥莉特总算消停了一点，我抓紧时间断断续续地休息了几个小时，她早已不哭了，可哭声仍旧在我的脑袋里回响。第二天我就像个僵尸一样拖着脚走来走去，而吉姆则像往常一样胳膊底下夹着我给他做的午餐，出门上班去了。

　　我在沙发上躺了下来，枕着靠垫，沐浴在透窗而过的温暖阳光中。电视里的日间节目对着我和女儿絮絮叨叨。我的小宝贝穿着松松垮垮的连裤袜和漂亮的小裙子，一直待在我的身边，心满意足地蹬着自己那又黏又湿的小脚，胖乎乎的粉色小手绕着我的手指。

我的眼睛眯了又睁，下一秒又猛地重新瞪大——维奥莉特摔到了地上，我被她的哇哇大哭惊醒。

"可是她应该还不会翻身的呀。"吉姆接到我上气不接下气的电话冲进家门的时候，我难以置信、语无伦次地对他说。

"问题不在这儿，"他是这么回答的，我畏缩了一下，"我可怜的女儿！"

"我又不是在怪她。"吉姆匆匆把女儿抱走，轻声细语把她哄得不哭的时候，我在他的身后说道。他没有应声。

那天晚上很晚的时候，吉姆在电视机闪闪烁烁的光线里把我推醒。维奥莉特躺在他的胸口睡着了，张着嘴巴，眼睛紧紧地闭着。自从他匆忙赶到家的那一刻到现在，她就一直黏在他身上。

"我们应该去医院给她做个检查，"他不等我回答就又问道，"你照看她的时候经常打瞌睡吗？"

我试着解释。孩子睡的时候你也睡，大家都说这样应该没事的。从现在起我会把她放在婴儿睡篮里，不会再发生这样的事了。他缓缓地点了点头，转过身去，望着屏幕的蓝光。

四天前，我被吉姆那表情尴尬的一家监视着，手脚颤抖地收拾东西的时候，还徒劳地问他："你说的疏于照顾是什么意思？"我只是想听他把话说出来。因为像那样打了个瞌睡，真的就是一件很小很平常的事情，我希望他的话能让他，还有他们，都不要再小题大做。

"维奥莉特再小一点的时候，有时你会直愣愣地发呆，不理她，她吵着要你，而你就像没有听见似的。她的尿布该换了，她的屁股都疼了，而你却他妈的——对不起，妈妈——他妈的不理她。莎拉，我说的就是这个。你被我撞见了。第一次看到的时候，我告诉自己只此一次下不为例，然而并不是。因为后来我又看到了。"

我低下头，拉上旅行袋的拉链，从房间里走了出去。唉，我心想，我还真的以为自己应付过来了呢。

1990 年

莎拉

我们的爸爸是一个花匠。

"景观设计师兼树木医生。"他开始这么说自己了,因为他和那个靠推销"了不起的点子"来养活自己的德鲁·格兰杰长谈了一次。德鲁·格兰杰告诉他说,他想管自己叫什么都可以,而且别人也会相信。假如他说自己的活干得比其他人都好,而且看起来也足够自信,那他就可以收更高的价钱。爸爸好像有点吃不准,但妈妈真的找人印了一些新的传单,上面说得就好像爸爸已经用指甲剪给豪宅官邸修了一辈子草坪似的,而且村庄郊外那些大户找他去干活的次数也真的开始多了起来。

对于真正的园艺方面的东西,妈妈从来都没什么兴趣。跟我一样,她对漂亮的绿草和娇艳的鲜花喜欢却并不着迷。萝宾喜欢园艺,我猜这是因为如果能和爸爸一起待在花园里,她就可以弄得一身是泥,脏兮兮的。奇怪的是,我本来还以为希拉里跟我和妈妈是一样的呢。她家餐桌上面摆着的鲜花，他们那幢时髦的房子外整整齐齐的小花圃，以及迄今为止我所见到的一切，都与她跪到地上的情景格格不入，更不用说想到她会真的去触摸泥土了。然而上一次我们去威灵顿乡村公园的时候，我注意到希拉里落到了后面，向爸爸打听一些有关土壤酸度的事情，而且几个小时之后，在吃午餐的时候，他们还在没完没了地聊着播种、塑料暖棚，还有最适合修剪玫瑰花的剪刀。

妈妈的脸上有一种我难以读懂的神情。她对园艺并不热衷，可希拉里是她的朋友，说不定她是在嫉妒爸爸从啤酒屋的桌子上探过身去和希拉里说话，嫉妒他看上去是那么地兴奋，因为终于有除了萝宾之外的人对园艺感兴趣了。妈妈坐在他的身边，却只能将就地听着德鲁·格兰杰对她说着为什么现在是申请埃克西斯信用卡[1]的最佳时机，他还说妈妈和爸爸应该趁着经济景气把我们家的房子给卖了，再买一栋更大的。妈妈小声咕哝了一句什么，随后他们两个就都望着爸爸，笑了起来。萝宾把餐刀掉到了我身边的地面上，我蹲到桌下去捡的时候，好像看见妈妈和德鲁把他们缠到一起的腿分开了。

萝宾

萝宾并不想喜欢卡勒姆。他就是"男生版的莎拉"，而她自己和

1　埃克西斯信用卡（Access），1972—1996 年在英国和爱尔兰推出的信用卡。

莎拉就是一个天一个地。她们俩经常起冲突，就像所有的姐妹一样。然而卡勒姆的身上还有别的东西，一种让她情不自禁想靠近的东西。他的眼神，就好像是看见了什么好笑的东西又不敢告诉别人；又像是知道了什么秘密又一直守口如瓶；又好像是，如果他真心相信一个人就会打开话匣子。

在学校里，孩子们都有自己的一群朋友。卡勒姆身材高挑，冷静沉着，他愿意的时候能立即加入一场足球比赛，头顶脚踢，非常出色地带球。不过，大多数时候，他都情愿看书，或者是跟身旁的随便什么人讨论书本和电视。他踢球的本事，还有他的身高，意味着其他的男孩子——那些嗓门大、动作快、盛气凌人的男孩子——给了他足够的空间两者兼顾。

在校外，马歇尔和格兰杰一家聚在一起的时候，莎拉的表现几乎就是为了得到卡勒姆的认可。三个孩子爬树，或是编出那种临时起意、规则复杂、说变就变的游戏，莎拉总是最当真的那个。然而尽管如此，萝宾却注意到，自己说的话和做的事似乎更能让卡勒姆抖着肩膀发笑。卡勒姆从来没有对父母说过什么放肆或是无礼的话，可要是萝宾跟妈妈或者爸爸顶了嘴，卡勒姆就会兴奋得浑身发抖，两只眼睛瞪得大大的。

虽然这一切始于萝宾的母亲和希拉里，但两家人没过多久就挤到一起，形成了全新的格局。萝宾不由自主地开始期待在格兰杰家里过夜，看电影，或者是学着打"笨蛋纸牌"[1]之类的扑克游戏。尽管这游

---

1 笨蛋纸牌（Shithead），一种纸牌游戏，最后一个打完手中所有纸牌的玩家为"笨蛋"（Shithead）。

戏，他们只能在深夜压低声音偷偷地玩。

她还发现，大人们之间的界限在渐渐模糊。两位母亲依旧是聚会的发起人，是知心密友，是私下里单独见面次数最多的人，但大人们更像是一个集体。有时候，萝宾的父亲甚至还会和希拉里结伴。希拉里曾经穿着牛仔裤和运动衫出现在马歇尔家的屋子里，头发扎在一条丝巾里面，好让萝宾的父亲带着她去他自己买种子和泥土的那家苗圃，再帮着她一起打理花园。而德鲁和萝宾的母亲之间，也渐渐有了属于他们的小得意和小玩笑。萝宾发现母亲开始重复起德鲁说过的话来，好像那些话就是真理似的，不然就是，讲起与钱或是购物有关的话题时，她都会用"德鲁说"开头。萝宾不喜欢听她这样说话，她猜爸爸也不会喜欢的，可是他好像并没有察觉。

此时此刻

莎拉

4. 发脾气

发脾气是吉姆清单上的第四条。

"谁都会发脾气的。"我小声地说。他们没有理我。这不公平。为了平息愤怒的情绪，我比任何人都要努力。即便是在小时候，我也总是拼命忍着不发火。我会攥紧拳头，咬住脸颊内侧的肉，脑袋里想着小马驹。我想让大家夸我是个"好孩子"，从来都想。

可是维奥莉特，维奥莉特就是个好孩子。她会用没完没了的问题让我忍无可忍，会偶尔耍性子让我失去耐心，但我并不生她的气。并不会真的生她的气。

我觉得我们大概是过了六个月的时间，才渐渐陷入了那种老套的情节——辛勤工作的丈夫回到家里只想清净一下，又累又烦的妻子从早到晚独自应付孩子数不清的要求。我记得自己不知在哪里读过一篇文章，里面强调了照顾婴儿和精神折磨在各个方面的相似之处。在这种情况下，要表现出自己最优秀的一面是不可能的，而这偏偏是你最想表现的时候。

维奥莉特并不是一个难伺候的孩子，然而孩子都是很难伺候的。他们会一刻不停地吵闹，忽然拔高音量，无休止地抛出变化多端的要求；你既要避免冒险，又要让她记住教训，还要苦苦乞求区区片刻的宁静来好好地思考。思考，在有孩子之前只是一件再普通不过的事情，可有了孩子之后，它就成了一种奢侈。

如今，教育孩子要态度温和、通情达理地商量。而在我和萝宾小时候，妈妈只会叫我们闭嘴。又或者，假如我们两个在吵架，她会忽然从汽车的前排座椅上挥过手来，谁的膝盖靠得最近就在上面狠狠地拍一巴掌。但现在妈妈的做法行不通了。权衡兼顾和调停安抚的努力吉姆都看不到。他出门上班，等回到家里就有做好的饭菜，归置好的玩具，以及一个洗过澡、喂过饭的婴儿。我累得筋疲力尽根本不重要。

我们各有各的角色：我是二十四小时的护工，吉姆则是大方得体、关怀体贴的父亲。

然而吉姆也是一个好人。不管我有多生他的气，这一点还是能看出来。从我最初认识的那个吉姆，到眼前这个禁止我见女儿的吉姆，他自始至终都是一个好人。他觉得自己是出于正确的理由，做了正确的事情。

吉姆微微有些驼背，因为他不想让自己的个头显得太高。他头顶上的头发日渐稀疏，两鬓原本深棕色的头发刚刚开始灰白。他长得很好看，我觉得是那种不太引人注目的好看。这算是明褒暗贬吗？也许吧。

我无权埋怨他身上的任何一个小缺点，或是任何全天候照顾孩子的辛苦。因为这就是我曾经想要的生活，也是我现在想要的生活。然而我并不完美，我也有失控的时候，丢掉从前的耐心劝诱，一把抓住孩子，大声嚷嚷："该死的你给我把鞋子穿上行吗，维奥莉特，别闹了！"

我知道自己不应该这么说，毫无疑问不应该在他面前这么说。吉姆冲进过道，把我领到厨房里，就像酒吧门口的保安似的。

"对不起，"我低头盯着自己的脚，"我只是有点泄气。"

"你是成年人，而她是个小姑娘，你得控制住自己。"

就是这样，我又被记上了一笔。

萝宾

萝宾家背对着的那栋公寓楼是典型的曼彻斯特红砖巨无霸。它有着自己的节奏，就像潮汐一样。清晨，人们就像铁屑一样，被一块看不见的硕大磁铁吸出门外，夜晚又被推回家中。就寝时间，无数被灯光点亮的窗户渐次熄灭，一个接着一个被黑色的方块取代。

成百上千的早餐，成百上千的晚餐。

成百上千的忧虑，成百上千的噩梦。

然而，那些在深夜的昏黄灯光下徘徊流连的人，那些伴着闪闪烁烁的蓝色屏幕直到凌晨的人，才是萝宾注意的人。在她暗自观察的时候，那些漂浮于暗色方块的大海之中的孤独色彩，那些在窗户跟前沉默不语的小小脸庞，才是萝宾深深爱上并带着关切细心守望的人。

喜鹊先生是个夜猫子。昨天晚上，萝宾一边缓缓地眨着沉重的眼皮，一边注视着他从主卧走出来，慢慢打开儿子房间的门，走到他的床边站定，然后蹲下身去，把手放在离儿子的脑袋不远的地方，却没有碰到他，多半是担心把他吵醒吧。他转而在床边坐下，后背倚在墙上，脑袋靠在枕头的边缘，直到妻子回到家里。萝宾看见她踩着针尖细的高跟鞋，跟跟跄跄地倒在了沙发上。喜鹊先生轻手轻脚地走出儿子的房间，站在妻子身旁，低头打量着醉得不省人事的她。最后，喜鹊先生抓住她的手臂把她拉起来，拖着她走开。想必是拖到床上去了。

在他家楼上的公寓里，住着一个每天晚上都会弓着身子坐在手提电脑跟前的年轻女人，她偶尔会起身走开，随后又端着一碗麦片走回来。萝宾猜她是不是个学生。她会一连几个小时坐在那里，穿着睡裤，一条腿放在身下，不停地敲击着键盘。

楼下，在沃特金斯（喜鹊）家的右边，住着一对老夫妇，常常回家很久后都不脱外套。或许是他们家客厅的暖气要花很长时间才能融化曼彻斯特那沁入骨髓的寒意吧，又或许他们只是很喜欢自己的外套。老太太的外套颜色有点像孔雀蓝——因此萝宾称呼这对老夫妇为孔雀先生和孔雀太太——她还戴了酒红色的手套和紫色的帽子。两个人进屋的时候，老太太会走进厨房——在那儿萝宾能把她看得更加真切——她会摘下帽子，脱下手套，搓一搓手，再把水壶灌满。

在那之后，老太太通常都会再次出现在厨房里，那时就不穿外套了。她会慢吞吞地把一条蓝色围裙套过肩头，把硬邦邦的黄色手套戴到手上，然后，像外科医生一样，细致精准地刷洗碗碟。

萝宾刚刚搬来的头几个月里，孔雀先生和孔雀太太看起来就像是两个冷冰冰的老人。萝宾只有在没有其他事情可做，没有其他的人可看，每天的一万步全都走完了的时候，才会观察他们。

后来，一个春末的傍晚，太阳还高高地挂在天上，孔雀先生穿着衬衫，袖口卷到了手肘上方，分两次把两张餐椅搬了出来，搬到公用的花园里。夫妻二人轻手轻脚地坐到椅子上，喝着看起来像是金汤力的东西，还把酒杯碰到了一起。喝完第一口，老先生把酒放到了自己拖鞋旁边的地面上，然后从口袋里拿出了一件东西，吹奏起来。是口琴，他的双手和嘴巴迅速移动，好似一条拉链在乐器上面不断地来回拉，而一边的孔雀太太就像个少女似的微笑着。

孔雀夫妇常常会让萝宾想起自己的父母。他们从来不会这样。

有时候，萝宾的健走会变成焦躁的踱步——在屋里怒气冲冲地穿来穿去。各种念头疯狂地从脑袋里冒出来，记忆会迎面相撞变得分崩离析，重新拼凑起来的时候又全都对不上。她觉得慌张焦虑，坐立不安，没法静下来。

这种骚动过去常常在录音棚里得到释放，抑或是被倾注到歌词的草稿里。

搬进如今这栋位于乔治街的房子时，萝宾告诉自己，这是为了要从那种让她低头就范的、令人窒息的恐惧当中恢复过来，而且她恢复的过程还会被谱成曲子。她会像"美好冬季"乐队一样与世隔绝地创作[1]，只不过创作地点不是小木屋，而是这栋有三间卧室外加阳台的房子。她订购了无数各式各样的乐器设备，大多都还没有拆箱。她在网上搜索最完美的钢笔和书写纸，还有二手的吉他杂志，那些最初教会她弹奏吉他的杂志。

她什么也没有写，什么也没有录，一点灵感都没有。

相反，她每天都要走上一万步，做上几百下深蹲、立卧撑、俯卧撑、硬举训练和卧推。不练到四肢颤抖就不罢手。

余下那些空虚的时间，便只是用来观察注视。她认真编目，仔细研究，把前一天和后一天、这一间和那一间公寓里所见到的场景逐一比对。大多数时间里都波澜不惊，只不过是日常生活罢了。用滤锅滤去意大利面或是土豆里的水分，清洗碗盘，男男女女都深吸一口气收紧肚子，对着离自己最近的窗户左转右转，端详着映在玻璃上的影子。

各家各户都静静沉睡，而萝宾的手脚又沉重得抬不起来的时候，她就会看电视。沉默的吉他靠在身边，她一只手搭在上面，仿佛那是一件不同寻常的毛绒玩具。

有时候，她发觉自己轻轻弹出了一段和弦，可是紧接着，儿时记忆当中的面孔会在脑中闪过，她会蓦地停下来。旋律不见了，随着记忆一起碎裂消失，她又开始在那间空余的房间里踏步或是举重。倘若

1　美好冬季（Bon Iver），美国独立民谣乐队，其首张专辑的大部分曲目都在美国威斯康星州西北一座与世隔绝的小木屋中录制。

这些都不管用，她就会吃下一粒从网上买来的安眠药，爬到床底下，这个让她感觉像是避风港湾的地方。然而，藏于床底的这种安全无虞、被紧紧包裹的感觉，最近正在不断地削弱。各种令人不安的迹象变得越发难以忽视。

今天，那疯狂的敲门声又出现了。恐惧扼住了萝宾的喉咙，让她口干舌燥，她相信这并不是偶然的造访，不是本该送到邻居家里的包裹，不是什么心怀善意的人。多年的隐居生活让她对各种情况都异常敏锐。可这次是她无法置之不理的情况——有人追查到了她的下落，而且不会因为她默不作声就善罢甘休。

1991 年

莎拉

我们能听见楼下乐曲的高音和一阵阵笑声。大人们欣然快活，热情高涨，每个周末都是这样，弄得我和萝宾都把卡勒姆的房间当成了"我们的房间"。他似乎并不在意，可我注意到他把东西藏到了自己的衣橱顶上，以防萝宾兴奋过头的时候摔坏。不知道为什么，随便什么事情，不管责任在谁，在卡勒姆父亲的眼里，犯错的永远都是卡勒姆。

今天晚上，萝宾偷偷地把我们家厨房柜子里的企鹅饼干条、吃剩下的复活节巧克力、还有金色奇迹[1]薯片带到了卡勒姆的房间里。妈妈们把我们安顿上床之后，萝宾便打开自己的背包，把里面的东西全都倒在了床上。卡勒姆立刻慌了："我不能在房间里吃东西的，如果

1　金色奇迹（Golden Wonder），成立于 1947 年的英国薯片及零食品牌。

被我爸爸发现，他会杀了我的！"

"可是假如我们把这些东西统统吃光，他就不会发现了呀。"萝宾让他放心。尽管如此，他还是轻轻地起身，把写字台前的椅子卡到门把手下面，以防万一，好让我们能有更多的时间把东西藏起来。

萝宾满怀热情地投入美食狂欢。她的体重只有我的一半多一点，却能像雄狮一样大快朵颐。而这会儿，吃完还不到十分钟，她就开始捂着肚子哼哼唧唧。

"你可不能吐在这儿，会弄得到处都是的。"卡勒姆说。

"帮我一起把她带到卫生间里去。"我说。

"不要，"萝宾抽噎着说，"我想回家。"现在的她看上去娇小了一些，威风不再，正拽着自己的睡裤，好让它不要勒到自己那瘦瘦的小肚子。我们两个的出生时间只差了十六分钟而已，可她看上去跟我就像两代人。该是我表现的时候了。我喜欢照顾别人，也喜欢带头处理这种状况。我把治疗伤病员的任务交给了卡勒姆："给她冷敷一下。"

"什么？"他拉长了脸。

"弄点湿的卫生纸来。"我模仿女护士长的口吻解释说。

他蹑手蹑脚地沿着走廊向卫生间走去，回来的时候手里拿着一沓湿漉漉的厕纸，我们把厕纸按在萝宾的额头上，好像有了这个她就能活命似的。她在那儿呜呜叫着的时候，我和卡勒姆就像搀扶伤兵一样架着她，牵着她的手，肩并肩走下了铺着厚实地毯的楼梯。

我听见了音乐声，是《开往佐治亚的夜车》[1]，还有爸爸低沉的鼾

---

1 《开往佐治亚的夜车》（*Midnight Train to Georgia*），1973 年发行的美国灵魂乐金曲。

声。他睡觉的时候就像一条快要干死的鱼，不停地用嘴喘气，气息触到他的喉咙时又汩汩地呼出来。妈妈批评他打呼噜的时候，他就说："你明明喜欢我的猫呼噜，安。"不过我觉得妈妈并不喜欢。我们走进客厅，客厅里放着崭新的三件套沙发，我看见爸爸躺在其中一张硕大的皮沙发上，双脚搁在扶手上，一只手垂向地板，翕动的"鱼嘴"在昏暗的灯光下张着。把爸爸叫醒一点意义也没有，这种事情归妈妈管。妈妈在哪儿？或者希拉里也行。我们需要的是一位妈妈。

我们穿过家具，朝着与客厅相连的餐厅走去。餐桌边上一个人也没有，音响忘我地播放着，均衡器上的声波图形上上下下地波动。这是一套全新的设备，其中的 CD 播放器最引人注目，据说即便有人往 CD 上抹了果酱，它们也照样能放。萝宾很想验证一下这种说法可不可靠。所以，卡勒姆每次见她走到音响附近都会脸色煞白。我们走进餐厅，七拐八弯地经过那间闪亮的白色厨房，还是没有见到希拉里的影子。

我们挤进相连的拱廊，萝宾夸张地一头栽到了地上，好像吸了一剂严重过量的海洛因。就在这个时候，我看见了妈妈。

这可真是莫名其妙。她正在厨房的一角，紧紧地贴着德鲁·格兰杰。他背靠着角落里的橱柜——那个柜子有可以拉出来的圆形搁架，我觉得这是我见过的最棒的东西——而妈妈面朝他。我看见他的膝盖从妈妈分开的两腿中间探出来，而妈妈的裙子被提了起来——她正抓着德鲁的衬衣，就好像他在努力救她起来似的。

"妈妈……"萝宾呜咽着说。我觉得她并没有看见眼前的画面。卡勒姆和我对视了一眼，妈妈和德鲁则像一条拉链似的分开了。

"出什么事了？"我们背后有个声音问道。我转过身去，看见希拉里正从门厅向厨房走来，她头发卷在卷发夹里，身上穿着一件睡衣。

卡勒姆一句话也没有说，萝宾紧紧地捂着肚子不断呻吟，而我只是呆呆地望着，困惑不已。两位妈妈就像两个经验老到的同事一样，在厨房里走动起来，把萝宾安顿好，把我和卡勒姆送回到床上。

"你们的抗胃酸药放在哪儿？"妈妈在希拉里身后喊道，她正在催促我们穿过门厅往楼梯那儿走。

"最左边顶上的柜子里。"希拉里应声道。

我这是在《阴阳魔界》[1]里吗？我刚才是看见妈妈趁着爸爸躺在沙发上打呼噜的时候，跟卡勒姆的爸爸搂搂抱抱了吗？

萝宾

莎拉和卡勒姆已经醒了，萝宾听见他们悄悄说话的声音，慢慢地睁开了眼睛。她转了转头，瞥见了放在床边、靠近自己这一侧的小桶。她坐起身来，记起了昨晚的肚子疼，这会儿她觉得饥肠辘辘。

"几点钟了？"她有气无力地问。

---

1 《阴阳魔界》(*The Twilight Zone*)，1959—1964 年播出的美国科幻悬疑恐怖剧，每集一个独立小故事，多为普通人忽然发现自己陷入灵异处境，遭遇不寻常事件等，结尾常有情节反转。

"快九点了。"卡勒姆看着桌上收音机闹钟上的时间，回答道。

"你们在说什么？"萝宾问道，他们两个聊天不带着她，还把她给吵醒了，这让她很恼火。

"昨天晚上的事情。"莎拉说。

"昨天晚上怎么了？"

"没什么。"卡勒姆回答，"楼下有包什锦口味的麦片，你想吃甜玉米片的话就给你，萝宾。"

萝宾急忙从床上下来，差点摔了一跤，然后冲出了门口。

楼下，两个小姑娘的父亲还穿着他昨天睡着的时候穿的衣服，套着袜子的双脚仍旧靠在扶手上，不过这会儿他的脑袋下面多了一个枕头，是他的妻子在夜里塞进去的。她们的母亲则穿着睡袍，轻轻地推醒父亲，递给他一只一品脱容量的玻璃杯，杯底有一种白色的东西，正在水中冒着气泡。

"早。"她的母亲开口说，但并没有直视自己的女儿或是卡勒姆。

"早——"三人齐齐地高声应道，就像在学校里的时候一样。（"早上好，霍——华德太太。""大家早——上——好。"）

德鲁和希拉里在厨房里。他正喝着咖啡，看着一张大大的报纸，而她正在锅里煎着哗哗作响、冒着油花的培根和香肠。昨晚喝的酒瓶已经整整齐齐地收到了一个纸箱里，因为希拉里最近做起了垃圾回收。

"你怎么搞的，为什么不换衣服？"德鲁·格兰杰忽然冲着儿子生气地大吼。莎拉和萝宾尴尬地低头望着自己的睡衣，双腿紧张地动来动去。

"我现在去换。"卡勒姆小声地说。

"你感觉怎么样了，萝宾？"希拉里温柔地问道。

"我没事，我饿了。"

她不知道自己说错了什么，却注意到德鲁·格兰杰蹙起了眉头，还弄皱了自己的报纸。她的母亲正站在通往厨房的拱廊里静静地望着她们。她已经飞快地换下了睡袍，穿着一件崭新修身的夏装连衣裙。

"很漂亮。"德鲁·格兰杰对她说，她笑着移开了视线。希拉里继续翻着香肠，萝宾的肚子大声地咕咕叫着。

此时此刻

莎拉

5. 瘀青

第一次抱起维奥莉特前我还从来没有见过如此鲜嫩的肌肤。她几乎是透明的，而且柔软得几乎让人感觉不到她的存在。她身上有奶香和爽身粉的味道，既古老又短暂。

在所有那些香滑的乳汁把她养胖以前，维奥莉特长着两条娇弱的泛红的小腿，像青蛙腿似的折叠起来。她穿最小号的尿布，在我不得不把布料从她紧握的小拳头旁边绕过去的时候，我觉得自己就像在给一个用鸡蛋壳做成的洋娃娃穿衣服。

她就是个不谙世事的小肉团，对人毫无戒心，仅仅是想到某种面目模糊的邪恶势力会从门缝底下钻进来，触碰到她，我就能恨得咬牙切齿。我们立刻就爱上了彼此。我知道，不管她在哪里，在哪间熟悉的屋子里醒来，她都依然会爱我。我也知道，她所感受到的那种爱注定带上痛苦和困惑，因为我不在她的身边。从前我一直都在。

我从来没有故意伤害过维奥莉特。过去三年多一点的时间里，我一直都在驱赶着那些有可能会威胁到她的痛苦，在没能把它们赶走的时候，我起码会亲亲她，让她的痛楚减轻几分。在她小小的身体被那来势汹汹的泪水冲得颤抖不止的时候，我会将她紧紧抱住。

和以前一样，没有任何解释。吉姆的表情简直就是在刺激我。他扬起的眉毛仿佛在说："你给我不承认试试看哪？"

我没法不承认。她身上确实有瘀青。每一个孩子的身上都有瘀青。她还是婴儿的时候是没有的。刚开始学走路的时候，她的腿上碰出了一些模糊的印子，不过吉姆说的并不是这个。我猜他所说的瘀青是指去年维奥莉特两岁半的时候发现的那些。事实上我并不知道那些瘀青是怎么来的。我也知道这么说听上去很不像话。

当时，我们在布拉克内尔森林的一个冒险乐园里，跟一大群孩子和他们的母亲待在一起，大家都是我们那个幼儿小组里面的人。我们是拼车去的，维奥莉特和我坐在一辆宽敞的三排座小客车上。我以前从来没有跟开车的那个女人说过话，我们努力找着话题，却还是在路程剩下四分之一的时候一败涂地，陷入了沉默。那个女人有一对双胞胎儿子，虽然要比维奥莉特小一点，但是块头更大，声音也更响，跟小坦克似的。就在我们把车开进停车场的时候，他们三个全都睡着了，在那之前，后排的座位上一直都闹哄哄的。

冒险乐园有不同的区域，一排野餐桌沿着用栅栏圈起来的游戏区域摆开，凳子上挤满了人，一大群女人和少数几个男人，双手握着装在塑料杯里的咖啡，或是从保温瓶里倒出来的茶水。我站在那儿，扒着游乐场的栏杆，注视着维奥莉特的一举一动，望着她怯生生地跟在别人后面，登上爬网，再滑下滑梯。这个地方跟我们那个小小的乡村公园完全不一样，维奥莉特看上去更像是畏惧而不是兴奋，仿佛我们刚一到这儿，她就想回家了。

　　同行的一位母亲拍拍我的肩膀，把保温瓶里的热茶分给我喝。她非常友好，于是在她给我倒茶的时候，我也转过身去朝她笑了笑，说了几句我们觉得这种活动有多让人尴尬的话。"我们这些生来腼腆的人应该团结在一起。"她说。一种亲切感袭向我，让我浑身打战。

　　她回到自己的桌边去了，等我回头再看游乐场的时候，维奥莉特却不见了。她既不在片刻之前还攀着的爬网上，也不在更久之前坐着的滑梯上。那对大块头的双胞胎还在，拖着长鼻涕却浑然不觉。先前在维奥莉特身边的其他孩子也在，一边玩耍一边吵架，可她却不见了。我一下子慌了神，恐惧得脑袋嗡嗡直响。

　　"维奥莉特在哪儿？"我冲着那对双胞胎男孩儿嚷嚷，他们没有理我。我跑到聚在一起的母亲们那里，抓住其中一个人的手臂，问："你看见维奥莉特了吗？"她们摇着头，看起来很担心。有几位和我一起找了起来。"她是哪一个来着？"一个红头发的母亲问道。我发现要形容维奥莉特的样子几乎是件不可能的事。我闭上眼睛的时候能见到她，我活着就是为了她，可即便如此，我却无法用语言描述她。

　　"别担心。"母亲们都这么说着，她们摩挲着我的后背，用力地抱着我。我们到处都找遍了。我急得发疯，徒劳地在铺着树皮碎屑的地上一圈一圈地打转。忽然，我转身朝咖啡馆望去，瞥见一个女人正紧紧地抓着维奥莉特。我跑过去，心脏怦怦直跳，想把维奥莉特从她手里夺回来。

"嘿，"那个女人喊着，"你干什么？"

"她是我的！"我大叫。

"你是她妈妈？"她问道，"她迷路了。"

"我才一会儿没看着。"我说着，气愤不已，却又如释重负，差点晕倒。我抚摸她的头发，亲吻她的脸颊，可她仍旧浑身颤抖，不住地抽噎。我问她："你到哪儿去了，亲爱的？"

刚才拉着她的那个女人还在边上站着，但我几乎都没理她。维奥莉特只是钻进了我的怀里，她的泪水沾湿了我的外套。

"她一个人到处乱转，弄疼了自己，一直在哭。"那个女人双手叉着腰说。

维奥莉特一定是看不见我的脸，以为我走开了才到处跑的。我感到一阵无法忍受的内疚，因为我把跟一个不知道名字的女人聊天看得比她还重。而在我们聊天的这段时间里，她很有可能会从爬网上掉下来，撞到什么东西，或者是在滑梯上摔一跤，并且在这些意外发生之后，依然不知道我在哪里。她的两条腿上和一只手臂的侧面全是青绿色的瘀伤，然而让我难过的并不是这些瘀伤。而是自己竟然会把其他任何事、任何人放在她之前，这种内疚和自责在我心里挥之不去。我发誓再也不会这样，毕竟我明白这种感受。

萝宾

只是敲了几下房门而已。

昨天夜里，萝宾腿夹着羽绒被，努力想要睡着的时候，她这么告诉自己。

一个敲门的人，能干出什么坏事来呢？

萝宾住在曼彻斯特一个繁忙的郊区，紧靠巴士沿线，她家的房子正对着一片颇受欢迎的公共绿地。这里到处都是目击者，有成百上千个人在场，危险的事情应该连试都不会有人去试才对。那她为什么不直接把门打开呢？

明天，她对自己说，要是他还来敲，她就去开门。不仅如此，她还要砰的一声带上门，问他："有什么事吗？"她还打算拿着电话，以防有需要时报警。想必是不需要的。

一开始，这份决心让她恢复了平静，然而一想到大门敞开，日光奔涌进来，一张怒不可遏、胆大妄为的面孔渐渐浮现……她还没来得及反应，就已经爬到了床底下，还顺手把羽绒被给扯了下来。

她常常在这样的循环里不停地打转。理性的一面占据了主动，紧接着残缺的部分又会向所有那些冷静的思考挥出一记落锤。这么多年来发生了太多事，若是换一个理智的人，必然不会像她那样去处理。

一个理智的人会拆开自己的信件，会打开自家的房门，会睡在床上，会从屋子里走出来，会收看正常的成人电视节目。一个理智的人不会大门不出在家中来回踱步，计算自己走过的步数，不会从儿童频道的幼教画面里寻求安慰。

一个正常人不会认为自己瘦骨嶙峋的手里掌握着别人的生死，也不会对素不相识的人负责，就好像对人负责就能让人死而复生似的。

一个正常的人只会顺其自然地生活，而不是在做出每个决定之前、之中和之后都不停地调查分析。

不过，萝宾承认，或许她从来就没有正常过。

她推门走进"健身房"，躺到训练椅上，试着把注意力集中到胸口上方的那根金属杆上。至少锻炼身体是一件相当正常的事情。尽管她真的会一连练上好几个小时，还会陷进非要让一切都均等不可的整数循环里，直到最后练得肌肉都失去知觉。

她眼下深陷的泥潭可以追溯到加州洛杉矶的那次享受之旅。乐队为了制作他们的第五张专辑，激发他们的创作灵感而特别安排去了那里。

当时萝宾走到屋外去呼吸新鲜空气——比她刚刚离开的那间空调房里更温暖、更粗粝的空气——一天之前意外收到的那封书信仍旧压在她的心里。就在那时，她看见了三个一排的窨井盖[1]，从它们边上绕了过去，悄悄溜到马路上。她十几岁的时候也是这么做的，不过是在

1　英国的人迷信认为，从三个一排的窨井盖上走过会带来厄运。

伯克郡的人行道，而不是洛杉矶的行人区[1]。

从前的恐惧症为什么会在那个时刻发作呢？她不太确定。或许是因为那封信。丑陋的字眼粘在廉价的横格纸上写成的信，就放在她的酒店房间里。

下水道这东西只是 20 世纪 90 年代遗留下来的破习惯，一种蔓延在社会中的恐惧，一种都市传说般的迷信，追根究底起来，谁也没法真正解释清楚或是找到起源。为什么所有那些住在郊区的少男少女都要冲到马路上来躲开三个一组的窨井盖呢？为什么两个一组的窨井盖就会带来好运呢？这根本就说不通。对，说不通。在英格兰南部说不通，近二十年之后在圣费尔南多的河谷当然也说不通，在那间录音室边上，多的是比三个一排的窨井盖更吓人的东西。

然而就是它了，那根最后的导火索。那阵巴甫洛夫的铃声，让她踮起脚，小心翼翼地走到山顶，一发不可收拾地落入惊恐和怪癖的万丈深渊。带着强烈的决心，猛扑而下。她越是想方设法地试图控制，就越是觉得生活正在滑向谷底。

先是为了躲开三个一排的下水道盖子，轻轻地一跳、一蹦、一跃，随后萝宾开始每上一次厕所都要洗三遍手，随身携带抗菌的湿纸巾、喷雾和含有酒精的免洗洁手液（对于有洁癖的人而言，洛杉矶真是太棒了，她待在这里再合适不过了）。没过多久，她又着魔一般质疑酒店的安全问题：反反复复地查看房间边上的小阳台，拉起窗帘确认那里没有站着一个人，她总感觉有一双眼睛在死死地盯

---

1 英式英语称人行道为 Pavement，美式英语称 Sidewalk。

着自己。

曾几何时，史蒂夫，乐队的鼓手，只消意味深长地瞟她一眼，或是被她瞟上一眼，便是他们彼此如饥似渴想要亲密的信号。从前，他经常被拉进她的套房——永远比他的房间要大——心甘情愿，掩人耳目地交欢（他毕竟只是鼓手而已），如今他则被留在了门外的走廊里。

等中规中矩的专辑录制完，乐队回到英格兰，巡演已经迫在眉睫。那个时候，萝宾已经成了身边人的噩梦。她的存在本身就是一场噩梦——她差点没能完成在曼彻斯特阿波罗剧院里的那场彩排，尽管彩排已被缩短了。彩排的时候，她一心顾着让自己不要蜷缩成一团，根本无暇注意其他人脸上的愤怒。

史蒂夫避开了她的视线，生怕被她误解成渴求。阿利斯泰尔，乐队的贝斯手兼主唱，大都通过短信和她交流，或者把要说的话写在酒店信纸上通过门缝塞给她。他话语中的体贴有礼一点点销声匿迹，带刺的质疑反倒日渐增多。

萝宾的一天围绕着严格控制的洗手次数、咽口水、检查门锁、剪指甲和挠膝盖展开。她全身布满红肿的抓痕，指尖不住地阵阵抽痛，而且她几乎没法与人交流，因为她一直在脑袋里疯狂地安排着下一个小时、下一天、下一周和下个月的事情。当然了，这些，萝宾对自己的乐队搭档、经纪人、巡演经理、司机、艺人统筹、媒体负责人或是其他任何人全都只字未提。她什么也没有做，只是待在自己的酒店房间里，重复着所有的这些事情，思索着所有的这些念头。或者更糟，即便和其他人坐在一起，她也只是坐着，一言不发。

乐队的全国巡演始于曼彻斯特。

在曼彻斯特，萝宾彻底崩溃了。

她再也没能离开。

第一场演唱会当天早上，萝宾躲了起来。头天夜里，她试着尽可能在不引发风波的情况下平静地退出巡演，她给不同的人发短信说自己嗓子哑了，发了高烧，只能改用伴奏乐师了。

几分钟后，有人敲响了她的房门。萝宾还没来得及起身，巡演经理贝弗就吼了起来："见鬼，萝宾，今天我才不要听这些鬼话。"

萝宾在地板上躺了下来，没有回应他。

"够了，萝宾。你有力气发短信就有力气弹琴。"

萝宾发消息说：

我已经说了，我嗓子哑了，所以没法回答你，拜托你不要像仇人一样。

"滚你的蛋，萝宾，没人指望你开口，但你是演出机器的一部分，不能在大家还差几个小时就该上台的时候，给我们制造空缺。"

贝弗顿了顿，多半是在掂量着要不要设法撞开这扇仿红木的大门。

"听着，亲爱的，这是首演，你肯定会觉得有点不自在，可那只是个小场子，而且观众也会很友好的。放松点，好吗？你们只要弹几首新歌暖暖场，再演奏一些大家都爱听的曲子就行了。没什么可担心的。"

萝宾没有回答。在几乎每一个乐队成员和工作人员越来越不耐烦地"干预"之后，她听着异口同声的"去你妈的""见鬼去吧，萝宾"

越喊越响，稍稍持续了一小会儿，然后终于听见愤怒的脚步声渐行渐远。她重新站了起来，仍旧穿着那件极其厚实的酒店浴袍和印着酒店标识的一次性拖鞋。她捡起了写在酒店信纸上的便条，上面是阿利斯泰尔的笔迹：

该死的你到底什么时候才能长大，萝宾？

萝宾用力地吸气呼气，那种永远也无法将肺叶真正填满的恐怖感不断加剧，随后她红着眼眶又小心翼翼地躺回到地板上，一遍又一遍地数着装饰在檐板上的珠子，直到睡着。

这并不是她第一次惹得大家火冒三丈。在她还是个孩子的时候，她曾经以此为乐，求之不得。她会让怒气滚成巨石，把她压垮，然后感受怒气落在胸口，压得她发不出声音。而现在，已经过去了两年多，她有时还是得大声对自己说点什么，只是为了确认她的声音还在不在。

"早上好，喜鹊先生。"

1991 年

莎拉

爸爸正在离家一小时车程的一所大宅子里照顾一棵老橡树。这是非常专业的工作，他忙得成天都不在家，我并不愿意这样。他忙到很晚才回来的时候，家里就会有种不怎么太平的感觉，就好比支撑帐篷的桩子少了一根，篷布有点晃动，让风雨飘了进来。即使在情况最好的时候，妈妈也不是个很有耐心的人，好像总有什么事情惹得她很烦似的。我发现自己变得越发小心翼翼，以免被卷进她和萝宾互相发射的炮火里。可是这一次，她却安安静静的。她没有夸张地长吁短叹，说着比起站在我们两个跟前平息争端，自己这辈子还有很多有意义的事情可做；没有追着萝宾跑上楼，警告她说再调皮就打断她的腿；下午茶时间之前，我们每隔半小时就问她茶点吃什么的时候，她也没有发牢骚，只是说些"哦，嗯，不知道啊"之类的话。

现在是春天，天气却很热。阴沉的橘色天空在头顶铺开，空气里满是新长出来的青草香气。这是容易让人流鼻血的天气，我今天已经流了三次鼻血，弄得我的方格布裙上到处都溅满了鲜红的血迹。我站在学校的办公室里，鼻孔下面按着一张被血浸透的纸巾，学校的秘书叫我把头仰起来。

"不行！"那个有急救证书的老师冲了过来，"别那样把头往后仰，就这样不要动。给，这是新的纸巾。"

"我是不想弄脏地毯。"我听见乌拉库姆太太——也就是秘书——一边咕哝着，一边重新坐回到自己的椅子上，咬了一口三明治。

她们一直在给妈妈打电话，但没有人接。我说妈妈一定是在花园里，根本就听不见电话响，她们相信了。乌拉库姆太太看看我，又看看我的裙子和那块地毯，说："如果妈妈不在家，你就得马上回来。"

我跑出学校，兴奋得忘乎所以，午间的太阳照在我的手臂上。我一边吸着鼻子一边跑回家去的时候，身边成人世界里的各种声响不断掠过耳畔，我觉得自己充满了活力。

我跑到家门前。大门刚刚让爸爸给漆成了绿色，妈妈已经跟他说了好几年了。门没锁，我猜妈妈多半正躺在花园的日光椅上晒太阳，腿上抹了润肤油，手边放着一包巧克力棒。

我悄悄把门关上，想先到自己的房间换好衣服，然后再把裙子上有血的事情告诉她。朝楼梯走过去的时候，我听见客厅里有声音。听上去像是妈妈在笑，也有可能是在唱歌，不过节奏多少要比平时快那么一点，而且也不在调子上。接着我又听见了另一种声音，像是一种呼噜声，就是小狗在厚厚的草丛里四处乱闻的时候会发出来的那种声音。我一动不动地站着，接住了从鼻孔里落下来的一小滴血。

我摸到了扶手，想着要走上楼去，却又忍不住，非得去看上一眼不可。我告诉自己，我是去查看一下，确保家里一切正常。然而其实并不是这样，我是既好奇又有点害怕，没法不让自己把目光投向那扇半开的房门和门框之间的空隙，向内张望。屋里很暗。刚刚从房前经过的时候，我都没注意到窗帘拉起来了。屋里没有开灯，只有屋外的橙黄色光线映衬着窗帘。

　　德鲁·格兰杰躺在沙发上，一束金色的头发在他身下披散开来，摊成了扇形。他赤着上身，皮肤发红，裤子则松松垮垮地套在腰上。我几乎看不见妈妈，只看到她的手掌和手臂紧紧地抱着德鲁的后背，新买的夏季连衣裙在地板上揉成了一堆。

　　他的个子很高，肩膀很宽，身材有点像水桶，不过他并不胖，只是高大而已。我的爸爸肩膀很窄，瘦长结实。他说自己的体形就像只猴子，很适合爬树。德鲁·格兰杰更像是一头大猩猩：毛发更浓，个子更大，中气更足，强健有力。

　　这样的场面我以前从来没见过。不穿衣服的男人我只见过爸爸一个，而且只是偶尔见到而已。在他正洗着澡而我又急着上厕所的时候，或是在那个洗衣机漏水淹了厨房的星期六早晨。当时萝宾和我大喊大叫起来，爸爸不知从哪儿冒了出来，一丝不挂，跑去关上了水闸。

　　我不喜欢德鲁·格兰杰的个头，不喜欢他把妈妈淹没在身子底下，也非常不喜欢妈妈看起来非常享受的样子。我可怜的、又瘦又高的猴子爸爸。想到他正爬在那棵古老的橡树上，为了我们那么辛苦地工作，我感觉自己的眼泪夺眶而出。

我匆匆回到前门，走进屋前的小花园，从门口的路上冲出去，穿过村庄往回跑。我回到了学校，仍旧把走的时候那张皱巴巴、带着血的纸巾按在鼻子上。

"家里一个人也没有。"我对乌拉库姆太太说着，避开了她的视线。

萝宾

莎拉有点不太对劲，但萝宾又弄不清是哪里不对劲。看见姐姐因为一件她所不知道的事情分心，萝宾感到非常不安，而她也没料到这件事情会让自己如此伤脑筋。平常，莎拉有一肚子的批评责备和要做好孩子的理论，可是一连几天，她几乎都没有责备萝宾，而且整个星期都没有告萝宾的状。萝宾注意到她待在自己房间里的时间更长了，而且显然是在躲着妈妈。吊诡的是，这却让妈妈有了更多的时间和她相处，萝宾不确定自己喜不喜欢这样。

到现在为止，这个星期萝宾已经剪了一次头发——这一次，妈妈破例同意她的头发可以不过肩——而且尽管两个人都说了些气话，妈妈还是叫上了萝宾一起去西夫韦[1]进行每周一次的采购。这看上去是杂活，实际上却是一大乐事，真正的好处则在于可以在收银台前挑上一本漫画书和几包糖果，还有一种对未来一周的晚餐拥有

1　西夫韦（Safeway），英国连锁超市和便利店品牌。

发言权的错觉：

"吃热狗肠吧，妈妈？"

"好主意，我可以做'洞里的蛤蟆'[1]，萝宾。"

她的爸爸也像变了个人似的。他盯着电视机，看到好笑的地方却不笑。今天的晚饭他也剩了一点没有吃。那可是烧烤拼盘，他最喜欢的菜。注意到爸爸托盘上剩了一半菜的碟子，就连莎拉都转过头来，冲着萝宾惊讶地竖起了眉毛。她的父母看起来不像在吵架，两个人一直都屏着气不作声。通常情况下，如果爸爸剩下饭菜不吃完，妈妈一定会站在他跟前，非要知道猪排、煎蛋和香肠到底有什么问题。可这次妈妈似乎都没有察觉。

爸爸用叉子扒拉着盘子里的剩菜、一只手撑在脸上的时候，萝宾问起了周末的安排。她希望去露天的啤酒屋，那样她、莎拉和卡勒姆可以在里面到处乱跑，而不是他们最不希望的状况——去她们妈妈最近喜欢上的手工艺品市集。

"还没定，萝宾。"妈妈回答。萝宾和莎拉都注意到爸爸停下了来回搅着剩菜的手，正定睛瞧着自己的太太。准确地说，他的表情算不上惊讶，却有一点反常。

这会儿莎拉又回到自己的房间，早早地休息了。这种想法让萝宾惊愕不已，她情愿把自己拴在沙发上，把眼皮给撑开，也不肯心甘情愿地上床睡觉。门铃响了，马歇尔家剩下的三个人彼此望了一眼。最终，母亲发出一声她那种世界末日一般的夸张叹息，把自己从沙发上

1　洞里的蛤蟆（Toad in the hole），英国传统菜。用鸡蛋、面粉、牛奶或水调成面糊，烤成约克郡酥皮布丁，再加上热狗肠制成，通常搭配蒜味酱汁及蔬菜食用。

拖了起来，跑去开门。

"是你呀，"萝宾听见母亲说道，"要进来吗？"

接着传来一阵唔嘛唔嘛表演亲嘴的声音，一听就知道是谁了。不过从前的那种努力和幽默已经没有了，她们现在只是装装样子而已。

"晚上好，杰克。"希拉里轻柔的声音让萝宾想起了咖啡广告里的女人。

"晚上好，亲爱的。"她的爸爸应道，微笑着稍稍瞥了希拉里一眼，随后又回头去看电视屏幕。

两位太太走进厨房里聊天。她们蓝灰色的香烟烟雾从紧闭的房门底下飘出来，水壶的开关跳上跳下。这样的局面持续了好几个小时，对萝宾而言这非常不错，因为如果她能保持安静的话，爸爸一般都不会记得要安顿她上床睡觉。

现在希拉里要走了，她来到了客厅里，轻轻地问萝宾的爸爸，他们俩周末去园艺中心的计划还作不作数。萝宾竖起耳朵，听到爸爸确认说"嗯，园艺中心肯定还会去"的时候，她的耳朵几乎完全立直了——就在几个小时之前，根本没有人理会她关于周末做什么的问题。

"说不定之后我们可以一起吃个午饭。"希拉里望着萝宾，又加了一句。

"说不定可以。"萝宾的爸爸说。

她走的时候，并没有唔嘛唔嘛地飞吻。

萝宾的爸爸忽然注意到这个蜷在沙发角落里、看着自己看不懂的电视节目的小孩子，说："好啦，快，小不点儿，快睡觉去。"那一天里似乎第一次，爸爸有了精神。

那个周末，他们并没有一起吃午饭。卡勒姆跑到马歇尔家来玩，他、萝宾和莎拉待在屋里看《独立歌曲榜》[1]和《春满夏令营》[2]，她们的妈妈去逛街了，而爸爸则和希拉里一起去了园艺中心。一直到那个时候为止，她们的父母还没有吵过架。

肯定有哪里不对劲。

1 《独立歌曲榜》（*The Chart Show*），1986—1998 年在英国播出的电视音乐节目。
2 《春满夏令营》（*Carry on Camping*），1969 年上映的英国喜剧电影。

此时此刻

莎拉

6. 控制欲太强

这算是什么话？

吉姆说出这一条的时候，我注意到他的母亲微微地点了点头。我怀疑她根本不知道自己的脑袋在动，不过这一点很能说明问题。我一直都很自制。常常让我失望的是，看不起我的总是女人。

我的欲望，我的天性。

我只失控过一次，那次之后，我就养成了这种自制力，并且靠着它一路走到今天，为此我感到非常自豪。说不定他指的是我对维奥莉特的控制欲太强。有谁能对一个三岁的孩子管得太严啊？他们就是孩子里的蛮荒西部。虽然他们不再是婴儿了，再也不能被大人轻轻松松地关进婴儿床或高脚椅，可是他们年纪毕竟还太小，没法去跟他们讲道理。再说了，维奥莉特是个乖孩子，不需要我管教。我们的儿子，我的儿子——如果有的话——才会是那个小淘气鬼，才是我管不住的那一个。

我一直都说自己想要两个孩子，先有一个女儿，然后再有一个儿子。吉姆也一直想要两个孩子。他说不管是男是女他都不介意。我说我也不介意。

为了和吉姆在一起，有许多东西，我必须学会；有许多东西，我必须抛弃。

我努力做到关心体贴，但很难搞清楚什么才是正常的关心体贴。我从来没有过什么好的榜样。

吉姆喜欢一下班回到家就跟维奥莉特一起吃饭。他喜欢帮她洗澡，安顿她睡觉——他管这个叫作上晚班。他喜欢脱掉上班时穿的衣服，在浴室里洗去一天的疲劳，然后套上他的慢跑短裤和 T 恤衫，准备吃饭，那是他的居家行头。他其实并不像一开始出于礼貌所说的那样喜欢吃我做的菜，而且还提出了越来越多的要求和意见。这让我难以招架。我常常犯错，不只是在做饭这件事情上。

即便是现在，我也还是会犯错。越是想要在清单念出之后进行补救，就越是让局面雪上加霜。最终，我只能停下来，重整旗鼓，再次集中精神。最初，我只是徒劳无功，还让自己溅了一身的污泥。

清单念完之后已经过了四天。

离家的第一个晚上，我彻夜难眠，困惑不已。第二天早晨醒来之后，我发现自己躺在一张陌生的床上。一切都散发着不同的气味。第二天，我不用一听见维奥莉特的呼唤就起床了。我这个人已经没有用了。

然而，她还是像从前一样让我牵肠挂肚。这天的大部分时间里我都离她远远的，努力照着他们的吩咐去做。可我做不到。我带着一只要送给维奥莉特的泰迪熊出现在了自己的家门口。灯关着，屋里空无一人。我的钥匙已经开不了门了。整个计划执行得如此之快，让我不寒而栗。来时坐的那辆出租车已经开始掉头驶离我们住过的那条小巷了，不过幸好，司机看见了跑在车后面的我。

他们在哪儿再明显不过了。我琢磨着这件事情他们计划了多久，回想着他们是什么时候背着我整理好了维奥莉特的儿童行李箱。吉姆是趁我给她洗衣服叠衣服的时候把它们都藏起来的吗？我努力不去思考这些，努力把胸口那团熊熊燃烧的怒火给咽回去。我甚至还让出租车司机拐进加油站，好给吉姆的母亲买一束花。

习惯了。

我们在吉姆父母的家门口停下来的时候，吉姆的车正停在车道上。他是提前定好了今天休假，还是早晨打电话去请假的呢？这种协调安排方面的问题让我头昏脑涨。这次我让司机等一等，敲门的声音比我预想中来得更加尖锐。吉姆的母亲来应门的时候，我能听见女儿在另一间屋子里发出的阵阵笑声。我把鲜花递给吉姆的母亲，请求她让我进去。她目不转睛地盯着我，这个曾经跟我说过她有多感谢我照顾吉姆、照顾维奥莉特的女人。如今她盯着我的样子，就好像我要看她的肾似的。

"求你了还不行吗？"我又说了一遍，声音沙哑。

维奥莉特的笑声停了下来，她喊着我的名字，朝门口跑来。她穿着一条崭新的粉红色裙子，奔向我的时候，金色的波浪长发随风飘动，眼睛闪闪发亮。我都已经要抓到她、抱住她了，就在这时，吉姆快步冲进门厅，一下子把她带走了。

"不！"我嚷道，"求你了！"

"你得离开这里，莎拉。"他的母亲说道，她低头看着我们两个人的脚。

"可你说过你们不会不让我见她的。"

"我们说过，你需要接受治疗，在那之后，或许……"她开了口，只是迅速地抬起头扫了我一眼。我无言以对，攥紧拳头，捏碎了之前买下的鲜花。花瓣碎片跌落到地毯上，我灼热的眼泪流了下来。

"你得离开这里，莎拉。如果你不走的话……"她深深地吸了一口气，小声地说，"我们就得把警察叫来了，我想你一定不希望那样。"

"我只是想见维奥莉特而已，我又没有做错什么。"我喊着，我不想那么大声的。

"假如你觉得自己没有做错什么，"吉姆的母亲回答，忽然把音量提得和我一样高，"那你就比我们想象的还要不正常。"

出租车司机没有再闲聊，一言不发地准备把我送回旅店。我把头靠在车窗玻璃上，下巴随着引擎一起颤动，泪水顺着脸上曲折的印痕流了下来。

昨天我又试了一次。吉姆和他的父母站在窗前望着我砰砰地捶门，一直捶到门锁都弹了起来。今天我又试着要进去的时候，吉姆走到门外，就像对待一个不讲理的醉鬼一样抓住我的手臂，把我押回了出租车里。

我还没来得及说服自己就走进银行，用他留给我买东西的那张银行卡，提光了账户里的钱，又把我在自己的账户里存下的那一小笔积蓄取了出来，把所有的钱都装进了手提袋，搭上了前往吉尔福德的公共汽车。

我在火车站下了车，拎着手提袋走了进去。

柜台后面的男人对我露出了微笑，这段时间以来第一次有人对我笑了。我流着眼泪，用变了调的声音说："我要一张去曼彻斯特的单程票。"

萝宾

在顶楼卧室的窗帘边上停下来的时候，萝宾已经走到了四千步。这会儿她暂时停下了脚步，站在那里。今天还没有人来敲门，不知怎的，对敲门声到来的预感比敲门声真正出现的时候还要难熬。今天会敲得更加气势汹汹吗？雨点般的敲门声持续的时间会更长吗？敲门的那个人会转而在后门出现吗？他会等到天黑，爬到厨房的屋顶上，扯开那间空余卧室的窗户，像猫咪一样悄无声息地落到地上，趁着她睡觉的时候，在她家里偷偷摸摸地走来走去吗？

昨夜她辗转难眠。一直到凌晨时分，她还睁着眼睛躺在床上，挣扎着避开往事的纠缠，也无力控制眼前的恐惧。最终，她把自己从床上拖了起来，不过她并没有爬到床底下，而是朝着那间兼做"健身房"的卧室走去，她打算做做壶铃深蹲、在健身单车上骑个几英里，来把自己累倒。

这个办法勉强算是起作用了。原地骑了十五英里之后，她成功地做了二百八十下深蹲，每二十下就稍停一会儿，做最后两组的时候，她闭上了眼睛。起码这是个对等的数字，一个悦耳的整数。她拖着双脚从那间兼做健身房的空屋子里挪了出来，洗了个热水澡，随后踏上二层的楼梯，走进了顶楼的卧室。在卧室里，她放弃了，不再假装今晚是个普通的夜晚，接着她用羽绒被裹住身体，爬到了床底下。

现在是下午，萝宾的膝盖依旧疼痛不已，酸胀的腿部肌肉僵直发硬。她倚着窗户，一只手搁在窗台上，打量着屋子的背面。她看见喜鹊夫妇都在家里，他们家的小男孩却全无踪影。喜鹊夫妇不到午茶时间就双双回家，这很不寻常。只消用最短的时间瞥一眼他们的肢体语言、他们绕着彼此转圈的样子，就能看得出来，一切都乱套了。

她移开视线，抬眼去看那个女学生，但她的公寓里并没有人，昨天晚上吃完麦片剩下的空碗还放在桌子上。望不见那对老夫妇——孔雀先生和孔雀太太的影子，不过萝宾最近亲眼看着搬进来的那个年轻男人，正靠在花园的墙壁上抽烟。他在墙上摁灭了香烟，丢下烟头，又缓缓地走回了屋里。

萝宾把视线移回正中，端详着喜鹊夫妇。他们俩依然转着圈子对峙着，就在窗户的后面，纸屑和小东西被扔得到处都是。这会儿孔雀太太的头发散开了，大概是因为那些传不到萝宾耳朵里的大喊大叫。那位老太太正站在她的公寓外面，扫帚拿在手里，伸长了脖子。

夫妻吵架并不新鲜，不过对于一个穷极无聊的老年人而言，多半也已经够有意思的了。以萝宾现在的处境，她可没资格对别人评头论足。她告诉自己，她在某种程度上算是在充当监护人照看着对面的那些生命。然而只要长久地审视这种说法，它便会分崩离析。假如她真的只是一个富有同情心的目击者，那她就会用更多的时间来担心那个独自照顾婴儿的年轻母亲，她在夜里抱着满脸通红、不停尖叫的孩子，走来走去。她会担心那些老人，那个照顾着自己和丈夫的上了年纪的女人，她的丈夫看起来越发虚弱了，老是从公寓里走出来，孔雀太太每次都会在最后一刻把他抓住，重新哄回家去。

　　不，萝宾的关注不仅仅是出于热心肠而已。喜鹊先生和喜鹊太太是她应对策略当中重要的组成部分。他们才是她的指北针。他们和睦而又健康，提醒着她正常家庭该有的样子。她不想把他们看成是亨利·沃特金斯和凯伦·沃特金斯，又一对神经质的夫妻。或许每个家庭都一样混乱不堪，这个念头会让萝宾的整个世界天翻地覆的。

1991 年

莎拉

自从见到妈妈和德鲁躺在沙发上之后，我不管往哪儿看，都能看到那幅阴魂不散的画面。妈妈穿的那些新衣服，她穿着那些衣服的时候德鲁望着她的样子。希拉里不怎么化妆了，就好像她不那么在乎了，爸爸脸上失神的表情——那种说明他可能知道些什么的表情。两家人还是会见面，但感觉很奇怪，仿佛我们正处在乌云的边缘，而雨点却始终没有落下来。只要有一句不客气的话，没准儿大家就都会像狗一样狂吠起来。

我不禁回想起那个异样的夜晚——萝宾因为吃得太多不舒服，妈妈和德鲁在厨房里拥抱激吻，爸爸在沙发上睡着了。我知道大人喝酒的时候是会在一起搂搂抱抱的，可是所有的一切都在我的脑袋里搅成了一团。我不喜欢这样。

卡勒姆也很反常。从我们认识他以来，他就一直很安静，还有一点神经质，现在他更安静更神经质了。跟他打声招呼就能把他吓一大跳。要是有大人在离他不远的地方大声说话，他看上去就会像是快要哭了一样。前几天在课堂上，几个男孩子做了些不像话的事情，霍华德太太对着他们嚷嚷之后，卡勒姆就跑出了教室。可他甚至都没有坐在那些男孩的边上，但要不是我了解他的话，还会以为他是吓得尿裤子了呢。

上体育课的时候，我注意到他的腿上和手上全是黄绿色的瘀青。换了其他的男生，我会觉得那是打架、摔跤或是踢足球弄的。

上个周末，我们去了格兰杰家，像平时一样留下过夜。往常，我们都能坐在餐桌边上和大人们一块儿吃晚饭。尽管我听不太懂他们开的那些玩笑，尤其话题转到德鲁·格兰杰的工作、金钱或是政治的时候，我就更不明白了。但我喜欢那些喋喋不休的说话声，就好像我能触到人生另一个阶段的边缘，只消余光一瞥就能看见它。少年时光，成人生活。我喜欢想象有朝一日，我也能烹调出蓝带级别的美味，拥有一台放在桌子上的菜肴保温器，丈夫做着一份谁都搞不懂是什么的工作。

不过上个周末却不一样。我们没有一起吃饭——我们几个孩子先吃了。我们吃的是西班牙海鲜饭，萝宾很不放心地小口咽着，把陌生的大明虾拖到盘子的一边，像谋杀案里摆放死者那样把它们排成了一排。大人们甚至还允许我们把爆米花拿到楼上去——通常我们都得像窃贼一样偷偷地带上去。德鲁先把卡勒姆叫到身边，一边飞快地在他耳边小声说了几条规矩，一边用手抓着他的后颈，把他疼得龇牙咧嘴。因为担心卡勒姆，我们用有史以来最慢的速度，小心翼翼地吃完了那些爆米花。

我们看了《魔幻迷宫》，我努力像卡勒姆和萝宾一样跟着唱里面的每一首歌，却从来都记不住所有的歌词。电影结束之后，自尊心受到伤害的我变得恶声恶气的，而卡勒姆则涨红了脸，拼命地调停我和妹妹，让我们保持安静，以免大人们跑上楼来。我觉得他说的大人是指他的爸爸。我也不知道这是怎么回事。他的爸爸确实比我们的爸爸更加苛刻，而且——用萝宾的话说——也更加自命不凡，不过他对我一直非常友好。我觉得遵守规矩或者努力让好看的东西（他们有很多好看的东西）保持完好并没有什么错。不过这种想法不太讨喜，所以我并没有说出来。再说，我一点也不觉得德鲁是个优秀的人，他肯定不是个优秀的丈夫，因为他和妈妈做出了那样的事。

我还是无法摆脱几个月前，鼻血流个不停的那天所见到的情景。我从来没有撞见过妈妈和爸爸那样，倒不是说我想看见他们那样，但起码那是正常的。学校里的其他孩子听见过家长亲热的声音，有一个男孩甚至还见过爸爸妈妈在浴缸里面"做"（"他们看上去就像海怪一样"），他的父母以为他出门去玩了。可是谁也没提起过看见自己的妈妈和别人的爸爸在一起。

我不想冒险对任何人说起这件事。

明天是星期六，格兰杰一家要到我们家来过夜。我不知道为什么要这样，因为我们的房子比他们的小，这就意味着我们所有的孩子都得待在萝宾的房间里，而德鲁和希拉里会睡在我那间房里的单人床上。奇怪的是，对于这样的安排究竟好不好，妈妈似乎也不是很有把握，是爸爸坚持说这样改变一下挺好的，然后就开始恭维妈妈的烹调手艺。

"你不过是希望能跟那个该死的希拉里一起到花园里去而已。"后来，妈妈在门口露面的时候说，她的头发全都向上抓成了一个发髻，手上戴着手套。家里她看哪儿都不顺眼。

"别说了。"爸爸说道，他似乎挺高兴的。可随后妈妈狠狠地瞪了他一眼，看起来像是要吵架似的，爸爸收起了笑容，一直死盯着妈妈，直到她转身走开。走开后的妈妈嘴里还嘀咕着："但愿能让希拉里女王满意。"

　　现在是星期六的晚上，我们在萝宾的房间里。她的床底下就像是一个深坑，堆满了坏掉的玩具、厚厚的灰尘、扔掉不用的碎纸片。卡勒姆就在这个杂物堆旁边的地板上，正躺在睡袋里咳嗽着，我觉得非常过意不去。我们正在说着学校的假期，还有夏天要怎么过。萝宾觉得我们会到南方的多塞特去，但是有一种感觉告诉我，我们不会去那儿。爷爷去年过世了，我们都过去的话，我想奶奶一个人是没法应付的，不过谁知道呢。爷爷去世的时候，爸爸哭得那么厉害，我还以为他会吐出来呢。我为他感到难堪，也觉得非常难过，仿佛自己胸前开了一口深井，得尽快拖来一件重重的东西把它盖住，身体其余的部分才不会掉进去。

　　卡勒姆说放假的时候他们总会到国外去。如果气温不超过八十华氏度，不用坐着飞机去，他的爸爸就不觉得那是一次像样的假期。他说很奇怪父母还没提过要出门的事，一般他们度假一回来就会定好第二年夏天的行程。萝宾说他应该去问他的爸爸他们要去哪里度假，或者至少问问他为什么不去了。而卡勒姆看着她的样子，就好像他从来没听过这么古怪的提议似的。

　　"你什么也不用问我爸爸。"过了一会儿，卡勒姆接着说道，"只要等着他告诉你要做什么，然后保证照做就行了。"

现在是星期天早晨了，我们坐在床上玩连环拼字游戏。萝宾火冒三丈，因为她要输给我了。她在学校里从来不努力练习拼写，所以我当然会玩得更好。我们现在是三局两胜，她却把规则改成了五局三胜，而如果这种局面持续下去的话，赢家（也就是我）就永远没法和卡勒姆一起玩了。原本应该是一场比赛，如今却变成了乱发脾气。

培根和吐司的香气飘满了整间屋子，我提议我们就算是平手吧，这样就能去吃点东西了，绝对没法跟我打平手的萝宾开口说道："嗯，好吧，不过你要知道，本来我会赢的。"我看见卡勒姆转过身去，笑了出来。

萝宾

你们爱怎么说妈妈都好，但做早餐她可是行家。萝宾心想，她的妈妈或许做不出希拉里和德鲁家的那些花哨菜色，不过她的培根和煎蛋可是出了名地美味。

德鲁·格兰杰夸奖妈妈放在他面前的全套英式早餐的时候，她咯咯地笑着，反过来称赞他的品位。萝宾的爸爸稍稍顿了顿，什么都没有说。要是这会儿他也去表扬妈妈的手艺，那看起来就太刻意了。德鲁抢在了他的前面。萝宾纳闷儿爸爸会不会只是太习惯这些油煎的美味了，都忘了它们是多么地不同凡响。到现在这样的早餐他已经吃了好多年了。萝宾放下自己的刀叉，开始掰着手指数数，一，二，三……"十二年!"她惊呼着,把嚼碎的番茄烘豆和鸡蛋都喷到了面前的桌子上。

"萝宾!"妈妈呵斥道。与其说是生气,她看起来倒更像是尴尬,而且仿佛快要哭了似的。

"好了,小不点儿,你知道该怎么好好吃饭的。"爸爸开口说。

萝宾认定是自己闯祸了,于是就道了歉,用套头衫的袖子擦掉了喷出来的早饭,德鲁·格兰杰的嘴角拉了下来,卡勒姆的面孔则涨得通红。

"我只不过是算出来你跟爸爸已经在一起十二年了。"她又说了一句,望着父母,希望多少能感受到一阵亲切的回应。通常,父母都喜欢听别人说自己做了件了不起的事情。十二年来跟同一个人在房间里睡觉,每个晚上、每个周末都一起过,还能继续做朋友,这确实是一件了不起的事情。莎拉和萝宾头对脚地睡上一夜就会闹翻,即便是卡勒姆,和两姐妹挤在一起的时候,他也曾经冲着她们都发过火。然而她说的话大人们似乎都不爱听,于是她又试着说了些别的,因为这会儿谁都不出声了,让她觉得怪怪的。

"你们俩在一起多久了?"萝宾问的是希拉里,德鲁却开玩笑地答道:"太他妈的久了!"希拉里和萝宾的爸爸发出了几声客气的"呵呵",萝宾的妈妈却猛地一仰头,笑了起来。她笑得非常大声,更像是书里的一个角色在对话框里大叫"哈哈"。在这之后,孩子们狼吞虎咽地吃完了早饭,等卡勒姆征得父亲的同意,便全都从椅子上面滑下来,蹦蹦跳跳地上了二楼。

卡勒姆被大呼小叫地喊下楼,跟着父母一同离开之后,爸爸问萝宾想不想到车库里给他帮忙。她飞奔下楼,从后门冲了出去,因为跑得太快,她滑了一下,摔在石子路上,把膝盖擦破了皮。她连一滴眼泪都没掉，也很希望爸爸能注意到自己有多勇敢多坚强，可是他又在呆呆地出神了。就在他们要走进车库的时候，爸爸抓住她的手说道："别出声，小不点儿。看那儿，那儿有几只小鸟。"萝宾眯起眼睛，望见两个棕色的影子在草坪上摇摇摆摆，一只大鸟则停在高高的树枝上望着它们。"是椋鸟。"萝宾的爸爸说，不过他不说萝宾也知道。"可怜的鸟妈妈。"他又说。

在车库里，她的爸爸开始卸一张椅子的腿，这张椅子从前是和其他椅子一块儿放在厨房里的。椅子用了几年，有些磨坏了——所有的椅子都一样——因而，她的爸爸正在一把接一把地用砂纸把上面所有的地方都磨光，再重新把它们擦亮。磨出来的粉末闻上去就像是在过圣诞节似的，满是木头的清香。和她最喜欢的爸爸在一起，待在半明半暗的屋子里，萝宾不自觉地平静了许多。他们一声不响地干着活，萝宾孜孜不倦地用一张裹在木头上的砂纸磨着自己的椅子零件。有好几次，她听见爸爸开了口，他那落满了木屑的干燥嘴唇清晰地发出了张开的声音，然而每当她满怀期待地抬起头看向爸爸的时候，他却又把嘴闭上了。

最终，他们俩被叫进屋里去吃三明治。她的爸爸一边把工具装进各自专用的盒子和帆布袋里，一边低着头说："我知道妈妈总是不停地说你，你不高兴，但那只是因为她爱你，希望你能努力变得优秀。"

"她就从来不说莎拉啊。"萝宾没想到自己会用哽咽的声音说出这句话来。

"没错，可是莎拉跟你妈妈就像是一个模子里刻出来的，不是吗，丫头？而你就比较像我，所以总是会跟妈妈吵起来。这并不是说她不爱你，只是说明，你知道的，她和莎拉更好相处，而我跟你更好相处。你是个好孩子，你有你的长处，萝宾，"他望着手上一道深深的口子说，"记住这一点。"

一学期就快结束了，学校里的规矩已经被孩子们抛到了九霄云外。一个星期五的下午，全校的人都挤到了礼堂里，排成整齐的队伍，盘着腿坐好，就像装在盒子里的火柴一样。校长用投影仪给大家放了一部迪士尼的老电影，虽然大家几乎听不见里面的声音，可兴奋的情绪还是如同电流通过导线一般，在礼堂的上空噼啪作响。

那天夜里，姐妹俩又睡到了卡勒姆家里，在那儿，大人们显然也都忘记了规矩。晚上，他们吃的是装在盒子里的比萨，是其中一位爸爸从外卖的餐馆里取回来的。他们在卡勒姆的房间里看电影一直看到睡着，大人们谁也没有来敲门，提醒他们再过五分钟就要睡觉了，临睡前也没有妈妈的吻。

第二天，大人们聚在厨房里的滴漏咖啡机周围，用低沉的、带着宿醉的声音说着话，允许这些没有人管的孩子把多余的铺盖全都拖到起居室的地板上，躲进自己用毯子搭成的城堡里，眼前留出的小洞对准了电视机。让萝宾讨厌的是，卡勒姆同意由莎拉来选电影。幸好她选了《大魔域》[1]，而不是什么卿卿我我的片子。

萝宾以前从来没有想过，不过卡勒姆似乎很喜欢尽力让每个人都满意，很喜欢主动顺从别人的想法。他先让两个女孩子从后面钻进城

---

1 《大魔域》(*The NeverEnding Story*)，1984 年上映的德国奇幻电影。一个男孩迷上了一本奇妙的书，书中的年轻勇士为阻止自己所在的幻想国度被黑暗风暴吞噬而踏上冒险之旅。

堡里，等着她们在自己选好的位置上安顿下来，然后才小心翼翼地整理好毯子，想方设法把自己挤了进去。

他总是自愿去帮她们取饮料。他耐心地听着她们争吵，然后提出一个似乎总能两头都讨好的解决方案，不会偏袒任何一方。虽然这些方案对他自己而言常常没什么好处。一开始，萝宾觉得他就是个马屁精，巴结莎拉，还在大人面前表现。可她发现，只有他们三个人在一起的时候，他更容易这样，而只要别人因为什么事情向他说了谢谢——就像刚才那样——他就会满脸通红，转移话题。

"那里有点不对劲。"他说，用手指着厨房，压低了声音，"前几天我爸爸对着妈妈大呼小叫，妈妈哭了，还说爸爸做错了事，她从来没有这么说过，就算是他……唔，不管怎么样吧。我还听见了你们爸爸妈妈的名字——"

"什么？"姐妹俩齐声问道，两人之间迸发出一阵既兴奋又不安的情绪。跟小孩子吵架相比，大人们彼此闹翻更危险、更激烈。每当有这样的事情发生，两个女孩就会像飞蛾扑火一般凑上前去，直勾勾地盯着醉汉在酒吧门外打架，只有被人生拉硬拽才肯离开；她们不假思索地走向吵得昏天黑地、正在最后摊牌的少年情侣；她们在高速公路上好奇地扭头观望车祸现场，双手按在车窗上，哪边离得近就坐到哪边去。

卡勒姆还没来得及去拦，两姐妹就已经从毯子里面爬了出来，跑到厨房的门口偷听里面的动静。假如卡勒姆提起这件事情，只是为了不让她们感谢自己的好意的话，那可真是事与愿违。

"你们两个他妈的真是疯了。"她们的爸爸正在嚷嚷着，音量却明显地被压低了。恐怕只有父母才能做得到吧。

"杰克，"她们的妈妈说，"小声点，你大喊大叫什么呀。"

"他妈的我才没喊呢。你根本就不懂什么叫作喊。而且这他妈的又有什么关系？你刚刚说出了那种话，还他妈的有脸来告诉我该怎么反应？"

"好了，杰克。"德鲁开口道。

"住口！"她们的爸爸的回答就像扔出的匕首一样迅速而又尖锐。

"杰克，"姐妹俩几乎听不清希拉里的声音，"我得出去透透气，你想跟我一起去花园吗？"

一阵椅子拖动的声音，谁也没说话。后门又关上了，沉默不断蔓延。两个女孩屏住呼吸，望着卡勒姆，他正在她们身后紧张地晃来晃去。

"我头疼。"她们终于听见了妈妈的声音。

"唔，"德鲁咕哝着，"昨晚你醉得可不轻啊，嗯？"

一阵隐约的轻笑，一声叹息。

"我们这么做对吗？"她们听见母亲问道，用的是那种红色的催款通知单从信箱里掉出来的时候才有的语气。

"你可别在这会儿给我临阵退缩，"德鲁带着火气说，"你看外面，那些该死的玫瑰花。"

这句话对他们而言显然意味着什么，因为两个人都笑了，跟着又都叹了口气。这会儿又是一阵沉默。

"真无聊，"萝宾说道，内心涌起一阵让她渴望压抑的紧张不安，"我去修城堡了。"

其余的两人松了一口气，跟在她身后，他们默默地修城堡，直到被单城堡重新变得整整齐齐为止。

此时此刻

莎拉

7. 流血事件

我来到了曼彻斯特，我孪生妹妹的心脏跳动着的城市。过去我从没到这儿来过，从来没有来这儿的理由，在我得知萝宾住在这里的那一瞬，我脑海中的地图就扩大了，这个小点在呼唤着我。我花了几个月的时间才决定登上火车，经历了与维奥莉特的无情分离，我才找到来这里的理由。这是一座阴雨连绵的城市，可我置身其中却觉得自己仿佛沐浴在一片光芒里。

是希望吧，我猜。

不过现在还有很多事情要做。首先，我不清楚妹妹究竟住在哪里；其次，她不会想到我要来，我也不知道她会不会乐意见我。我们两个上一次见面的时候，她既伤心又困惑，我也既伤心又困惑，我们就像两颗正电荷一样互相排斥，渐行渐远——我们常常都是这样。

这是一段漫长的旅程，一天开始的时候在一个地方，结束的时候在另一个地方，让我觉得脑袋昏昏沉沉的。从戈德尔明到伦敦的首班火车有一半座位都空着。上车之后的前十分钟，我摇摇晃晃地在车厢过道里走来走去，仔仔细细地挑选座位。然而从伦敦到曼彻斯特的子弹头高速列车上却挤满了人。不管什么时候，用化学制剂清理的厕所门外，都有两个人在排队，不停地挪动着双腿。

以前我从没到过伦敦以北的地方。孩提时代，我们出门最远的地方是多塞特，去和爸爸的父母——玛丽奶奶和乔爷爷——住在一起，他们退休之后就在那里生活。

我们会开着那辆旧路虎车过去，尽管我们吃了防晕车的咀嚼片，却还是吐得厉害。我们一到那儿，玛丽奶奶就会把我们紧紧搂住，给我们端上难喝的苏打水饮料，然后抹着眼泪说着我和萝宾都长这么高了，尽管萝宾从小到大都不高。

那些住在多塞特的日子里，我们会用石子打水漂，吃当地的薯条——味道与伯克郡的完全不同的薯条，爸爸说这是海边空气清新的缘故。萝宾的鬈发在海边的空气里乱蓬蓬地炸开，整个人看起来就像根棒棒糖似的，而且她还总会打嗝。我喜欢海边，喜欢在海里蹚过之后小腿上面留下的盐渍，喜欢收集漂亮的小贝壳和鹅卵石，等回到家里，就把它们布置在卧室的窗台上，或是装进小小的瓶子里。我最喜欢去找的宝物，就是被海浪冲刷成心形或是钻石形状的小玻璃片。

我和吉姆还有维奥莉特第一次度假去的也是多塞特。查茅斯附近的一座小村庄，有一间茅草屋盖顶的酒吧和一家开在海滩上的冰激凌小屋，冰激凌小屋每个星期只营业四个下午。当然，我们并不是有意要去致敬我的童年，只不过是在网上找到了一间非常划算的假日公寓而已，而且要是等高峰过后再出发的话，开车过去只要几个小时。我们盼了好几个星期，想象自己带着刚刚学会走路的维奥莉特一起涉水踏浪，一起沙滩漫步。我给自己买了一条柠檬黄的背心裙，给维奥莉特也买了一条一样的。出发之前的那个周末，我费尽力气把裙子套到了她的身上，想看看合不合身。她穿着那条裙子拍下的照片我还留着，现在真是不忍心看。

　　起程的前一晚，维奥莉特得了热伤风，整夜都没好。第二天，闷热的驾车行程结束的时候，她已经成了一团颤巍巍的红色肉球，鼻涕眼泪不停地流。我们不得不在一间没有自己的家当、附近也根本没有药房的公寓里，应付一个生病的小孩子，短短的一周假期显得无比漫长。我们整个星期都在一边盼望着回家，回到那个有退烧药的家；一边怀念着大海。

　　我们到最后一天才真正出了门。吉姆坚持要去附近那间有茅草屋顶的酒吧，在阳光灿烂的露天啤酒屋里喝上一杯麦芽啤酒。我不想去，却没法开口告诉他为什么。谁不喜欢露天啤酒屋啊？多半只有我和我妹妹吧，而这一点我也不能告诉他。我坐在长椅上，一边慢慢地喝我的橘子水，一边给仍旧病恹恹的维奥莉特喂儿童果汁。

　　不管怎么样吧，跟许多故事一样，流血事件也要从我的妈妈说起。

在我们还小的时候，她总会把音乐打开，要么放流行歌曲，要么放经典老歌。我总是忍不住觉得，这才使得萝宾最终走上了音乐道路。但我从来都不敢这么说。

夏天，妈妈会轻手轻脚地从库房里翻出一张条纹图案的折叠躺椅，像个开保险箱的窃贼似的，把椅子张开到合适的角度。她会把厨房里的收音机从窗口拖出来，电线荡在下面，然后把它搁在白色的野餐桌上。她会把音量调得很大，把裙子拉起来，躺在躺椅上，抹了油的两条腿在太阳下光泽闪亮。读完杂志，喝完"大夫"牌袋泡茶[1]或是七喜之后，她就会一下子跳起来，一把抱住我们两个当中离她最近的那个，放到自己的大腿上跳舞。

萝宾会乱踢乱蹬地要下去，而我会挥着手臂，晃着头发，咯咯直笑。我喜欢这样的瞬间。在这样的时刻，她就是全世界最有趣的人，我们的金发缠在一起，我们的笑声撞出火花。我只是想让维奥莉特对我也有这样的感受，仅此而已。

于是有一天，我发现一个音乐频道正在播着八十年代的老歌，那些我自己几十年前曾经跟着跳舞的老歌。于是我便从沙发上站起身来，翩翩起舞，还对着一脸疑惑望着我的维奥莉特挥手。金薇儿[2]的《美国的孩子》开始的时候，我冲过去，把正在摆弄泰迪熊和洋娃娃的她从爬行垫上拉了起来。她没有反抗，还笑出了声。我们上下左右地蹦跶。她模仿我夸张的动作。我也模仿她的。

1　大夫（Typhoo），1903 年创立的英国茶饮品牌。

2　金薇儿（Kim Wilde），英国流行歌手，1981 年凭借单曲《美国的孩子》（Kids in America）一炮而红。

她的酒窝是那么地深，她的微笑是那么地甜，直笑得整张小脸都变了形状。我定睛凝视，笑呵呵地吻着她的鼻子，那只小鼻子。我们抱在一起一圈又一圈地旋转。音乐切换成格伦·梅德罗斯[1]的成名曲《对你的爱永不变》的时候，我把她的小脚丫放到我的脚上，大幅度地摇晃起来，她觉得这样非常好玩。她仰起头来大笑着，闪亮的头发——已经长得那么长了——来来回回地甩动。

在我们最快乐的时候，她的脸撞到了门。虽然她没有重重地砸向门板，却碰上了门沿，把嘴唇划破了。一道细细的血迹仿佛一纸控诉，从房门一路指向电视。电视里仍旧响着刺耳的音乐，后来又忽然播起了广告。

我抱着她，把血擦干净的时候，她几乎没怎么掉眼泪，我却大哭起来。

我哭是因为她最后可能会留下一条细小的伤疤，孩子的嘴唇是那么地娇嫩；我哭是因为吉姆会很不高兴，我们十有八九会三言两语地吵上一架，而这样的吵架总是让我心里发慌。但我之所以会哭，主要还是因为我们刚才是那么地快乐，我觉得自己是那么地自由。

让我惊讶的是，吉姆回家之后，我们并没有吵架。那天晚上，他一把抱起维奥莉特去给她刷牙，注意到了她的嘴唇，便问我是怎么回事。我把整件事的来龙去脉告诉他的时候，他一直抚摸着维奥莉特的头发。听完之后，他就哄她睡觉去了。他们消失在楼梯上的时候，我

1　格伦·梅德罗斯（Glenn Medeiros），葡萄牙裔美籍歌手，20世纪八九十年代走红，《对你的爱永不变》（*Nothing's Gonna Change My Love For You*）是其代表作之一。

听见他让维奥莉特再把事情的经过说一遍。"我们在跳舞，爸爸，非常好玩……"

过了一会儿，吉姆又从楼梯上下来。"今天她睡觉很乖。"他说道，接着便打开电视，拿出了一些文件来处理。而在几个月之后，它便出现在了清单上。他不相信我说的话——也不相信维奥莉特说的。

第七条：流血事件。

萝宾

喜鹊夫妇最近经常吵架，周末会吵得更严重。他们的屋子变成了一口压力锅。小男孩仿佛知道什么时候需要赶快跑开——就像萝宾和姐姐小时候一样——不过剑拔弩张的场面越来越常见了。

萝宾之前想着，喜鹊先生兴许需要一点帮助，来看清楚眼下发生的事情，甩开出轨的太太，好继续照顾自己的孩子。他们正在一种漫无目的、令人痛苦的循环之中无休无止地争吵。最好还是从源头斩断才干净利落。这种情况持续的时间越长，大家就越不理智，这一点萝宾再清楚不过了。上一次想要避免灾难发生的时候，她笨手笨脚，弄得一团糟。这一次她要分毫不差。

她订了一件礼物，让包裹在夫妻俩都会在家的那个时候送来。礼物是送给喜鹊太太的，一件能刺激喜鹊先生问出几个刁钻问题的东西——内衣，性感又高档的那一种，暗示着"酒店和期待"而不是对一场露水之欢的感谢。她拼命挖掘自己的记忆，寻找那些干柴烈火、被人渴望的瞬间，寻找她选来附在礼物上面的留言：

一想到你穿上它的模样，我就如痴如狂。x

刚才，她用假名注册的邮箱地址收到了邮件，包裹已经签收了。此刻，萝宾从窗帘后面注视着包裹在厨房打开，夫妻二人又吵了起来。

萝宾小口地喝着茶，巴不得自己能听见发生了什么。她能望见小男孩在卧室里捂住了耳朵，心里感到一阵内疚。

然而这个办法没能奏效。两人的怨气仍旧没消，喜鹊先生不情不愿地躲着太太，象征性地接受了妻子给他的一个短暂而别扭的拥抱。可她还在那儿，他们还在一起。香槟色的真丝内衣被包起来，放回到盒子里。萝宾就算不查也知道，几个星期之后，退款就会打到自己的卡上，盒子会被退还回去，假装是送错了人。

或许，他没有问出该问的问题，抑或是没有得出该有的结论。他情愿接受苍白无力的谎言，也不愿知道令人痛苦的真相。无论如何，她又一次得逞了。谎言越发不可收拾，而萝宾也无法阻止他们走向那个注定的结局。可怜的喜鹊先生，今后的日子只会越来越糟。

1991 年

莎拉

度过几个漫长的、无所事事的星期之后，我们终于能跟卡勒姆还有他的父母见面了。暑假已经过半，我和萝宾不是在公园里晃悠，就是绕着围在村庄后面的树林骑车。有传言说树林中间住着一个农夫，他曾经误把一个骑车的孩子当成了一条偷吃他家鸡的狗，结果开枪把孩子给打死了。从前我一直怕得要命，直到萝宾向我指出，讲故事的那些人里头，从来没有一个知道那孩子的姓名，这点就非常可疑，话又说回来了，假如农夫真的打死了人，那他现在也应该在牢里了。

每次我们到村里的游乐场去玩，我都希望能在那里见到卡勒姆，可是我们从来都见不到他，因而我们就没法去玩那些错综复杂的三人游戏，只能凑合着玩些不完整的版本。有时候，学校里的其他孩子会过来，我们就会斜眼望着彼此的脸，大声吼着游戏规则，或者比赛谁能在秋千荡到最高点的时候跳下来，每次都是萝宾赢。我真搞不懂为什么还有人会费心思去和她竞争。

不过今天，我们终于要做点别的了。今天是星期五，这有点奇怪，不过爸爸在家，而且他和妈妈整个上午都把自己锁在房间里。两人出来的时候，妈妈穿了她比较好看的一条裙子，看上去却好像哭过了似的，而且，说实话，爸爸看上去也像是哭过了一样。他们捏了一下彼此的手——在他们以为我没在看的时候——只是轻轻地捏了一下。然后，我们就上了车，去了附近一个村里的露天啤酒屋。

我们到了，虽然格兰杰家的宝马车附近也有车位，但我们把车停到了停车场的另一头。大家穿过木栅栏，走进啤酒屋，我看见卡勒姆穿着衬衣和牛仔裤，头上还抹了发胶。他的面前有一杯可乐，他把吸管拿了出来，放在杯子旁边。

他注视着萝宾，想要引起她的注意，但她正一门心思缠着爸爸要可乐和薯片，没空留意他。他看了看我，有那么一刻，我们对视了一眼，让我心里感觉怪怪的。我想问他："怎么了？怎么回事？"可他咬着嘴唇，发现自己的爸爸正在盯着他，便又缩了回去。

爸爸和妈妈尴尬地站在桌旁，而我和萝宾则爬过长凳，挤到了卡勒姆身边。

这就意味着爸爸和妈妈得分开坐在两边了，于是，大人们便一言不发、兴师动众地换了位置。最后妈妈和德鲁坐到了我们的对面，而爸爸和希拉里则分别坐在我们几个孩子的两边。

"你没事吧？"我问卡勒姆，"你看上去有点反常。"

他又瞥了一眼自己的爸爸："我很好，哦，我给你们俩带了这个。"他掀开面前的厨房纸巾，之前我都没注意到桌上有这个，里面包裹着一堆小小的嫩草莓，清香的汁水把纸巾都染成了粉红色。"这是我在家里种的，和妈妈一起种的。"他仔细地把草莓分给我们。他已经明白了，自觉不公平几乎是所有兄弟姐妹吵架的根源，因而便煞费苦心地让我们俩各自分到数量相同、大小也相近的草莓。萝宾一口气就把她的那些给吞了下去，而我却吃得很慢，努力表现出自己有多感激。

买饮料的事情引起了一阵骚动，两边的爸爸瞪着彼此，谁也不肯让步。最终德鲁·格兰杰不再坚持，就这么走进了店里，爸爸则跟在他的后面。我注意到两边的妈妈并没有互相说话，而平常她们可都是你一言我一语的。相反，希拉里问起了我的裙子——这是一条我很喜欢的奶油色绣花裙子，不过就快穿不下去——然后，发现萝宾穿着牛仔裤和一件印着恐龙的 T 恤，又问她是不是喜欢恐龙。萝宾端详着她的样子，就好像这个问题很荒唐似的。"人人都喜欢恐龙。"她回答。这下轮到妈妈了，她称赞了卡勒姆利落的发型，结果卡勒姆的脸红得都发亮了。爸爸们端着两个托盘回来的时候，我们都松了一口气。

"谁想先说？"妈妈问道。大家都望着她。爸爸第一个移开了视线，转而盯着自己的手，于是德鲁·格兰杰好像老师一样欠着身站了起来，但接着又坐了回去。"我来吧。"他说。

我们几个小孩儿都喝了一口自己的汽水。原本我也像卡勒姆一样把吸管拿了出来，可是看到萝宾在吸的时候，饮料的水位线一下子低了那么多，我便重新考虑了一下，把吸管给插了回去。我们仍旧坐在那儿等着。

"是这样的，"德鲁·格兰杰开口道，听上去就像是要主持一场什么会议，"我们都有一些消息要宣布。"

我注意到希拉里的身体有些颤抖，她伸出手来握住了卡勒姆的手。从前我就见过他们这样，尤其是在德鲁说话的时候。我发觉我们那个平时都优哉游哉的爸爸，这会儿却坐立不安，心烦意乱。他抠着木桌子上的一个节疤，两只脚动来动去，灯芯绒的裤子发出唰唰的响声。就算被妈妈瞟了一眼，他也没有停下来。唰唰的声音反而更响了。

"我们大家成为朋友已经有一段时间了，"德鲁说道，"互相之间也都很了解了。有的时候，两个人交上了朋友，彼此之间变得非常了解后，他们就会意识到，实际上，他们应该花更多的时间相处。"

这话在我听来非常奇怪，因为最近几个星期，我们在一起相处的时间少多了，但妈妈和德鲁躺在沙发上的记忆让我的胃里一阵翻腾。虽然不知道他接下来会说什么，但我不想再听他说下去了。萝宾毫无头绪，她咕噜咕噜地喝完最后一点可乐，然后又打了个嗝。

"你是在说你和妈妈亲嘴的事吗？"萝宾问道，大家都倒吸了一口气。

"什么？"爸爸嚷道。

"在厨房里，我肚子不舒服的那次。"萝宾边说，边用吸管转着冰块。大人们面面相觑，爸爸看起来就快气炸了。

"你他妈的开什么玩笑？"爸爸吼着，这会儿他站了起来，用手指指着妈妈说，"在孩子面前做出这种事？"我发现德鲁用手臂搂了妈妈一小会儿，随后他站起身来面对面地盯着爸爸。

"冷静点，杰克。"德鲁说。卡勒姆抓紧了他妈妈的手臂，而希拉里则把自己的手放到了他的手上。

"这会儿再提这些细节已经太晚了，"妈妈说，"请你冷静点，杰克。"

"冷静？"爸爸的眼睛忽然湿润了，似乎并没有料到会是这样。他重重地坐了下去，只是死死地瞪着妈妈。

"对，没错，"希拉里终于用她那广告女郎般的细腻声线说道，"就是这件事。你们的妈妈和德鲁发现他们都相当喜欢对方，而且也有许多共同点。"她做了一次深呼吸，快速地瞥了爸爸一眼，"最终，他们把这件事情告诉了我和你们的爸爸。我们两个都非常吃惊。"希拉里低下了头。

"我们他妈的都气得冒烟了。"爸爸厉声说，紧盯着德鲁·格兰杰的眼睛，接着又转头去看妈妈，"而且他们背着我们搞在一起，也让我们非常恼火。"

希拉里伸手越过我们几个，在爸爸的手上轻轻地拍了一下。爸爸不再抖腿了，重新把头垂了下去，眼睛比之前更湿了。

"嗯，"希拉里说着，自己的眼泪也开始从化了妆的脸上滑下来，"我们大家都谈过了，谈得很不容易，我们不确定该怎么做才最好。而杰克和我在想着我们能做些什么的时候，待在一起的时间也多了起来。"

我开始觉得恶心。萝宾已经不去动吸管了，正用愤怒的眼神盯着妈妈。卡勒姆刚刚才用衬衣擦了眼睛，现在又擦了一下。我感觉心跳越来越快，快到我都能听见它在怦怦作响。

"喜欢上什么人是没法控制的！"妈妈夸张地大喊一声，我们全都望着她。

"没错，"德鲁·格兰杰用一种挑衅的咕哝声冲着爸爸说，"这是没法控制的，安吉拉。"

"我们讨论了一下应该怎么办，怎么样才能把这件事情处理得最好。"希拉里没理他们，接着说道，"杰克和我相处的时间多了之后，我们就不再说起自己有多生气多伤心了，我们开始发觉，我们对彼此也有好感。我们有很多共同点，比如热衷园艺之类的……"我看见妈妈微微翻了个白眼，心想，不，你没资格这样，但又把这个念头给压了下去。

"这些事情有多久了？"萝宾问，"这些个感情破裂、爱上别人的事情。"她的眼睛黑漆漆的，眯成了一条缝，而且她盯着妈妈看的样子，就好像是要跳到桌子对面咬她一口似的。

"这不是重点。"德鲁·格兰杰说。

"没错，当然不是。"爸爸尖刻地说，可就在德鲁张开嘴巴要说话的时候，妈妈一定是在桌子底下做了些什么，因为德鲁忽然瞅了她一眼，然后又对她微微一笑。

"重点是，"妈妈说，"要考虑的事情有很多。但是我们决定不能再这样继续下去了，德鲁和我想要在一起。"我望着萝宾和卡勒姆，惊得目瞪口呆，他们俩也脸色苍白地注视着我。"而你们爸爸和希拉里也拿定了主意，想看看他们俩在一起是不是也能幸福快乐，"妈妈说着，仿佛是在朗诵剧本，"所以我们得要做一些调整。"

卡勒姆钻进他妈妈的怀里，不加掩饰地哭了起来，我注意到德鲁看他的眼神，就像是嘴里有股酸味似的。

"没关系，亲爱的。"希拉里摩挲着卡勒姆的手臂，他轻轻地说了一句关于他爸爸的话，希拉里也轻轻地应了一句，听起来像是"再也不会了"之类的，然后把他的手臂和后背揉得更用力了。

萝宾

萝宾早晨醒来的时候，觉得今天就和假期里其他百无聊赖的日子一模一样。可现在，她最希望的便是趴在地上，爬回去，穿着睡衣坐在沙发上看《为什么不呢？》[1]，享受那种一切如常的感觉。

这下什么都不一样了。就在这间啤酒屋里她的父母刚刚告诉她，一切都要变了。她的妈妈要搬出去和卡勒姆的爸爸同居，而卡勒姆和他的妈妈要过来和她的爸爸住在一起。

"可他要睡在哪儿呢？"她问道，不愿意用卡勒姆的名字，好让计划看起来不是那么地确定无疑，"根本没有房间啊。"

就在这个时候，双胞胎姐妹的世界四分五裂了。

"你就让她这样得逞吗？"萝宾冲着父亲哭喊，鼻涕和眼泪沿着她皱成一团的面孔淌下来，"她不能把莎拉带走！要是妈妈想跟他私奔，就让她走好了。我希望她走！我恨她！可她不能带走我的姐姐。"

听到自己的新家，新房间，新生活，大家都会互相见面的周末，

---

1 《为什么不呢？》(*Why Don't You?*)，1973—1995 年间在 BBC 播出的英国儿童节目，主要在假日早晨时段播出，教授手工艺、游戏和小魔术等。

还有她说不定会拥有的小马驹，她多半可以自己从目录里挑选的卧室布置的时候，莎拉举起手捂住了耳朵。萝宾拉着自己的姐姐："告诉他们你不想走！"而莎拉则把自己蜷得更紧了，缩成了一个坚硬的小团。她妈妈隔着桌子伸手碰她肩膀的时候，莎拉甩开了她。她父亲沿着长凳伸出手来抚摸她头发的时候，莎拉忽然对着他大叫："别碰我！"萝宾开始大哭大闹，扭来扭去。卡勒姆爬到远处，坐到他妈妈的另外一边，紧紧地抓着她不放。他的愿望实现了，他就要摆脱自己的父亲了。虽然卡勒姆并不经常提起，但他确实跟两姐妹说过几次，他爸爸生气的时候，就会打他。

"你是说他打你的屁股？"第一次说起的时候，萝宾用嘲笑的语气问道。

"算是吧，"卡勒姆说，"不完全是。"

"我妈妈成天打我屁股。"萝宾用一种兴味索然的口吻回答，那次的对话也到此为止。

第二次提起，是在刚开始去卡勒姆家里过夜的时候。卡勒姆在折叠床上翻了个身，疼得畏缩了一下，经过萝宾一再地威逼强迫，他给双胞胎看了屁股上一大块又黄又紫的瘀青。"他觉得我对他无礼，"他只肯说这些，"所以求求你们别把吃的弄到地毯上，别让他对我发更大的火了。"当时，就连萝宾也把自己的那堆薯片给收了起来。

这次分离，对于卡勒姆而言是梦想成真。离开了爸爸，但还是能和妈妈待在一起；然而对于萝宾和莎拉而言，却是她们从来没有想过、从来没有经历过的噩梦。

父亲抓住萝宾的手腕，把她拉到自己的身边，既是在拥抱她，也是要按住她。

"你不明白。"她的母亲一边说，一边从凳子上爬下来，绕了一圈走到萝宾身旁，想要搂住她的肩膀。萝宾扭着身子挣开她，转向父亲，把脸蹭在他的衣服上，两只手紧紧地攥着他的衣服。她从来没有这么生气过，炽热的怒火从她的眼里和心里喷涌而出。

过了一会儿，父亲轻轻将她推开，又把她抱到身前，好让她看着自己的脸。"这不只是妈妈的决定。"他开口说，可是泪水却从他的眼里涌了起来，就像爷爷去世的时候那样。在他凝视着女儿的时候，泪水迅速地从脸上滴落下来。

"这种局面不是一天两天造成的，亲爱的，而且发现情况不对、我们并不幸福的不只是你妈妈。我们已经有很长一段时间不幸福了，并不是真的幸福。"

"那你们就是假装幸福！你们就是两个可恶的骗子！"萝宾嚷着，从父亲的怀里挣脱出来。她注意到，父亲并没有望向妈妈，寻求支援，而是掠过她，看着希拉里和卡勒姆站立的地方。不过出声的却是德鲁。

"好了，萝宾，"他说，"你得像个大姑娘一样对待这件事。我们大家已经坐下来彻底地讨论过了，也认定这样安排对所有人而言都是最好的。"

"这样对你和妈妈才是最好的，不是对我和莎拉，或者爸爸，或者卡勒姆，或者希拉里，所以你给我滚开！"萝宾大喊。德鲁·格兰杰看上去就像是脑袋被人打了一枪似的，随即他露出了愤怒的表情。"滚开！滚开！滚开！滚开！滚——"萝宾不停地喊着，直到父亲把她拉回身旁。她大哭大闹，一直哭到筋疲力尽，打起了哈欠。

德鲁·格兰杰涨红了脸，在黄色头发的映衬下，他通红的面孔变得更显眼了。他抽动着身体，还噘起了嘴唇。卡勒姆溜到母亲身后，好像要神不知鬼不觉地爬走似的。

"为什么不能让他跟你待在一起，让莎拉跟着我们？"萝宾问道，猛地竖起拇指指向卡勒姆。卡勒姆低头望着自己的双脚，不停地抽噎着。

"他得跟他的妈妈待在一起，萝宾。"德鲁说。

"为什么？"萝宾大叫。

"会很有意思的，"萝宾的母亲对她说，"你一直都说自己想要一个弟弟的。"

"没错，但不是要换掉我的姐姐！"萝宾吼着。

"哦，有的时候你可就是这么说的。"萝宾的母亲应道，她想要笑上一笑，可是萝宾的父亲正在盯着她看，就像在看一个恶人一样。希拉里暂时从卡勒姆身边走开，蹲到萝宾的跟前说："我知道这很难理解，萝宾，我知道妈妈要走你很难过。"

"我不难过，"萝宾回答，"我讨厌妈妈，这件事情全是她起的头，现在她还要把莎拉带走。"她的母亲咬着嘴唇，眼里却满是泪水。

"你还是会经常见到莎拉的，"希拉里接着说，她想要碰一碰萝宾的手臂，可萝宾转过身躲开了，"你会在那里过夜，莎拉也会到……"她的声音颤了一下，"到我们这儿来过夜的，我们会尽力安排好的。而且你和卡勒姆确实也相处得很好，不是吗？你们在一起也会很开心的。"

“我不要他，我要姐姐！”萝宾说着，现在她比刚才安静了一些，但还是每隔一会儿就胸膛起伏，呜呜地哭，“他不过是我认识的一个人而已，我才不想让他到我家里来。”

在萝宾的身旁，莎拉用很小的声音，轻轻地对父亲说：“求你别让我走，爸爸，求你让我留下来吧。”

“她可以和我住一间屋子，”萝宾的声音更大一点，“卡勒姆也还是可以过来的，我不在乎。”

两姐妹的父亲一脸恳求地望着她们的母亲，而她却不出声地说了一句：“抱歉。”

德鲁摇了摇头：“这些事情我们都已经解决好了，别又弄得乱七八糟的了。”

萝宾觉得，如果她把事情搞得“一团糟”的话，那么大人们或许就会想出一个不一样的解决办法。于是她不停地大吼大叫，想到什么就嚷嚷什么。如果她能一直像那样闹上一整天的话，他们就只能回到各自的家里，重新考虑这整件事了。然而事实并不是这样。大家就像是已经商量好了一样，她的妈妈上了德鲁的车，独自回到格兰杰的家里过夜，而希拉里和卡勒姆则挤到了她家的路虎车上，回到了马歇尔家。车子开走之前，两边还交换了装着过夜用品的旅行袋。莎拉并没有跟着德鲁和母亲走，她会一直留到下个星期的周末，收拾东西，为新家做准备。萝宾拼命想要阻止这一切，然而似乎根本没有人在意。

此时此刻

莎拉

8. 网络搜索历史

这一条让我触目惊心，清单上的最后一条。空荡荡的房间里有种不真实的舒适感。

随心所欲地在屏幕前度过孩子打盹的时间，不会有小眼睛在身后窥探，能够真正地探究钻研，能让大脑信马由缰地去往四面八方，满足渴望，找到答案，多自由啊！如果看够了，就啪的一声把电脑关上。

根本不用去想——好吧，我肯定是从来没有想过——后果。我从来没觉得会有记录留下来，那一行一行的代码记下我每一缕稀疏凌乱、盘根错节的思绪——那些我想要抚平理顺、干净利索处理解决的思绪。

我是绝对不会想到去看吉姆的搜索历史的。我是根本不会去关心的。就算是现在我大概只会为了搞清楚他的动机才去看，否则我是不会去看的。

不过他无疑是翻了一遍我的记录。他、他的父母，还有他的弟弟看遍了每一个我漫不经心打出来的信手涂鸦和突发奇想，更不用说是深思熟虑、用力输入的单词了。

"天使蛋糕的做法"

"睡眠所消耗的卡路里"

"维生素 E 缺乏症"

"家庭自制面膜"

"如何隐藏童年创伤的影响"

萝宾

春天的到来让乔尔顿重新焕发生机。不过只是照亮了灰尘，而非鼓舞人心。

喜鹊夫妇又在吵架了，已经吵了整整一个小时。不只是恶语相向，而且是用足了劲儿的大吵大闹。巨大的吵闹声把墙壁都震得咯咯作响。

萝宾发现他们已经引起了孔雀太太的注意。她反反复复地从自家公寓的阳台门里进进出出，一会儿到花园抖抖地毯，用力地拍打；一会儿又拿着梳子从家里挪出来,把梳掉的一撮撮头发丢给小鸟,让它们筑巢。这会儿她重新消失在屋子里,接着又拿了一块门垫出来拍打。

喜鹊夫妇的争吵是从窗边的餐桌上开始的。

最初,他们只是一杯杯喝着热饮料,开着严肃的会议。然而情况急转直下,演变成激烈地打手势、揪头发,接着他们又开始来回踱步、挥动双手,最终变成了那种颈上青筋暴出,喊出的话语再也收不回去的大吵大闹。事实上,萝宾根本听不到任何声响。

到这会儿,喜鹊太太已经好几次推开双手企图和解,却都被丈夫一巴掌甩开了。有那么一刻,他紧紧地捏着她的手,仿佛能把它们揉成一团给扔出去似的。放开的时候,他的愤怒也未能减少一分一毫。

他气呼呼地从厨房里离开了几分钟。那个女人得空立刻开始疯狂地按手机,又在厨房大门被砰的一下推开的时候,飞快地把手机塞回自己的口袋。

定睛观看的时候,萝宾的心脏咚咚咚地跳着。喜鹊太太竟然敢如此玩弄珍贵的东西,如此冷漠地拿儿子和丈夫的幸福冒险,让她越来越生气,肾上腺素飙升。

最终,喜鹊夫妇分别跑到不同的角落里生闷气。在他们的楼下,孔雀太太重新进了门,被吸进了自己那间公寓的肚子里。

肾上腺素和满腔怒火还在萝宾节节突起的肌肉中间噼啪作响,她踢开"健身房"的大门,麻利地躺到训练椅上。头顶的支架上还挂着上次练习时用的重物,她往上一提,解开杠铃的拴绳,使劲把它拉向自己的胸口,再用尽全力把金属杆推高。萝宾让杠铃在身体上方停留片刻，感觉肌肉生生地疼，随后又把它放了下来。她的肚子咕咕地叫了，她记不得上次吃饭是什么时候了。

一天二十四小时待在家里，会以奇特的方式打乱一个人的生物钟。萝宾从来感觉不到阳光照在脸上，除了隔着窗户透进来的那些，因而她的白天和黑夜都是人工描绘出来的。她每天服用维生素 D 补充剂，努力遵守正常的就寝和用餐时间。至少比参加巡演的时候要正常。

曼彻斯特的四季并不分明，一年三分之二的时间都阴沉沉的。不过即便是在夏天黏黏糊糊抹上窗框的时候，一台空调也能让它无法近身。吱吱嘎嘎的空调是酷热夜晚的良伴。

她努力尊重夜晚的降临，用睡眠度过这段时间。不然的话，深沉的夜色会把她裹进犹如柏油般厚重的黑暗之中，让不安的她仿佛眯着眼睛就能于黑暗中瞥见幽灵。辗转难眠，拼命锻炼也无济于事的时候，她就会紧张地四处徘徊，望着宛如电影布景一般一动不动的屋子。这让她想起音乐录影带里那些被弃用的场景，那些她曾经尴尬万分地"主演"过的场景——连着几个小时她无所事事地站着，看着别人摆弄灯光，原本华丽动人的构想因此被碾得粉碎。

她发现，夜晚孤身一人的时候才更难忘却过去。没有阳光的漂白，所有的记忆都被定格在黑色的背景上。昔日的面孔坐在她的身边，不发一言，百般责难。

搬到乔治街之后，萝宾最先购入的物品之一便是一台新的笔记本电脑。过了好几年只用一部手机处理大小事务的日子，闪亮的苹果笔记本放在膝头，让她感觉相当沉重。

萝宾仍旧在骗自己说她躲起来的目的是创作新曲，她装了创作软件，还看了使用教程。只看了使用教程。她没有写词谱曲，而是开着好几个浏览器的窗口，四处搜索，思绪徘徊到哪条巷弄，她就搜什么。她带着内疚，频繁地搜索着"职场太太"，乐队的成员，最后是她自己的名字。眼看着自己在"萝宾·马歇尔"的搜索结果里一路下滑，落到第二页，后来又停在了第三页上，在页面的顶端被《老爸老妈浪漫史》[1] 里的两个角色所取代。

在她偶尔控制不住自己的时候，她会搜索家谱分支里靠下的那几个名字。有些名字旁边带着重要的日期，有些则没有。搜索的结果从来没有变过。

---

1 《老爸老妈浪漫史》（*How I Met Your Mother*），2005 年—2014 年间播出的美国情景喜剧。

1991 年

莎拉

啤酒屋判决下达之后的那个周末，我搬去跟妈妈和德鲁住。在那之前，因为卡勒姆已经在了，所以我就睡到了萝宾的房间。地毯上有睡袋，不过我们却一起蜷在她的床上。直到后来，萝宾翻来翻去，梦话连篇，加之又热又闷，我才悄悄地从羽绒被下面钻了出来，躺到了地上。

我搬走之前的那个星期五晚上，萝宾依偎着我，把腿搭在我的身上，对我说她很难过，因为我要走了而她却得留下来。我说我也很难过，因为她得留下来，而且还得和一个男孩子住在一起。那天晚上，我们俩一块儿睡着了。醒过来的时候，我琢磨着我们在妈妈的肚子里是不是就是这么睡的，但我只能停下来不再去想这件事，因为我感觉自己的心就像是碎落到地上的玻璃一样。

以前我从来没有搬过家，从小到大都住在同一间屋子里。我不想把房里的东西收拾打包，不想把从小就有的玩具和泰迪熊带走，它们应该留在一直围绕着它们的那些东西身边。爸爸想要帮忙，却越帮越忙。他看起来又瘦又高，笨手笨脚，帮我叠东西的时候非常别扭，而且还总是要出门办事和干活。我知道他很难过，却在拼命地掩饰，所以就尽力不去让他更伤心了。我告诉他说我没事。

萝宾走过来，在我的床上坐了一会儿，卡勒姆跟着他的妈妈一起去拿他剩下的东西了。他们回来的时候，卡勒姆把自己的东西藏到了爸爸的房间里——应该说是爸爸和希拉里的房间里——一直到我离开家为止。

我跟他直接互换。

宝马车来接我了。他们早到了五分钟，我觉得自己被骗了。我和妈妈把手提包装进了后备厢和前座底下的脚坑，而德鲁则留在驾驶座上，发动机也没关。萝宾、卡勒姆、希拉里和爸爸站在门前的草坪上，挥着手向我道别。车子渐渐开远的时候，爸爸慢慢地弯下身子。

只是那短短的一段路，我就知道了两件重要的事情：一、爸爸会同意让我们两个当中的一个搬走，是为了让另一个能够留在他的身边——要是他不这么做的话，法院多半会让妈妈把我们两个都带走的；二、希拉里放弃了自己对德鲁那间房子的权利，好把卡勒姆留下来。从我所了解到的情况来看，谁也没有放弃什么好把我给留下来。尽管我才是那个一直尽自己所能的乖孩子。接下来的一个星期里，妈妈试着告诉我，这正是她所希望的结果，但我觉得她是意识到了那天在啤酒屋里，自己的言行给人留下的印象有多坏，而她并不想失去除了德鲁之外唯一的支持者。

如今再过一个星期我们就要回去上学了。住在这里的大部分时间，我都在整理新房间里的各种东西，挑选那些——我感觉是——妈妈让德鲁买来讨好我的新家具，然后把它们重新摆好。上个周末，我跑去和爸爸待在一起，这话听上去很别扭。我不知道会不会有不别扭的一天。我不是去和爸爸待在一起，爸爸不是单独分开的，他和妈妈，还有萝宾，我们都是连在一起的，我们本应该坐在同一张沙发上，吃着同样的茶点。可是现在卡勒姆坐到了沙发上我原先会坐的地方，我不知道他们吃了什么茶点，也不知道他们昨天晚上吃了什么，前天晚上吃了什么，大前天晚上吃了什么。

上个周末住在那里的时候，我又睡进了萝宾的房间，因为现在卡勒姆已经在我的房间里长住了。所以我不应该说那是我的房间了——那是他的房间。我的房间在更大的房子里，在全新的庄园上，里面的衣服都是奈克斯特[1]牌的，还有一台我不听的新音响，因为德鲁不喜欢吵闹，他自己发出来的声音除外。

啤酒屋里那可怕的一天过去之后的第一个星期里，希拉里和卡勒姆感觉自己就像客人似的。屋子里仿佛住满了人，但那是暂时的，就像一个肿块终会消失。他们不知道东西该放在哪里。等我回去的时候，各种物品都已经动过了位置，还有新的东西放了进去。

我注意到萝宾对卡勒姆还是很没礼貌。卡勒姆会一点一点地向她靠近，就像对待一只会挠人的猫一样，而萝宾则会假装没看见他。周末的两天里，我们逐渐找到了各自的位置，又开始像从前一样一起玩

---

1 奈克斯特（Next），英国服饰品牌。

了。有时候——可这么说让我觉得很心痛——有时候更像是他们两个在玩，而我只是旁观。他们在玩他们自己的造字游戏，把人名的第一个字母改成 B——真的很傻——卡勒姆发现我在看着他们，便过来坐到了我的身边。

"你没事吧？"他问道。

"我没事。"我故意没好气地回答，可说完就后悔了，因为他看上去很难过，"对不起，我没事，只是……你知道的，只是有时候觉得有点难应付。"

"应付我爸爸？"

"应付所有这一切。"

"但是……我爸爸待你还好吗？比如说，他会不会——"

"你爸爸对我很好。"我说着，想把注意力转回到他们两个一直冷落我的事情上，"和你们两个一起待在这里，我只是，只不过……"我慢慢地停了下来。

这又有什么意义呢？

妈妈一直做着一些以前从没在家里做过的菜。德鲁给了她一张信用卡，她买了一捧一捧的烹饪书和新衣服。她正在安排周末的菜式，说要做意式烘蛋饼和凯撒沙拉，因为萝宾和卡勒姆会来过夜。我不知道这是为什么，因为她很清楚萝宾并不喜欢意式烘蛋饼和凯撒沙拉，她明明知道萝宾喜欢吃的食物是什么样的。所以假如她真的计划要好好招待萝宾的话，那她的方法就完全错了。不过我是不会去提醒她的。我或许是唯一一个仍旧站在她这边的人，但我现在还是非常生气，并不会把这一点表现出来。

萝宾

萝宾和卡勒姆第一次去格兰杰家里跟莎拉一起住的时候，完全是一场灾难。她们的母亲太紧张，太焦虑了，结果晚饭都烧焦了——晚饭是一种恶心的蛋奶馅饼之类的东西，吃得萝宾直打嗝——接着，等她把菜端上来，大家都狐疑地打量着的时候，她又冲着所有的人大吼大叫。

于是，德鲁·格兰杰斥责大家："安吉拉费了很大的力气才做好这顿饭的。"

"对不起。"卡勒姆应道，握着玻璃杯的双手不住地颤抖。

"噢，她原本就不该做啊，"萝宾说，德鲁咖啡色的眼睛瞪着她，"而且她不是安吉拉，是安吉。她讨厌别人叫她安吉拉。"

最初的几个周末，三个孩子要么都住在这家，要么都住在那家，后来，大人们又开了一次秘密的会议，决定今后一个周末三个人都去马歇尔家，下一个周末休息，再下个周末就都去格兰杰家，然后又是一个可以休息的周末……以此类推。萝宾非常高兴，她不用那么频繁地见到德鲁·格兰杰了，然而尽管很讨厌那些总是被母亲烧焦的古怪而又做作的饭菜，她还是很想看见妈妈的。她不想被她训斥，甚至都不想让她拥抱——她还没有做好准备，发生的这一切仍旧让她的内心一片混乱。但是她想要待在妈妈身边，就待一会儿，就像从前妈妈一直待在她身边一样。

她也想和莎拉在一起，只是和她一起，像平常一样在沙发上看电视，或者是去店里帮父母买东西，再用一点找回来的零钱买一包十便士的糖果分着吃。格兰杰家离村镇的中心太远了，他们没法到商店里去。不过至少庄园里还有一小片橡胶地面的游乐场，所以他们可以在那里玩，在富有弹性的橡胶地面上扑来扑去。萝宾说橡胶地面的设计就是为了防止人们骨折。其他两个人也表示同意，尽管他们知道事实并不是这样。

新计划刚刚开始实行的那几个月里，局面逐渐安定了下来。孩子们依然伤心，依然困惑，三个人还是会小声地讨论着什么时候又会发生翻天覆地的变化，不过他们也习惯了，习惯了和自己住在一起的大人们，对他们直呼其名，"妈妈和德鲁""安吉和爸爸""杰克和妈妈""爸爸和希拉里"，而不仅仅是"爸爸和妈妈"。

这是他们上小学的最后一年。操场上的国王和女王，他们像往常一样彼此散开，不过在可以一起做点什么或是一起玩耍，不会被人指责的时候两姐妹就会凑到一块儿。放学后，卡勒姆和萝宾会像从前的双胞胎一样步行回家，而莎拉则会被开着近乎全新的软顶宝马车的母亲接走。车是德鲁送她妈妈的礼物，和他自己的那辆正好配成完美的一对。德鲁下班回家后，砖块铺成的车道上就会有两辆车并排停着：他的和她的。

起初，和卡勒姆一起走路回家是一件很不自然的事情。从前会爬到墙上、沿着栏杆走路的萝宾，现在不过是拖着自己的午餐盒，让盒子发出很大的声响而已。他们不说话，就这么静静地走着，好像在做轮班的工作一样，只想赶快完工了事。

接着，有一天在学校里，霍华德太太心脏病发作了，就当着全班同学的面。那场面跟电影里的不一样。她没有捂住胸口脸色发紫，也没有闹出很大的混乱，而是停下了手里的事情，好像很热似的用手扇风，之后，她抓着自己的左臂，微微弯下了身子，仿佛觉得恶心想吐一样。她稍有些沉重地往讲台后面那张用旧的布椅子上一坐，挥手把莎拉叫过去，让她赶快到办公室去找人叫救护车来。

一阵强烈的兴奋传遍了全班，大家瞪大了眼睛紧盯着老师——只差一年左右就该退休了的老师，她坐在那儿担心自己可能会死在二十五个十岁和十一岁的孩子面前。救护车开来之前，校长匆匆奔进来，带着全班去了午餐用品还没有完全收拾妥当的学校礼堂。救护车呼啸着驶到低年级教室隔壁操场的时候，孩子们一边唱着赞美诗，一边拼命望向窗外，看着车上那盏不停闪烁的顶灯。

那天，走路回家的时候，萝宾和卡勒姆忍不住聊了起来。

"莎拉可喜欢这样了，你看见了吗？"萝宾对卡勒姆说。

卡勒姆微微一笑："嗯，真的是这样。"

萝宾感到左右为难。莎拉就是自命清高假正经，喜欢把自己安插到各种戏剧性的场面里，展示她平息事态的本领。可是在发生了这么多事之后，她不想去嘲笑自己的双胞胎姐姐。

"但你不许取笑她。"萝宾气冲冲地说。

卡勒姆惊讶地向后一趔趄："我没有。"

"保证不会就行了。"萝宾觉得很难过，又好像突然有股劲儿要使完似的。于是，在他们走到板球场一旁的游乐区的时候，她一把抓住卡勒姆的衣服，把他拽到了秋千边上。他们发现，即便没有了莎拉，他们终究还是能玩得很开心的。

此时此刻

莎拉

　　离开萨里的旅店北上之后，如今我住在一个类似的地方，名叫康奈尔小屋。跟之前的旅店相比，这里规模稍小，卫生更好，经营这里的夫妻也更加友好。萨里的房间是吉姆的母亲安排的，我强烈怀疑那个眼睛圆溜溜的女老板一直在向她汇报情况。很难搞清楚究竟是悲伤和打击让我变得疑神疑鬼，还是她真的在我出门的时候翻了我的包。我总是将重要的东西随身带着，特别是有一件东西，我永远都不会留在房间里，不管发生什么事，它都一直在我身边。吉姆甚至都不知道这件东西的存在，等他知道了也来不及了。

　　我在曼彻斯特所住的这个房间，墙壁是浅浅的柠檬黄，窗口有阳光照进来。环境相当宜人，还有一间小小的盥洗室，让我在几乎每一个清晨，在被所有的一切压得无法承受的时候，可以进去呕吐。房间里有一沓水粉色的毛巾，还有一只水壶，几个茶包，小包的雀巢速溶咖啡，还有一瓶瓶保质期很长的牛奶。我限制自己每天只喝一杯咖啡。我在努力把这件事情处理好。

　　我已经冷静下来，开始清醒地思考了。但我并不算很放松。失去了维奥莉特，我的胸口依然有扭曲和破碎的部分，但我已经开始感觉到，我所设想的一切都是有可能的：我可以留在这里，留在这座之前从来没有想过的繁忙都市；维奥莉特也可以到这里来。

我有一个计划，计划的第一部分，也是最艰难的那部分，将是找到我的妹妹。萝宾的手里握着能够开启接下来一切可能的钥匙。她有钱，有活力，还有地方能让我躲起来。

谁也不知道我在这里，这一点很重要。谁也找不到我。明天，我要去买一部即充即打的便宜手机换上。如果需要的话，我也可以用旅店的无线网络找她。不过，我并不是那种上网成瘾的人，加上之前曾经在网上做过的那些事情，我再也不会冒险去做了。

萝宾

喜鹊夫妇都在家里，他们的儿子却不见了踪影。他们这么早就双双回家，很不寻常，那情景让人觉得狰狞突兀、心神不安。萝宾在观察的时候听不见声音，但住在喜鹊家左边那间公寓里的女人可不是这样。她正站在那儿，屁股朝着喜鹊家的公寓翘起来，怀里抱着宝宝，伸长了脖子张望——显然是一场大戏。

在他们把萝宾像扔汽油弹一般扔进他们家厨房的那套昂贵内衣打开的时候，喜鹊先生似乎相信了太太的谎言。不过自此之后，萝宾几乎每次都能看见他们在吵架。萝宾望着喜鹊先生在垂头丧气的挫败和捶胸顿足的暴怒之间摇摆。说不定喜鹊太太做了她该做的事情，把不忠的真相告诉了他，要离开他了？除了忏悔之外，真的会有人这么做吗？难道是被逮了个正着吗？

喜鹊夫妇面对着面，显然是在大呼小叫。萝宾看不见他们的嘴型，却能见到后背的晃动，把愤怒的声音推到前胸。

突然，喜鹊先生举起拳头向太太逼近，就在同时，有人重重地捶响了萝宾的房门。她跪倒在地，顾不上膝盖磕得疼痛不已，迅速滚到床底下，拼命地喘着气。

萝宾并没有亲眼看到喜鹊先生的拳头狠狠砸到他妻子的脸上，但几个小时之后她仍旧觉得难受，眼前的场景不断重现。他终于注意到了眼皮底下、家门之中发生的事情，说不定他把萝宾送的礼物也卷了进去，说不定那件礼物就是事件的转折点。她的插手干涉，致使一个男人的拳头向后一摆抡到了另一个女人的脸上。这才是真正让萝宾难受的原因。

萝宾望着他们吵了那么多次的架，但这次的感觉不一样。情况更加严重。女人不断地后退，男人则挥舞着手指、拳头……随后敲门的声音响了起来，萝宾躲了起来，看不见了。

她藏在床底下，画面在脑海之中一遍又一遍地重播，让她忘记有人正在咣咣敲门的效果倒是非常好。

过了几分钟，萝宾重新从床底下出来的时候，就看不见什么了，看不见喜鹊太太检查身上的瘀青或者什么的。她正定睛注视着空厨房的时候，喜鹊先生蓦地冲出家门，穿过花园，从后门重重地飞了出去，吓得萝宾弯腰低头，好像房门会弹起来砸到她似的。

她坐在地上，喘了一口气，努力止住自己的幻想。大约半个小时之后，她听见了小男孩在屋外悠扬起伏的咯咯笑声。她探出头去，望见了喜鹊先生紧锁的双眉。小男孩似乎毫无察觉，在前面踩着滑板车往家赶，他的父亲没有像往常一样轻轻地在背后拉他。小男孩把滑板车往地上一丢，父子俩便消失在了后门里。把门关上之前，喜鹊先生还焦虑不安地四处张望了一下。

现在已经是晚上了，目击丈夫殴打妻子加上被坚定不移的访客紧追不舍的双重恐惧，过了几个小时才得以退去。整整一天，她的心脏都跳得格外狂烈，从对面公寓的争吵，到某个意图强硬的人来敲打她家的房门，每一个细小的动静或是感觉，似乎都在加剧萝宾的恐慌。

这个人——这个敲门人，她已经开始这么称呼他了——三番五次地前来，在一天当中的不同时间试着敲门，想要骗她上当。这影响到了她一成不变的生活节奏，而她需要一成不变才能应付下去。

过去还有音乐帮忙，若是她在惶恐之中醒来，来回踱步也只是让发条越上越紧的时候，她便会求助于这位毕生的挚友，用声波和暴烈的节奏填满整间屋子，用鼓点和琴弦筑成一道高墙。而如今，敲门人把这一切都夺走了。她不能去听那些会传到街上的音乐，那样就会露马脚，就像在说："我就在里面！尽管敲吧，最后你总会抓住我的！"

有谁会这样去吓唬一个已经被恐惧折磨得千疮百孔的人呢？萝宾隐约知道些什么，却不愿顺着这条线索再想下去。还是不知道更好，向来都是如此。

她也不能去弹自己的那几把吉他，去填满这静默，她自己的音乐也沾染着回忆的蛊毒。她甚至都没法拿起那把 20 世纪 50 年代猫王风格的乡村吉他——枫木制成的纤细琴颈哭着想要感受双手的包围；抑或是那把旧旧的伊斯特曼民谣吉他——多年以来，"职场太太"绝大多数的作品都是用它写成，只有在让旋律听起来清澈悦耳之后，她才会把它们转成黑暗沉重的电子乐；抑或是那把在柏林买下来的、绚丽华美的杜森博格——"卡里布纳尔维克蓝"，它既像某个疯狂牛仔穿的衬衫，又像是一只热带的飞鸟，上面积着灰，令人心痛。这不公平。当然那把芬达56斯特拉特电吉他也不行。她当然不配去触碰它那面晚霞色彩的琴身，不配去倾听音符恰到好处的悲鸣，以及手指按压和弦发出的摩擦声。他，那个无法提起的他，哪怕只是摸它一下都会喜欢得不得了，更不用说是弹奏了。他是多么值得拥有这把琴啊，远远比她值得。世事多么残忍，在上次与他见面的十年之后，她用一张版税支票从另一片大陆上买回来的一件东西，竟会让自己对他加倍思念。

她的吉他是从世界各地收集来的，就像有的人收集明信片一样。如今内疚、恐惧和沉默劫持了这些可怜美好的东西，一如动物困在动物园里。

今晚她格外想念音乐。雨水猛烈地抽打着窗户，窗外的城市性情暴躁，紧张不安。司机猛按喇叭，少年互相打架，小孩大声尖叫。而在屋里，洗碗机发出哔哔的响声，幻想中的时钟嘀嘀嗒嗒。所有的一切都让人心烦意乱。她在楼梯上绊了一下，踢到了大脚趾；她弄乱了洗衣服的顺序，在该洗浅色睡衣的时候洗了深色的便装；她发现得太晚了，在水流飞速涌进滚筒里的时候用力扒着洗衣机的门；用碰伤的大脚趾往门上踢了一脚；她不想哭，却哭了。

她需要一波声音来压抑汹涌而来的不祥预感。不是戴上耳机听的音乐，那完全不一样，更何况还有这个敲门人在，戴着耳机不安全。一段饱满、深沉的低音和弦，还有宛如利爪摩擦黑板一般的吉他声，并且要通过强劲的电音喇叭播放出来，才是她所需要的。那些乐声不会降低音量，只会慢慢变弱。

这会儿她在自己的左手臂上抓了七下——彻底的、让人满意的七下。为了两边平衡，她也努力这样去抓右臂，但左手的力量弱得多，她抓得缓慢而吃力，留下的抓痕也浅了。等到抓够了满意的七下，她的右臂已经红了，上面满是一道一道的纹路。疼痛让她不再去想自己在喜鹊家的厨房见到的事情，那场景就像是悬在她头顶上的一根连绵不断的传输纸带。他的拳头，她恐惧的表情。抓一下。抓一下。从头再来。

上床睡觉之前，萝宾一边仔仔细细地刷牙，一边端详着镜子。

她看起来跟平常的样子并没有很大的差别。黑色的鬈发剪短了，落在耳朵周围，颜色很深的眉毛——就像伊丽莎白·泰勒一样，她的母亲从前常常这么说，真是太过奖了——深褐色的眼球。她从没见过比自己还要苍白的肌肤。

她穿着一件深灰色的摩托头乐队[1]T恤，黑色运动短裤，没有穿袜子，她的左臂垂在身侧，右臂则在刷着牙。一个文身从短袖里面露了出来，那是 20 世纪 40 年代的性感画报女郎，留着乡村摇滚乐式的刘海，背着一把吉他，露出穿着长袜的双腿。

右臂上留着她的第一个文身，文起来痛得要命的那个。一句《魔幻迷宫》里的台词：

"只不过是永远而已，根本一点也不长。"

1　摩托头乐队（Motorhead），1975 年成立的英国摇滚乐团。

1992 年

莎拉

妈妈知道电话会打过来的，比德鲁知道得还早。德鲁一直都很紧张——以前我从没见他紧张过——而且还做好了回击的准备。"反正我也不想接这个活儿"之类的，只不过说得更加夸张，而且还夹杂着生意上面的行话，变得不堪入耳。

几个月前，"猎头"打来电话之后，他就一直没完没了地说个不停。看来这本身就是一种胜利，成为一个脑袋要被人猎去的人，而且居然还是被猎去美国。

"遍地机会的国度啊，莎拉。"第一次提起的时候他说着，把手放在我的腰背上，好像是要把我转到什么地方，给我看一张画满了机会的地图似的。几个星期以来，他们——我们——从早到晚只谈这一件事。

"可是以我现在的位置，下一步的发展很清楚啊，"他一边载着我们行驶在 M25 的超车道上，一边对妈妈说，"升副总裁的基础我全都打好了，所以再到别的地方重新开始也太轻率了。"

"那要是美国人现在就想聘你做副总裁呢？"妈妈说着，眉毛兴奋地轻轻抽动了一下。在搬来和德鲁同居之前，我肯定她根本不知道副总裁是什么。我甚至连总监都从没听说过。

他好像很喜欢这个主意。他斟酌了一会儿，接着我们便来到了挂着"湖畔"指示牌的交叉路口。那是埃塞克斯郊外的一家购物中心，自从几年前开业以来，妈妈就一直想去。

"唔，"他又开了口，"你真是个机灵鬼儿，安吉拉。你妈妈是个机灵鬼儿，莎拉。好吧，值得听听他们怎么说，是吧？"

"正是。"妈妈答道，声音里有一种扬扬自得的生气。

在亮着长条照明灯的购物中心里闲逛的一路上，他们两个自己把自己说得欣喜若狂，想象着美国的超大商场会比这里大上多少。你知道的，假如，假如。每看到一家美国商店或是快餐店，他们就会用胳膊肘轻轻推对方一下，尽管德鲁永远也不会同意去快餐店。相反，不管在哪儿，我们都得找一家叫"羊齿"[1]的咖啡馆，里面种着室内植物，还有一大片无烟区，卖的烤土豆里塞的不是豆泥和奶酪，而是类似"鲜虾之悦"的优质馅料。

没错，他拿到了那个职位，就像妈妈早就知道的那样。说不定他的活儿干得糟透了呢。以前妈妈甚至都没有遇见过做着德鲁那种工作的人，所以尽管她并没有可以拿来比较的对象，她还是把他看作那些

---

1 羊齿咖啡（Ferns Coffee），1893 年成立的英国咖啡品牌。

人中绝对的巅峰。或许她那种坚定的信任和迷恋大大助长了他的自信心，让他觉得自己能行，就真的行了呢。谁知道呢。

萝宾

已经有人跟她说过上厕所的规矩。她忘记了上厕所的规矩。在萝宾和她父亲的家里，如果他们当中有谁晚上要去小便，完了之后都不会去拉链子冲马桶。房子很小，陈旧水箱发出的咔嚓声和嘎吱声会把大家都吵醒。格兰杰家里有的是新式的卫生间，用起来的规矩也不一样。不管什么时候去上厕所，他们都要用水冲马桶。萝宾第一次在那儿过夜之后的早晨，安吉拉把她拉到一边，又急切又严肃地对她说了一件这么微不足道的事情，着实把她给逗笑了。

"我是认真的，萝宾，晚上你去小便的话要冲厕所，知道吗？"

"好的。"

可是她忘了。她忘记了这条要冲该死的厕所的该死的规矩。她几乎都不记得晚上把自己从床上拖起来，穿着睡衣坐在马桶上，在厕所的灯下眨巴着眼睛，洗了手，然后重新钻回到窸窸窣窣的羽绒被下面。

第二天早上，她被德鲁咆哮的声音给吵醒了："该死的畜生！"

她并没有意识到自己就是那个畜生。

她的母亲跑到德鲁身边："出什么事了？"

"看看，"他说，"太恶心了！"

"对不起，我在卧室那边的卫生间里……"安吉拉开口道，但是德鲁打断了她。

"你不要背黑锅，亲爱的，这不是你的错。你跟她说过规矩了，对吗？"

"对，"萝宾的母亲坚决地说，"你知道我说过了。"

"真是他妈的太无礼了。"

"对不起。"

"我告诉过你了，应该道歉的人不是你。萝宾！"

萝宾慢吞吞地走进卫生间，眼见如此戏剧化、大惊小怪的场面，忍不住傻笑起来："你们看着我的小便干吗？"

德鲁吃惊地瞪着她，又同样张着嘴巴转回头去看安吉拉："这么说你承认了？"

"承认什么？"萝宾收敛起笑容问道。

"你尿得到处都是，还就这么留在那儿，好让我们看到？"

"我……不是，晚上我去上厕所了，我没有——"萝宾不知道该怎么找到合适的词语来解释一件这么平淡无奇的事情。

"萝宾，"她的妈妈用拿腔拿调的声音说道，"这条规矩我们已经说得很清楚了，对吗？"

"嗯，差不多吧。"

"晚上上完厕所要冲马桶的，还记得吗？"

"记得，我是说，我就是忘了，这里跟家里不一样。"

"该死的！"德鲁喊着，握紧了拳头，重重地砸到墙上，把安吉拉和萝宾都吓了一跳，"你他妈的连一声对不起都不说！"

"对不起，"萝宾慌慌张张地说，"我就是忘了。"

"好了，"她的母亲开口说，更多的是对德鲁而不是对她，"就是一定保证下次要记住，知道了吗？不然的话，我们就只好惩罚不守规矩的人咯。"

我根本都不想待在这儿。萝宾一边自忖，一边走回卧室，准备套上衣服回家。家。走的时候，她听见德鲁把她叫作"懒到极点的小烂货"。比起德鲁的侮辱，母亲的沉默更让她难过。

所以德鲁和萝宾的母亲问起过几天他们能不能来一趟的时候，萝宾还以为他们过来是为了要告诉她的爸爸，在她闯了祸之后，他们不想再让她过去住了呢。

假如他们再也不想让我过去住的话，我会很高兴的，萝宾心想。不过事实并不尽是如此。

他们并不想说这些。大人们走进客厅，坐到了希拉里挑的几张新沙发上。园艺的生意比从前好了一些，因为有了她的帮忙，她会帮着寄送发票，跟"客户"沟通。他们从德本汉姆百货公司[1]买了一对双人沙发，还有一只水烧开之后就会发亮的新水壶以示庆祝。

"这些是新的啊。"萝宾的母亲说着，双手微微擦过沙发的坐垫。"很漂亮。"她又说了一句，迅速对着昔日的好友露出并不由衷的微笑。

"谢谢。"希拉里说。

大人们开始说话的时候，卡勒姆和萝宾就在门口听着。穿插着

1　德本汉姆（Debenhams），英国知名百货公司，在英国本土及爱尔兰均开设有直营店。

阵阵大笑的畅谈一去不复返。如今他们从头到尾都用了一种做作的声调。

他们听到德鲁告诉希拉里和萝宾的父亲，自己找到了一份新工作。

萝宾和卡勒姆对视一眼。他为什么要告诉他们这个？这跟他们有什么关系？

紧接着原因就清楚了。

"他们要我们搬到亚特兰大去。"一阵停顿。

"美国的亚特兰大。"萝宾的母亲补充说。

在门后面，卡勒姆望着萝宾，萝宾也瞪大了眼睛紧盯着他。这是什么意思？莎拉要回家了吗？她要睡在哪里？这不重要，萝宾打定了主意，他们会想出办法来的。

房间里的对话停了下来，气氛凝重。

"那莎拉呢？"终于，萝宾的父亲开了口。

"公司会付钱，让她上一所很不错的学校的。"德鲁说了起来。

"在美国？"萝宾的父亲打断了他。

"对。"德鲁和安吉齐声答道。

"可你不能把她——"

"我们可以，杰克。你知道我们是可以的。"现在德鲁的声音更响了，用的是在电话中叫人把事情办妥的时候，那种公事公办的语气。

萝宾冲进了屋里。

"你不许把我姐姐带到美国去！"她说着，用手指指着德鲁，眼里满是泪水。接着，她转过身说："爸爸，你不能让他们这样做！你一开始让他们把她带走就已经够糟的了，你不能让他们这样做。"

卡勒姆徘徊在门口，却什么话也没有说。

"这个我们以后再说，小不点儿。"她的父亲静静地说道。可是萝宾并没有走。她的父亲又一次望向德鲁和安吉。据说她忽然之间又喜欢被人唤作安吉拉了。

"你们不能就这样把我女儿带到国外去。"最终他说道，萝宾疯狂地点着头，"那萝宾怎么办？还有卡勒姆。他们什么时候才能见到莎拉？你们两个又到什么时候才能回来看他们？你们怎么能丢下自己的孩子啊？"

随着问题接二连三地抛出，对话变得越来越大声，也越来越难懂。说出口的是孩子们此前从来不曾听过的话语，是控诉和威胁。结局是这样的：假如萝宾的父亲反对他们带莎拉出国，那他就会冒着两个女儿都失去的风险。孩子永远都会跟着母亲，人人都明白这一点。

"最起码这样，"后来，萝宾的父亲出门去办事（也就是说，去喝上几杯借酒浇愁）的时候，希拉里说，"我们可以安排好，好让莎拉放假的时候就可以过来住，偶尔你们两个也可以过去住上一阵子。"她瞥见了卡勒姆脸上的表情，"说不定可以，"她又接着说，"如果你们想去的话。"

"我不想去，"卡勒姆迅速地回答，"但我担心的不是这个。莎拉怎么办，妈妈？她不应该跟他一块儿走。那样谁也没法去看她是不是好好的了。"

"你说的是什么意思？"萝宾问道，来回打量着母子俩的面孔，可他们并没有搭理她。

"卡尔[1]。"希拉里开口，但卡勒姆摇了摇头。

"她不能过来住在这里吗？"他说着，眼睛瞪得大大的，眼里满是绝望，"这也是她的家呀，不是吗？我可以睡在沙发上，或者……或者她跟我住一间都可以！为什么你和杰克要让她走呢？"

"你也知道这件事情并不是那么简单，亲爱的。杰克一点也不希望她走，可安吉拉是莎拉的妈妈，而且——"

"所以她会保证让莎拉安全的，是吗？就像你保护我一样？"萝宾从没见过卡勒姆像这样毫不掩饰地伤心难过，自然也从没听过他质疑父母或是奋力争辩。只有这一次，她没有插手，就在一旁看着。

"你很清楚你的爸爸是什么样的人，卡勒姆，"希拉里答道，她的脸越来越红，语速也急促起来，"他会想尽一切办法去争——"

"那杰克就应该争得再努力一点！"

"事情不是这样的，卡尔！"泪水渐渐填满了希拉里的眼眶，眼泪一落下来，卡勒姆便不再争辩了，他道了歉，转过身，僵硬地走出房间，上了楼。

萝宾跟着他上了楼，来到他的房间门口，敲了敲门。他正坐在床上，手臂绕在膝头，围成了一个尖顶的三角形。

"这是怎么回事，卡尔？"她问道。

"这不重要。"他并没有抬眼看她。

"实际上这很重要。莎拉他妈的是我的姐姐！"

---

1 卡尔，是希拉里对卡勒姆的昵称。

"这和你没有关系，萝宾。"卡勒姆缓缓地抬起头，注视着她的眼睛。萝宾什么也没有说，只是往后退了一步。"我知道你可能会觉得难以置信，但全世界并不是绕着你一个人转的。"他又低下了头，把膝盖抱得更紧了。

"你爸爸把你怎么了呀，卡尔？"萝宾轻声地问道。他一针见血的话语刺中了她。

卡勒姆没有抬头，什么也没有说，只是死死地望着前方，直到她走开。

莎拉

眼下德鲁正在休"园艺假"[1]。他要休息整整两个月，然后才能开始为那个要让我们搬去美国的竞争对手工作。我还以为这就是说起程之前我们还有两个月的时间呢，但我错了。今天晚上，一个房产经纪和一家有意买房的买主走进了我的房间。妈妈并没有提过他们会来。发现我在里面的时候，房产经纪对那一家人道了歉。我才刚刚习惯这座新房子，这种新生活，现在又要全变了。然而谁也没有问过我是怎么想的。就连爸爸也没有。他只是接受了这种安排，好让妈妈不要跟他打官司，把我们两个都带走。反正我也很肯定德鲁是不会愿意让萝

---

[1] 园艺假（Gardening leave），指员工辞职后继续领取薪水，但不可在同业或竞争对手公司就职的一段时间。

宾跟我们住在一起的，她和卡勒姆做完客回家的时候，他总是很高兴，但我什么也没有说。我还注意到，不管是谁都没有问过一句他愿不愿意带上卡勒姆。他甚至都没有说过自己会想卡勒姆。"现在我有了你了。"他说。

晚上，妈妈会花很长时间给在亚特兰大"搞房地产的人"打电话，但还没有——因为我已经问了几次了——打给任何一所学校。"德鲁的公司会处理的。"她说，"他们会帮你付学费，让你上一所非常好的学校。跟你现在去的那个就快塌掉的邋遢地方可不一样。"我没有提醒她，她的另外一个女儿也在那所学校里上学，而且并没人主动帮她付学费。

我不想让一家可乐公司来决定我去哪里上学。我一点也不想要这些"千载难逢的好机会"。我只想回到我从前的房子里，让一切都变回原来的样子。

一天晚上，我受够了家里那种忘乎所以的兴奋劲儿，便往书包里塞了几件衣服，蹑手蹑脚地爬下楼梯，出了家门。我没有留便条。根本不需要，傻瓜都能想到我去哪里了。

去往老家的路上，我用全新的眼光打量着沿途的风景。也许是因为我已经知道所有的这一切终将在不久之后变成回忆，所以再看这段路就觉得它让人耳目一新，充满活力。我路过了糖果店，路过了我们从前的小学，板球场上即将完工的球员更衣室被漆成了白色。

我拐进那条曾经走过的小道，感觉屋子看起来比以往更小了。希拉里正在屋前的草坪上，膝盖跪在垫子上，手里握着剪刀给玫瑰修整枝条。她把头发拢了起来，用丝巾束到后面，即便她还戴着园艺用的手套，但看上去完全就是从另外一个时代——一个更加迷人的时代里走出来的。

“你好，莎拉。”她打了招呼，注意到我的时候有点吃惊。“你怎么到这儿来了？倒不是说见到你不好。”她赶忙又说。

“我就是……”我的声音越来越小，感觉自己喉头发紧，泪眼汪汪，“我爸爸在吗？”她轻轻地摇了摇头。“萝宾呢？”她又摇了摇头，那条完美的丝巾只是往下滑了一点点。“对不起，亲爱的，卡勒姆和萝宾到外面去了，说不定在板球场上。你想让我跟你一块儿过去找找吗？”

我站在那里，抬头打量着那栋房子。

“或者你也可以进来坐坐？”她小心地问道。有那么一会儿，我们谁也没说话，可实际上，除了进屋之外也没有别的选择。

希拉里的话不像妈妈那么多。妈妈总是翻来覆去地讲着，把各色各样的复述渲染润色，能用一个形容词就说服别人的时候偏要用三个。希拉里则是坐着，听着，留下一大片空白，让你几乎想用尴尬的、额外的闲聊去把它填满，然后才终于问出一个切中要害的小问题，或是说出一句简短而又非常准确的评价。

我议论完厨房里一件跟原先不同的东西之后，她等我喘了几口气，随后问道：“说实话，对于去美国的事情，你到底是怎么想的？”

那句“说实话”说到了我心里，我哭了起来。

“我知道自己非去不可，”我终于开了口，而她也没有纠正我，“我只是希望一切都能简单一点。”

她噘起嘴唇，仿佛是在咀嚼我刚刚说出的话语，品味那些字句，接着又点了点头："嗯，我也希望。"

我们静静地坐着，等着我哭完。我擦干了眼泪。泪水止住让我觉得有些难过，因为哭泣所带来的安慰非常舒服。就在这时，希拉里对我说："你爸爸也非常希望你能留在这里，让你知道这一点很重要。"

"是吗？"我脱口而出，愤怒不已，"可他根本都没有问过我想不想留下来。"

停顿变长了，两次呼吸，三次。"对，他没有。他没有问你，是因为可能会听到的回答都太让人心痛了。假如你说不想留在他的身边，那他就会心碎；而假如你说想留下来，他又知道你的妈妈会跟他争夺你的抚养权并且会赢，那他也会心碎的。"

我张开嘴巴想说话，想抗议，却又无话可说，于是我又一次让自己哭了起来。然而这一次，眼泪也不像之前那样让我宽慰了。

希拉里坚持要开车送我回去。她没有问起我那只塞得满满的背包，只是告诉我，我无论什么时候都可以回来，这里依然是我的家。可事实并不是这样。我绕到后门，走进现在已经是我家的那栋房子。妈妈和德鲁还在厨房里，翻着手册寻找着亚特兰大的新房。

"你是在花园里玩吗？"妈妈头也没抬地问我。我像希拉里那样久久地停顿了一会儿，但对他们而言，我这样做也只是徒劳。"嗯，"最后我答道，"我是在花园里玩。"

"我喜欢这个早餐吧台。"妈妈说着，把德鲁的注意力引向她手里那张闪亮的纸片。我朝着自己的房间走去。

萝宾

莎拉要出国的念头，尤其是要跟德鲁·格兰杰这样的男人，还有他身上一并带着的那些没有解释清楚的复杂问题一起出国的念头，似乎太不真实了。萝宾就是没法想象，莎拉乘飞机，或者用美元，或者是在自己已经入睡之后莎拉还在吃着美国的食物当茶点的情景。

萝宾从来没有出过国。学校里有些阔气的孩子去过阿尔加维或是太阳海岸[1]，但多塞特从来都是她们度假的目的地，除此之外的所有地方都是那么地陌生。

她听说过纽约，那是各种鬼怪和巨大无比的棉花糖人[2]住的地方。她听说过好莱坞，那是拍电影的地方，所有的明星都住在那里。她也听说过华盛顿特区，那是布什总统住的地方，那个喜欢打仗的家伙。她没有听说过亚特兰大。她甚至连佐治亚都没有听说过。

萝宾不想住到美国去，当然也不想让自己的姐姐跟着那个人一起住到美国去。萝宾并不希望自己的孪生姐妹被美国的贪婪大嘴夺走，但在某种程度上，母亲连问都没有问她一声，这让她深受伤害。虽然这一点她永远也不会对任何人坦白。这么多年她一直觉得自己不是最

---

1 阿尔加维（Algarve），葡萄牙大陆最南端的海滨旅游胜地。太阳海岸（Costa del Sol），西班牙南部海滨旅游胜地。

2 棉花糖人（Stay Puft Marshmallow Man）是以纽约为故事发生地的影片《捉鬼敢死队》（*Ghostbusters*，1984）中的人物。

受宠爱的那一个，妈妈其实并不喜欢她。事实上，萝宾还以为这都是她自己的幻想，因为每一个人的妈妈都是喜欢他们的，难道不是吗？然而，并不是这样，她的判断完全正确。而且她的妈妈还要大老远地跑到佐治亚州的亚特兰大来证明这一点。

"你可以来看我们。"她的母亲说，听上去更像是警告而不是邀请。

尽管德鲁想劝他们别来——"会弄得很紧张的，不是个好主意"——一个月后，他们还是全都去了希斯罗机场送行。"要我错过跟女儿说再见的机会，"她的爸爸气冲冲地瞪着他说，"除非我死了。"

早上六点刚过，萝宾的爸爸、希拉里、卡勒姆和她一起到达航站楼的时候，德鲁、她的妈妈和莎拉已经办好了登机手续，正在等着通过安检。莎拉的脸上毫无血色，她用苍白的手指攥着自己那只崭新的随机行李包——跟妈妈的那只崭新的随机行李包是配套的。她胯上挂着的腰包里装满了"可以含在嘴里吸的糖果"，是起飞和降落的时候吃的。

公司出钱让他们乘坐商务舱。这对萝宾和莎拉而言毫无意义，因为从前她们俩谁也没有坐过飞机，但对她们的母亲来说，这似乎比移居美国本身还要令人兴奋。

萝宾之前还想着，在电影里，每一次机场告别的最后关头都会有情节转折——爱的告白或是回心转意。或许她的妈妈也会改变主意。或许她会搬回来和爸爸住在一起，还有莎拉也是！然而她妈妈的脸上洋溢着圣诞节早晨才有的欢呼雀跃，只消看上一眼，结局就很明显了。

这次告别是不会像电影那样出现转折的。

母亲想要抱抱萝宾，德鲁则拍了拍卡勒姆的后背，跟他握了握手，萝宾从来没有见过一个父亲做出这么奇怪的举动。之后卡勒姆就缩回到了母亲的身边，在德鲁去买咖啡而马歇尔一家在互相道别的时候，他们母子就坐在一辆行李推车上等着。莎拉抱着父亲，萝宾抱着他们两个。一开始，对清晨的陌生以及在两姐妹体内奔涌的肾上腺素让她们不自觉地开怀大笑，但很快笑容就变成了抽泣、号啕大哭。萝宾抬眼望着母亲——她就站在他们身边——发觉她也哭得一样厉害，花掉的睫毛膏从她脸上一道一道地淌下来，从下颌滴落到她全新的驼色防水大衣上。意识到母亲并不在乎那件大衣的时候，萝宾心软了，向她伸出了手。母亲紧紧地贴在她们身上，怀里搂着自己的两个女儿。父亲和母亲在姐妹俩的身后把彼此的手碰到了一起——从前他们也这样做过好多次———直到德鲁拿着两杯迷你咖啡回来，他们才把手松开。咖啡装在纸娃娃用的那种小杯子里——安吉把它们叫作"意式浓咖"。"意式浓缩。"德鲁纠正她说 [1]。

父亲和萝宾一直注视着，直到母亲和莎拉消失在上楼的电梯里，去让人检查她们全新的随机行李包为止。随后，心力交瘁的他们全都回到了车上，去了一家小主厨 [2] 餐厅吃早餐，其实谁也没怎么吃。

就这样。萝宾的姐姐真的走了。

---

1 安吉说的是 "expressos"，德鲁纠正为 "espressos"。

2 小主厨（Little Chef），1958 年成立的英国连锁餐厅品牌，门店多开设在公路沿线。

此时此刻

莎拉

假如我能就这么给妹妹打个电话就能容易一点了。假如我有她的地址就容易多了。我知道我曾经有过她的号码，但我手上最近的那个号码打不通，而搬去和吉姆一块儿住以后，我就不再把自己的号码给别人了。电话卡拿走之后，和吉姆一起生活时用的那部手机就关着机，塞在我的背包里。我留着它只是为了里面那几百张维奥莉特的照片。那几百张我不忍心去看的照片。

早前我买了一部新的手机，店里的小伙子也教会了我怎么在打电话的时候不显示自己的号码，以防万一。

随身带来的大多数衣服都不合适，所以我还得另外去买。拿到新手机之后，我去了手机铺对面的慈善商店，离开的时候拎了满满两手提袋的宽大衣服，穿上之后就能藏在里面不让人看见了。这些衣服松松垮垮，颜色很深，会选它们是因为价格便宜，而且容易清洗和晾干。我的计划持续多久，它们就能穿多久。

我已经计算过，在需要开始下一个阶段的计划之前，自己还能在旅店里住上几天。计划在脑袋里一遍又一遍地转着，好像咒语一样，可以在入睡的时候让我平静下来。

今天早晨我感觉好多了，没有呕吐。我几乎睡了一整晚，醒来只是为了去上厕所，外加检查放钱的信封还安不安全。

我小口地啃着架子上冷掉的吐司，又问其中一位经营旅店的女士能不能要一点吐司加炒蛋，"炒得透一点"，可紧接着肚子就咕咕地叫了起来，我便拉住她的手臂，问她"我能不能要一份英式早餐"的时候，她出乎意料地笑了。

现在是下午三点。假如是在家里，在从前的那个家里，我这会儿应该刚刚把维奥莉特放到床上午睡，马上要去把午餐的东西收拾好，然后再准备晚餐。把原材料切好，像电视里的美食节目一样把它们放到碗里备用，之后我就会坐在电脑跟前，登录网上的"妈妈经"论坛——刚刚发现有了维奥莉特的时候，我就加入了这个论坛。我会查阅帖子，把改良过的自制橡皮泥配方抄下来，或是对着那些说丈夫或男朋友懒惰、说婆婆多管闲事、说兄弟姐妹吵架的抱怨翻白眼。我会记下那些词组，那些忧虑和客套。我会大声地把它们说出来，这样，在医生诊室或是幼儿小组里用到这些话的时候，听起来就会很自然了。

我努力不去想维奥莉特，她吃什么东西，她穿什么衣服，吉姆是不是已经回去上班了，他会跟同事们说些什么。我寻思着吉姆有没有试着从维奥莉特的嘴里套出话来。她会说什么呢？实话吧，我猜想。

我们一向都告诉她要说实话，即便是在讲实话很困难的时候。

跟我一样，吉姆和他的家人也会悄悄地规划下一个阶段。跟安排第一阶段的时候如出一辙。他们已经列出了对我不利的理由。如今他们又在为维奥莉特建立一种全新的生活和习惯，因此就算是现在，我也会是她生活常态的干扰项，而不是她生活的一部分。

吉姆的母亲会成为维奥莉特的新家庭监护人，那个既安稳又理智的吉姆无须再中断他那份既安稳又合适的工作。他们有钱，房子在吉姆名下。

我没有任何所有权。唯一一张有点价值的纸片就是维奥莉特的出生证明，它在我从前的房子里，被锁在新换的门锁后面，好像这样就足够把我挡在门外似的。

不止一次，我曾有过一大群帮手。

不止一次，孪生妹妹站在我这一边。

萝宾

萝宾从各扇窗口向外看的时候，一系列的变化正在公寓里发生。经过面红耳赤的争执之后，喜鹊太太似乎终于离开了丈夫，把小男孩也带走了。她短暂地回来过几次，但从来都待得不长。那是共同生活结束之后，谨慎小心的上门探访。每次他们走后，就留下了喜鹊先生。按照萝宾的了解，他已经不去上班了，也很少出门。

不去同情这个打女人的男人，对萝宾而言是一场艰难的斗争。她眺望着他披着晨衣的躯壳，看见他坐在儿子的床上，在客厅兼厨房隔壁的那间小房间里。萝宾提醒自己，她所见到的场景，或许是一座极其危险的冰山的一角。这家人分开是好事。然而每次儿子走后，他眼睛里的光彩就消失无踪的样子，让人很难视而不见。尤其是因为萝宾的礼物很可能也发挥了一些作用，而且还和她所预想的不同。萝宾厌恶不忠，厌恶模棱两可，然而她最厌恶的则是暴力。

他并没有要求成为她眼中正常和美好的象征，也没有义务去为了她而让生活重回正轨。可是目睹着他在空空荡荡的家里丁零当啷地跑来跑去，轮流去找每间屋子的麻烦，似乎从来都不睡觉，很晚也不换衣服——有时候整天都不换——萝宾觉得自己似乎也被伤害了，就好像被他拖下了水，越陷越深一样。

喜鹊先生，一个可能殴打过妻子，而且天晓得还干出过什么事情的人。然而，萝宾每天依旧会对他说："早上好，喜鹊先生。"

这个下午，他在儿子的房间里待了几个小时，呆呆地注视着窗外，却什么也没有看见。没有注意到萝宾正在自家健身房的窗帘后面，同样也注视着他。

最近这几天，她见到他的次数比以往任何时候都多。他摇摆不定，时而完全一动不动，时而又疯狂地忙乱不停，拿着榔头和工具从窗前一闪而过，或是站上梯子摆弄天花板上面的东西，那些东西被窗户的顶端给挡住了，看不见。萝宾对这一切真是太熟悉了。那种失落感，用毫无意义而又极少能够完成的重要任务，填满他们的每分每秒。

厨房里的争执过后，一个沉重的问号便悬在喜鹊一家的头顶。对自己的紧迫问题充耳不闻的时候——她真的是对自家门前咚咚咚的敲门声充耳不闻——萝宾发觉自己正在脑海里温习着一卷又一卷的老电影。从喜鹊家里所目睹的场景，刚刚因为最近的事情而变了味。萝宾观察这家人已经两年多了。她眼看着他们的儿子从一个抱在怀里的婴儿长成走廊里一抹蹬着滑车、开怀大笑的活力色彩；见证着他们的一个个圣诞节和生日会，他们一家的里程碑。

几个月前，她还注视着喜鹊先生一边哭哭啼啼，哆嗦着宽阔的肩膀，一边取下婴儿摇篮，换上一张小床。她注视着小男孩在第一天睡觉的时候，跳上自己全新的床垫。后来，她又看见男孩开着夜灯坐了起来，喜鹊先生悄悄走进屋里来安抚他，还睡在了他身旁的地板上。

有那么多次，她一边看一边想，多么体贴周到的一个男人啊，多好的一个爸爸啊。她羡慕那种纯粹亲情的质朴，以及那种可以让男孩视作理所当然的坚实可靠。萝宾曾经怒火中烧，纳闷儿喜鹊太太如何能对这样的一个男人不忠。一个萝宾并不真正了解的男人，一个此刻正站在厨房里、手握一把硕大的厨刀测试重量的男人。他让刀落到自己摊平的手掌上，把它举起来面对着亮光，目不转睛地盯着它看，仿佛它能说出什么解决的办法。

1993 年

莎拉

　　到现在我们在亚特兰大已经待半年了。起初的三个月，我们住在一间由公司出钱安排的"管理层酒店式公寓"里，也就是说每天都会有人过来把垃圾倒掉，地下室里还有一个健身房，德鲁上班的时候，妈妈会在里面待上很长时间。她认识了其他几位经理的太太，而且非常惊讶地发现美国人并不像我们从小就认为的那样个个都超重。

　　整个亚特兰大都像是一片建筑工地。他们正在为奥运会做准备，尽管距离开幕还有好几年。他们正在建造一些更大的房子和更高的高楼。德鲁说这是一个"轰隆隆发展的城市"，听上去好像很危险。总的来说，这里和桦树梢相去甚远。

　　我喜欢我们住的那间公寓，喜欢那个有专用冰格的巨大冰箱，喜欢我们住在大楼的十六层——我从来没有住得那么高过——用专用的按钮打开电动窗帘的时候，我能向外望见整座城市；它因玻璃、遥远地面上的混凝土搅拌机以及挖掘机而闪闪发光。

搬走的时候我很伤心，但在沙泉[1]的新家真是让我叹为观止。它能把我们从前住的两间老房子都吞下去，而且还有富余。五间卧室当中的三间都自带盥洗室。我有一个步入式的衣橱，即使把我所有的衣服都挂上，杆子上也还有大概八英尺的空当。

可乐公司给我找的学校很小。里面有来自世界各地的学生，我们班上的十二个人当中，还有三个可乐经理的孩子。

我发现，在自己因为误解了意思而被训斥的时候，其他的可乐孩子都在笑我。在以前的学校里，所有的规矩我都懂，我就像是一本百科全书，带着即将入学的孩子参观校园。

可是在这里，我总是把一切都搞错。

我本该在两个星期之前飞去英格兰的。据说亚特兰大的三月通常都很阴冷，还经常下雨。然而在计划起程之前的那个早晨——这是我有生以来第二次坐飞机，而且还是第一次一个人飞——下起了雪。雪下呀下呀下呀。我们想要早点出发去机场，德鲁不情不愿地抽出时间来开车送我，因为妈妈不喜欢靠右行驶[2]。我们家门前的院子——邻居们把这叫作园子[3]——里面的积雪起码有两英尺。我们努力往德鲁的车边走。可我没法把箱子从那越堆越高的白色积雪里拽出来。

我们又回到了屋里，看着新闻，商量该怎么办，记者说机场只有四英寸的积雪，但是路况"非常危险"。我的航班取消了，跟着又停电了。重新来电的时候，我们在电视上看着国民警卫队给受困的汽车司机们

1　沙泉（Sandy Springs），亚特兰大的高档生活区，位于亚特兰大市中心以北。

2　英国交通规则为车辆靠道路左侧行驶，美国相反，靠右侧行驶。

3　英式英语称屋前的院子为 Garden，美式英语称 Yard。

递上一包一包的水果。那天结束的时候，有十五个人在暴风雪中丧生。

妈妈说她会在学校下次放假的时候重新订机票的，下次放假似乎还有一年那么久。我想打电话给爸爸，让他知道下了暴风雪，我的航班取消了，可是电话线路中断了。

终于打通的时候，萝宾接了起来。

"到底出什么事了？"她问我，"你被困在雪里了？"

"不完全是，"我回答，我太难过了，没法像她一样焦躁，"但是雪下得太大了，飞机没法起飞。"

"我好失望。"她说。

"我也是。"我喃喃道。一声呜咽哽在我的嗓子里，我努力想把它咽回去，因为妈妈走到电话边上来了。

"英国那边的电话？"她问道，"让我跟他们说。"可我转过身去，把自己缠进了电话线里，她退到了后面。

"我从没看见爸爸这么兴奋过，"萝宾说，她的声音平静了一些，"我们很早就去了机场。"

"对不起……"我说。为天气，为停电，为爸爸，为萝宾，为我自己。

暴风雪过后的那天，德鲁和妈妈不得不取消共度二人世界的计划，那时候我就料到自己有麻烦了。德鲁敲响卧室大门的时候，我从自己的床上——我之前坐着钻研代数的地方——又往后缩了一点。

"假如我没有送你去机场的话，"他说话的样子非常严肃，"我就会开车上班，然后就会被困在路上，说不定还会死掉。"我不知道该说什么，可他越说越高兴，把我的双手攥到了他的手里，"你是我的守护天使，莎拉，我的护身符。"

从那以后他就这么说着，而我也喜欢上了这种说法。他终于发现我是个好孩子了。

"是我订的航班。"有一次，德鲁又夸奖了一阵之后，妈妈气鼓鼓地说，但德鲁没有理她。

德鲁的个子很高，像卡勒姆，也像我。他肩宽体壮。他只打高尔夫，并不从事其他的运动，所以我觉得他只是因为运气好才有了这样的身材。妈妈则必须努力锻炼才行。德鲁长着浅棕色的头发和深色的眼睛。我想他是可以当我爸爸的。假如我允许的话，我也会更快乐的吧。说不定他现在就是我的爸爸。

在学校里，我是莎拉·格兰杰，但我不能告诉萝宾或者爸爸，因为"杰克会气疯的"。美国人比我们传统，妈妈说，德鲁公司里所有的人都以为他们已经结婚了。"我们也就跟结了差不多。"她望着德鲁说，我从没见她用这种眼神看过爸爸。倒更像是爸爸从前看着她的样子——满心期盼。

莎拉·格兰杰。新名字。新爸爸。新生活。

萝宾

"莎拉和萝宾日快乐！"

现在是莎拉的早上八点钟，但萝宾在六个小时之前就已经睡醒了，并且充满了寿星的活力。

"谢谢，莎拉和萝宾日快乐。"莎拉说着，声音闷闷的，还带着睡意。

"你拿到什么了？"

"我还不知道呢，"莎拉说着，笑了一笑，"妈妈在健身房里，德鲁去上班了。"

"哦。"萝宾瞟了卡勒姆一眼，他正坐在台阶边上，却不知道该如何领会这个眼神。

"你拿到什么了？"莎拉趁这个空当问道。

萝宾深吸一口气，兴冲冲地说了起来："爸爸和希拉里给了件 T 恤，卡勒姆给了柠檬头[1]的专辑，酒吧的菲尔给了十英镑，他是昨天晚上给爸爸的，爸爸说他多半都不记得了，所以别去谢他，不然他可能会要回来的，还有妈妈给的一盒化妆品。"萝宾哼了一声，"是你叫她寄来的吗？"

"你说呢？"

"要是她下次问起来，告诉她我要——"

"她从来都不问的，你应该直接告诉她你想要什么。"

"嗯，没错。"

"还有呢？"

"最棒的是这个……卡尔，打鼓！"

"啊？"卡勒姆轻轻地应声，而在电话的另一头，莎拉正在使劲

1　柠檬头（The Lemonheads），1986 年成立的美国另类摇滚乐团。

地听着。

"请来一段鼓点。"萝宾下令，卡勒姆在膝盖上打出一阵快速的节奏。

"我拿……到……了……"

"什么呀？"莎拉怨怪地说，半是好笑，半是生气。

"一把吉他。"

"噢，不错嘛。我还以为你已经有一把了？"莎拉问道。

"对，我有爸爸那旧的木吉他，不过这把可是名副其实的。一把电吉他——我告诉你吧——有一台功放，还有……再来点鼓声，卡尔……还有一根摇杆。"

"哇，太棒了。那是什么呀？"

"一根拧在吉他上面的杆子，弹和弦的时候，往上一提，它就会——"萝宾起劲地模仿起摇滚吉他那种颤动的噪声，卡勒姆则暗自笑了，起身走进了厨房里，让萝宾继续表演。

卡勒姆弹吉他的时间比萝宾长一点。刚刚能在琴凳上坐直的时候，他就上起了钢琴课，也因为很早就接触了音乐，加上长年累月的严苛练习，他发觉自己对于其他的乐器也能轻松上手。他的吉他学得有板有眼，跟学钢琴的时候别无二致。他做所有的事情都是这样。萝宾觉得自己也想试试。她从车库里拿出爸爸那把脏兮兮的老旧木吉他，让卡勒姆调好弦，听着他怎么弹，自己就学着弹。

从此以后，莎拉每次打电话来，都要忍受一段最新的曲子。不过几次电话之间，萝宾进步得很快。

莎拉因为佐治亚州的暴风雪而没法过来的时候，萝宾的爸爸很受打击。他一直都不动声色，却会不经意地向萝宾提起，莎拉在这儿的时候他们会做些什么：在希拉里的帮助下给她买了礼物，做了一张装着轮子、可以从萝宾床底下拉出来的矮床，这样莎拉就有自己像模像样的床可以睡了。这些都是实实在在的、爸爸会做的事情。开去机场的时候，车速比萝宾习惯的要快。到机场后，他跳出车，几乎是奔进了到达大厅。莎拉的航班不在屏幕上。他担心自己走错了航站楼，便跑去问机场的工作人员。发现她根本不会飞来之后，他目瞪口呆地望着萝宾，就好像指望女儿会知道该做什么或者该说什么似的。她能怎么办？他们当中的任何一个人又能怎么办？

他们从机场回到家的时候，希拉里正在等着，这让萝宾很高兴。她很擅长平息激动的情绪。她抱了抱杰克和萝宾，泡了茶，还给航空公司打了电话。

在浴缸里，萝宾用毛巾捂着脸哭了一个小时，随后便坐在沙发上，隔着湿漉漉的头发，一脸阴沉。

"快来，"卡勒姆说着，挽住她的手臂，拖着她走进客厅穿上外套，"我们去加油站。"

"为什么？"

"在这里等一会儿。"他噔噔噔跑上楼梯。台阶上几乎都快搁不下他那修长的双腿和宽大的脚丫了。片刻之后他回到了楼下，拍着裤子后面的口袋。

他们一言不发，步履艰难地穿过村庄，冰冷的水珠沿着萝宾的脖子滑下来。视线所及之处，都是莎拉走后变了的东西，都是她原本可以指给她看的东西。崭新的白色木质板球场更衣室已经被人用记号笔画上了一根阳具。似乎是随意被人从马路那头的采石场里挖出来的大石头竖在村庄的大礼堂门前。一块指示牌上写着这块石头"大概已经一百多万岁了",每次读到这含糊不清的声明,萝宾和卡勒姆都会被逗得前仰后合。"你大概已经一百多万岁了。"他们常常会这样出其不意地对彼此说。莎拉原本也能一起开这个玩笑的。

寒风凛冽,不过这里并没有暴风雪。想到姐姐被困在一场异乎寻常的奇遇里,而他们只是从这块百万年前的巨石边上跋涉而过,真是叫人觉得不可思议。

"好了。"推开加油站那间小店的大门时,卡勒姆说道。

"干吗?"她生气地瞪着他。

他从裤子后面的口袋里抽出了两张折好的纸钞。

"你从哪儿弄来这些钱的?"她责问道。

"圣诞节拿到的钱,这些是剩下的。"他回答,还没等她插嘴再问其他问题,就又接着说,"我们要把他们所有的吉他杂志都买下来,剩下的钱就买很多很多糖,一直吃到吐为止,好不好?"

这下她笑了,从坐车去希斯罗以来第一次笑了。

"你可以不用这样的。"

"我知道。我想这样。"

"你真好,真的。"

"你大概已经一百多万岁了。"

此时此刻

莎拉

我用的是塞尔图书馆的电脑，那是一栋安着玻璃门的红砖大楼。允许使用的时间有三十分钟，我得尽可能地合理善用。

我在网上搜索萝宾，却没有找到任何新的消息。我搜索推特——对我而言，这是陌生的领域——发现了几个名称相似的账号，其中不少都没有人用，或者已经好久没有更新了。有一个叫作"萝伯马歇尔吉他"的账号看上去很有希望，然而账号的主人更像是一个腆着啤酒肚的中年男性重金属乐迷，而不是我的妹妹。

我搜索"如何找到别人的地址"，可结果大多都是美国的，或者就是在说 IP 地址。就在打算离开的前一刻，我搜索"萝伯马歇尔吉他　曼彻斯特"，唯一的结果来自一个评论网站。那是一条言辞尖锐的意见，对"香料屋"——一家开在乔尔顿的咖喱餐厅提出了言辞尖锐的意见，说他们没有按照特定的要求送餐。

会是她吗？

就在图书馆的电脑使用时间结束之前，我找到了香料屋的地址，回到旅店，又套上一件毛衣，然后问前台去乔尔顿该往哪儿走。

假如投诉这家咖喱餐厅的人真是萝宾，那令人沮丧的事实便是，她并不满意，也不会再去点餐了。我不能用萝宾·马歇尔的身份给餐厅打电话，要我经常会点的那些东西，再跟他们确认一下地址了。并没有天上掉馅饼一样的事情，我需要加倍努力才行。我得记着吃东西，让血糖水平保持稳定，于是便顺路去了一家小店，买了一根玛氏巧克力棒——我长大之后就再也没有吃过的东西。

走路去乔尔顿至少需要一个小时。"没关系，"我对那个有些担心的旅店店员说道，"今天我也没有别的事情可做。"一句话，在能够开始下一步的计划之前，我都不会有其他的事情可做。

萝宾

今天是三月二十日。一连七年，这个日子都意味着什么。而这也是七年以来第一次，萝宾感到心烦意乱，被眼前的梦魇搅得心神不安，都没有注意到又一个周年正在逼近。

昨天晚上，她坐在黑漆漆的卧室里，拉开了窗帘，把一张椅子支在卧室的房门下面，不让门打开。这是卡勒姆童年时代用过的老办法，在他担心父亲会走进来，把那些该死的"当经理的压力"发泄在他身上的时候。关上电灯，拉开窗帘之后，萝宾能够清晰地观察对面大楼的屋顶和所有的公寓房间；而别人却看不见她。

她的脚边有一只装着咖啡的保温瓶、一个电话的充电器和一支手电。

她一直蜷缩在窗台上，唯一的陪伴便是对面的那些陌生人。喜鹊先生曾经朝她的方向望过一眼。萝宾猛地抬起下巴，带着冷酷的神情恶狠狠地瞪着他，可见到他就像抱着一个婴儿一样，把儿子的毛绒玩具捧在怀里的时候，她又动摇了。

几个小时之后，萝宾醒了过来，前额用力地贴在窗玻璃上，清晨的阳光从她的眼皮底下漏了进来。

她一个激灵坐了起来，被自己身体的形状给搞糊涂了。她彻底暴露在外，镶嵌在窗框里，就像自己在巡演时曾经嘲笑过的阿姆斯特丹橱窗女郎一样让人一览无余。她躲到别人的视线之外，查看自己的手机。现在是六点十一分。今天是三月二十日，星期天。

不管是七年还是一千年，无论时间长短，内疚和悲痛的伤痕一直都在。在她蹲在卧室的地板上、盯着手机上的日期的时候，它们像往常一样猛烈地向她袭来。

接到电话的时候，她正从墨尔本一个音乐节的舞台上走下来。那时的澳大利亚还是夏天，满眼都是粉红和橙黄，天气闷热。父母带着学步的孩子，打着遮阳伞观看乐队的演出，上午，真正的欢乐开场之前，一群客客气气的观众。

肾上腺素依旧在体内奔涌，萝宾一只手拧着 T 恤上的汗水，另一只手查收着消息。有几个未接来电，都是英国的号码，还有几条姐姐要她回电的短信。萝宾之前都不知道莎拉有她的手机号。

恶心的感觉与肾上腺素混在了一起，萝宾给老家打了电话，在他们那台英国电信的录音电话——这部大概在她十一岁的时候买回来的机器，从那时开始就一直忠实尽责地接听着家里所有的电话——上留了口信。几分钟之后莎拉回电了。在伯克郡，现在大约已是午夜了。

"喂，萝宾。"她说。

"喂。"萝宾回答。她知道是坏消息。如果有好消息的话，是不会从几乎见不到面的家人那里收到一大波电话和短信的。"是爸爸吗？"她问。

莎拉发出一声轻轻的哽咽。"对不起，萝宾。对。是爸爸。"她什么都没说清楚就哭了起来，"我们不想在你不在家的时候跟你说，可是后来他得了肺炎，全都发生得太快了。"

希拉里把电话从莎拉手里接了过去，用哽咽的声音开了腔："亲爱的，我们没想到事情会变成这样，真的很抱歉。"

萝宾还是没有明白多少，便踩着高跟鞋，摇摇晃晃地跌坐下来。"出什么事了？"她问着，却吃不准自己是不是真的想知道。她难道不能就这么重新回到台上，永远待在那里，躲开希拉里即将说出口的不管是什么话吗？

"几个星期之前，他发现了自己为什么一直呼吸有困难。他咳嗽得非常厉害，怎么都不见好。你也知道他是什么样的人——非得让人拼命押到医生跟前不可，不过，嗯，医生发现了一点东西。"

"肿瘤？"

一阵停顿，希拉里回答的时候，声音有点断断续续的："对，肿瘤。本来是在肺里。"

"本来？他们把它取出来了吗？他做手术了？我能去看他吗？"

"嗳，"希拉里说道，"我真的很抱歉。"

电话另一头有一阵简短的交谈，萝宾听不清楚交谈的具体内容。

"萝宾，"又是莎拉的声音，"听我说，你不在家，我们不想让你担心。原先我们打算你一回来就打电话给你，让你过来见他，好让他自己把所有的事情都告诉你的。"

"原先？"萝宾一边说，一边用手挡住眼前那粉色的阳光。

"他的病情恶化得非常快。他在家里，一切都发生得很快。我们还以为只是感冒，过一阵子马上就会好的。可是——"她停了下来，在背景里萝宾能听见她说："不用，没关系，我可以的，让我来告诉她。"

莎拉又接着说了下去，声音哽咽："他去世了，萝宾。我很抱歉。"

"我爸爸死了，我还错过了跟他告别的机会？我爸爸死了？爸爸死了？"

"嗯"便是莎拉唯一的回答。萝宾重新站了起来，用靴子踢着泥土，眯起眼睛抬头望天，她意识到大家都盯着她看，便说："我得挂了。"

肾上腺素已经彻底消失了，留下萝宾立在一阵一阵的热浪里，走在贵宾区开裂的玫红色泥土上，热烘烘的电话握在手里。她的父亲去世了，她表现得很差。本来，她以为自己会很清楚在亲人去世的时候该作何反应呢。或许甚至还在脑海里演练过一遍看看是不是合适呢，把每个角度都设想一圈，检验一下自己究竟有多在乎，想到的时候会有多快哭出来。然而并不是这样的。你并不会按照自己想象的那样去做。每次有这样的事情发生，你的反应都不一样，而且永远也不会是自己想要的样子。

她没有当场哭出来，而是在泥地上坐了一会儿，随后又跳了起来，因为太烫了。她一路找到为贵宾提供啤酒的地方，要了一瓶水，喝完了，又要了一瓶啤酒，喝完了，接着又吐了。直到那天晚上她才告诉了乐队里的其他人，大家都有些别扭地拥抱了她，又买了更多的酒来给她喝。阿利斯泰尔认识她父亲的时间最长，便陪着她整夜地抽烟喝酒，也掉了几滴眼泪。

接下来的几天，萝宾沉默不语，步履艰难地进行事先安排好的拍摄和采访的时候，写着时间和安排的短信也随着日程的确定逐一发来。

葬礼。在一个星期之后。原本似乎还遥遥无期的，直到要开始计算二十四个小时的飞行时间，中间还要经停几次。

萝宾还是参加了那些媒体活动——谁也没说她可以不去；而她神思茫然，也没有问。坐在其他人身边，目光呆滞，笑容机械，缓慢地、断断续续地回答着问题。在某个广播节目中，被问到觉得墨尔本的音乐节怎么样的时候，她哭了起来，阿利斯泰尔用一只手臂搂住了她，好把声音给压下去。

从墨尔本飞到悉尼的航班很顺利。从悉尼飞到香港的航班也很顺利。接下来她有几个小时需要打发，有时间为参加葬礼购置一件黑色衣服。之前她从来没给自己选过这样的衣服。她走进一号航站楼主要的购物区，被吓得手足无措。里面几乎全是设计师品牌，漂亮的手提包放在商场中间的底座上，还有光线柔和的迷你精品店，精品店里的其他顾客没有一个是穿牛仔裤的。她走进了古驰，因为她隐约知道他们有黑色的衣服。

她找到了黑色的裙子和外套，没有试穿就买了下来，还忘记了自己也要买鞋。走着去买咖啡和午餐，或者是早餐，或者是随便哪一餐的路上——因为她已经难过得无法思考了，她唯一看见的鞋店就是吉米周。起码她有了一套像模像样的利落行头，尽管极其奢侈，而且很不舒服。

从香港到希斯罗的航班延误了。随着登机口开放的时间渐渐流逝，萝宾和其他候机的旅客被安排去了航站楼附近的一家酒店投宿。对于这意外收获的一晚住宿，有些人的兴奋之情一望而知。而其他的人，比如萝宾，已经被行程折磨得厌烦透顶，他们拖着沉重的脚步登上了机场的迷你巴士，就像是要上断头台似的。

在接下来的十二个小时里，萝宾穿着旧 T 恤和内裤躺在床上，吃着送到房间里的食物，喝着迷你冰柜里的啤酒，看着古怪的电视节目，就这么掉着眼泪。

她想起了爬在树上的爸爸，成年之后，他除了睡觉之外，大部分的时间都待在树上。她想起了他工作时那专注的面孔、他工作裤上总是会有的绿色补丁，还有他灰白卷曲却又浓密的头发。她想起他发现一羽少见的小鸟就会忘乎所以，拉着她们跑出来看，尽管除了他之外谁都不感兴趣。她想起他指着一只蓝山雀或是大山雀的时候，她们总会嘲笑他，而他则会假装没有看见。

萝宾试着用星期和月份来计算自己上次见他之后已经过了多久。月份拉长成了几年。她哭得太厉害，偏头痛都发作了，差点错过改签后的航班。

在她终于在英国降落的时候，离葬礼开始还有一个半小时。她排在长长的队伍里，慢慢地挪着通过了安检。想叫出租车的时候，她才发觉自己不知道任何本地出租车公司的号码。在走投无路的绝望和偏头痛过后的筋疲力尽之中，她打了电话，请唱片公司的一位私人助理安排一辆车来。她解释说是为了参加父亲的葬礼，她要迟到了，需要尽快赶过去。在还有四十五分钟能让她赶到桦树梢的时候，萝宾走进到达大厅的休息室，发现一位司机举着一张厚厚的、写着她名字的粉色卡纸。

他接过装满行李箱——里面有萝宾这三个月穿的演出服和便服——的手推车，一言不发地推着它们穿过了滑门，向停车场走去。刺骨的寒冷扑面而来。

他们派来了一辆该死的豪华加长轿车。

对于豪华轿车，萝宾所知道的，除了它们夸张招摇，大体而言比其他任何车型都要危险之外，就是车速很慢。

萝宾别无选择，在豪华轿车的后座上，在 M4 公路缓慢的车流中，她费力地换上了裙子和新鞋。她已经给自己知道号码的每一个人都发了短信，努力解释，恳求他们等一等。她终于到了，几乎是被送到了教堂门口——经过了灵车——就在莎拉和希拉里准备不再等她，走进门去的时候。萝宾穿着针尖细高跟的鞋子，小心翼翼地踏出车门，踉踉跄跄地走上了最后一段铺着鹅卵石的小路。

"对不起。"她说着，笨拙地伸出手想去拥抱希拉里，结果却把她黑色的坤包从肩膀上给拽了下来。

"你喝醉了吗？"莎拉瞪大了眼睛。

"没有，是这双新鞋。"萝宾回答，"我没多少准备的时间。"她又对着希拉里加了一句，依然在生气自己好几个星期都被蒙在鼓里。她还气莎拉如此舒服地生活在她们共同的过去里，而她却被排除在外，完全没有自己的位置。莎拉一次也没有问过她怎么样，这一点也让萝宾愤怒不已。莎拉把告别的奢侈留给了自己，而她却没说一声再见就失去了父亲。

"来了就好。"希拉里说。她在凸出的颧骨上刷了胭脂，涂了浅色的口红，没有化眼妆。她的眼眶红彤彤的。萝宾想着她们第一次见面时希拉里的模样，纳闷儿自己之前怎么没有发觉这些年来的变化。

如今萝宾对于所能见到的一切都密切留意。她能看见的不多，却都细细端详，仿佛这就是她的工作。她已经明白了，自己闭上眼睛的时候，有多少东西会烟消云散，土崩瓦解。回顾过去，母亲和德鲁鬼祟偷情的征兆有那么多，可当分别到来的时候，却仍旧将她彻底击垮。还有卡勒姆，他的微笑只不过是在轻轻掩盖外表之下的一片狼藉。可她接受了他的微笑，拼命索要他的关心，而不是反过来去关心他。这是用最痛苦的经历才学到的教训，她不会再犯这样的错误了。

过去的几天里，萝宾不愿闭上眼睛或是扭过头去，她继续望着喜鹊先生在他空荡荡的公寓里四处游走。

注视着无声场景的萝宾，想象着喜鹊太太把小男孩送来的时候，两人之间尴尬的对话，也目睹了有儿子在的时候，这个男人眼里的不同。

喜鹊先生越发消瘦，也越发迟钝了，似乎从早到晚都会开着一盏灯。萝宾会半夜惊醒去上厕所，或者在无法入睡的凌晨时分锻炼身体，而在这些时候，总会有一盏黄灯在对面的厨房里，或是一缕蓝光在后面的客厅里。有时，她会看见一个男人的影子，在小男孩的卧室里，而男孩却不在了。

1994 年

莎拉

亚特兰大的一切都巨大无比。超市里的货架高得让人头晕，车里能坐下七八个人，办公大楼高耸参天。还有食物的分量，我的天哪，汉堡比脑袋还大，鸡肉和松饼配着整壶的肉汁，甚至还有鳄鱼肉排。

过去的一年里，我吃了许多肉汁松饼，还有玉米烙、冰茶，甚至还试了鳄鱼肉排。我最喜欢去的饭店就是瓦西提，它号称全球最大的汽车餐厅。

去瓦西提的时候，我总会寻思萝宾会点些什么。她多半会要那个三层的培根芝士汉堡，因为她的眼光总是高过自己的肚量。她还会喝雪碧，再吃上一个油炸桃子派。

起初，萝宾和我每个周日都通电话，话题常常都是吃的。妈妈会不安地坐在楼梯沿上，只要感觉我说的话会被爸爸揪住，作为把我带回英国的理由，她就会插嘴。

现在我们更像是每两个周日打一次电话了。我们俩的时间对不上，我们这儿还没开始吃早餐，英格兰那边已经把午餐都吃得饱饱的了。不过时间长一点的话，找到聊天的话题也更容易一些。

"你中午吃什么了？"我们的电话通常都是这么开始的。

"三明治。"萝宾一般都这么回答。对我来说这就足够了。有了这句话，我就能想象厨房里的那张桌子和一旁被空气里的油烟弄得黏糊糊的收音机。我能想象爸爸用两只手捧着他的茶，萝宾和卡勒姆则模仿着电视里随便什么正让他们着迷的东西。我能想象希拉里忙前忙后，其实从来都没怎么吃。

"你早饭吃什么了？"萝宾会问我。

"烤饼配培根和糖浆、水果麦片，还有鲜榨橙汁。"我会撒谎。早饭如果有的话，也永远都是吐司。

跟萝宾聊完之后，我总会和爸爸说话。他会对我说起自己在花园里见到的小鸟，或者是在史蒂夫·赖特[1]的节目里听到的笑话。他会问起学校，而我会告诉他说挺好的。我对他说我有很多朋友，而事实上，我报出名字来的那些人要么讨厌我，要么就不理我。

上一个电话之后，我说了再见，把听筒递给了妈妈，然后悄悄溜到楼上的卫生间里，拿起厕所旁边的电话听着。

"你答应上次放假的时候送她过来的，我还等着呢。"和妈妈说话的时候，爸爸的声音就变了。

"我们又不是钱多得花不完，杰克。"

1　史蒂夫·赖特（Steve Wright），英国广播节目主持人，以主持明星访谈及音乐节目知名。

"他赚得那么多，而且一分钱也不给自己的儿子，所以最起码也可以给莎拉买一张回家的机票吧。"

"啊，你想谈出钱的事情，是吗？好啊，那你把手伸进自己的口袋里怎么样啊，杰克？"爸爸的名字在妈妈的嘴里就跟骂人的话似的，"而且顺便说一句，莎拉的家在这里，这是你自己同意了的。"

"我们要抚养萝宾和卡勒姆，我挣到的每一分钱都给了他们还有这个家。你知道我没有买飞机票的钱，安吉，你这么说也太不公平了。"

这样的争吵我已经听得太多了，他们自己根本是吵不完的。几天之前的一个晚上，德鲁过来帮我掖被子说晚安的时候，我决定尝试一个新办法。

"瞧瞧你的头发都长这么长了，"他坐在床上说，"真可惜你妈妈把她的给剪了——你们本来能扮成姐妹花呢。"

"德鲁？"我开口道，可他已经兴致勃勃地问起了每天晚上都会问的问题。

"我的女儿是谁呀？"他问。

"是我。"我不由自主地笑了。

"你是我的守护天使，"他就像平时一样强调说，"你可别忘了。"

"我是你的女儿，"我小心翼翼地说，"我也很喜欢待在这儿。可是我真的很想快点去见见妹妹，就见一下。"我总是非常留心，不会说自己想爸爸，这句话会把那些我不喜欢听到的污言秽语给抖出来的。德鲁低下了头，有那么一会儿，我担心自己说了不该说的话，就要见到他那经常爆发的愤怒闪电忽的一下变成最猛烈的暴风雨了。这样的场面我只见过一两次，比起我来，妈妈遇上的麻烦更多。

"你想念英格兰吗？"他问道。

"我想妹妹。"我又说了一遍，以免中了他的圈套。

"我没有兄弟姐妹，"他望着房间的角落说，"只能靠自己。"我正担心他又要啰啰唆唆地说起自己那些可疑的人生经历，那所让他大受打击的学校，根本不会商量我去看妹妹的事情，可他叹了口气，"我会买机累让你去看妹妹的，"我还没来得及说谢谢，他又加了一句，"不过我想要一件东西作为回报。"

"随便什么都行。"我说着，却并不知道自己能有什么东西会是他想要的。

"过来坐到我腿上，好好抱抱我。"

这个要求好像挺合理的。我把被子丢到身后，爬上他的大腿，伸开双臂搂住了他。他身上的味道和平时一样。檀香味混合着威士忌，和他车里的空气清新剂只有一点点像。他抱住了我，满脸的胡楂摩擦着我的面孔。我以为他会亲一下我的脸颊，可他把我的脑袋往下压了一点，吻了吻我的头顶，随后把我从身上抱起来，放到床上，又匆匆地走开了。

第二天早晨，德鲁对妈妈说，他觉得是时候让我回英格兰探亲了。他没有看我，急急忙忙出门的时候，给了妈妈一张金卡，叫她尽快帮我订一张机票。

萝宾

　　莎拉明天早晨就要降落在希斯罗了，萝宾已经花了好几个小时整理自己的卧室。父亲做的那张特殊的床，得有地方能拉出来才行，而要在房间里面清出一条通道，这对萝宾而言仍旧相当艰难。

　　卡勒姆并不需要整理自己的房间，不过也还是整理了一下，"以示支持"。他早就完工了，趴在萝宾的床上，可能是睡着了。过去的几个月里他长高了，长开了，穿着袜子的脚趾碰到了床架，脑袋离床的另一头也不远了。学校里年龄更大的男生们接受他，并鼓励他和他们交朋友，还会开些只有他们才懂的玩笑，身高只是一部分原因。他似乎从来都很老成。

　　萝宾依然是小个子。萝宾永远都会是小个子。所以她就嚷嚷得更大声一点，这样就没人会忽略她了。"雾天的喇叭。"卡勒姆这么叫她。

　　"你到底帮不帮？"她对着卡勒姆轻轻起伏的后背喊道。

　　"帮什么呀？"他没有抬头，捂在萝宾的枕头里哈哈大笑，"你自己就已经弄得够乱的了。"

　　"噢，滚你的，卡尔。"萝宾气哼哼地说，声音里却带着哭腔，所以卡勒姆赶忙坐了起来，把脑袋歪到一边，打量着眼前的场景。

　　"也没有那么糟糕，"他开口说，"听我说，咱们把所有的垃圾都装到垃圾袋里，然后拎到楼下扔进垃圾桶里，这样就能清出一点地方了。然后我们再把你所有的脏衣服都放到洗衣篮里——等等，你有洗衣篮吗？"

"放在别的什么地方了。"萝宾说。

"别的什么地方？"卡勒姆狐疑地说，"好吧，那我们就把那些衣服堆成一堆放到门外去，过一会儿再处理，好吗？"

"嗯，谢谢。"

"这样我们就有一点可以整理的空间了，我们可以把这些书和磁带全都拿走，然后你可以用吸尘器清理一下地板。"

"吸尘有点太过了吧？"

"我都不知道你是不是在开玩笑。"

她没有开玩笑。

他们调高收音机的音量，勤恳地打扫着。每当萝宾找到一张从吉他杂志上面撕下来的乐谱或是一段她匆匆写在小纸片上的和弦，本能地伸出手去够吉他那磨旧了的琴颈的时候，卡勒姆就会把她的手掌拍到一边："以后再弹。"他笑着，萝宾虽然抱怨，却也知道他是对的。

那天晚上萝宾几乎没怎么睡，一直在反复想着姐姐终于来了之后，所有要拿给她看的东西。这段时间她经常睡不着，所有那些关于明天、关于昨天的念头都被揉成了一团，需要拆开整理。萝宾并不是一个会做规划的人，她是行动派，是活在当下、说变就变的人。可是到了晚上，大脑实在是应接不暇，她只好努力去弄出点条理来。而且又有那么多的问题。有要问莎拉的问题，但也有一些或许是一段时间之前就早该问出来的问题。要问父亲的问题：你怎么能让莎拉走呢？要问卡勒姆的问题：你的爸爸抛弃了你，让我姐姐晋升成了他的女儿，你为什么不生气呢？然而到了早上，所有的这些问题就被塞回到了信封里，改日再议。

凌晨时分，萝宾终于睡着了，随后又被一杯热茶和急不可待晃着她肩膀的父亲给叫醒了。

"醒醒，瞌睡虫，我们马上就要走了。"

她把手伸到地上，四处摸索着自己那件"治疗乐队"[1]的 T 恤，可是除了几团毛球之外什么也没摸上来。呃，为什么她非得把自己的房间整理得那么整齐呢？这下子她都不知道东西都在哪儿了。

他们坐上路虎车，扣好安全带。卡勒姆和萝宾在后座，父亲在前座，立体声音箱里放着广播二台，虽然还有劣质车座发出吱吱嘎嘎的声音。希拉里则留在家里准备烤肉大餐。大家都认定，这是他们能为归家的女儿准备的最为地道的英国饭菜。

莎拉连走带跑冲进到达大厅的时候，身后还拖着一只昂贵的滑轮行李箱。她头发的颜色比走的时候浅了一点，皮肤黝黑。她长高了，而且她走路的样子，多少让萝宾想起了一个人，她们的母亲。她一直待在爸爸身边，直到再也忍不住了，便朝着姐姐冲了过去，飞快地迎上了她，拉着她不停地转圈。

最终，害羞尴尬占据了上风，她们慢慢地停了下来。

"嘿。"萝宾说。

"嗨。"莎拉笑了。姐姐听上去并没有美国口音，萝宾放心了。姐

1　治疗乐队（Therapy?），1989 年成立的北爱尔兰另类摇滚乐团。

妹俩转身向着父亲和卡勒姆走去，莎拉拥抱了父亲，而父亲则轻抚她的头发，摩挲她的手臂。"你好啊，女儿。"他说着，眼眶红红的，湿湿的。

见到卡勒姆，莎拉似乎很意外。而这种意外却是萝宾所没有想到的，如今她已经太习惯跟这个没有血缘关系的弟弟结成二人组了，根本没有想过不带他来。

"真高兴见到你。"卡勒姆说。

"我也是。"莎拉回答，这一本正经的礼节一下子把他们俩都给逗乐了。

"那我们走吧，"她们的父亲迅速地说道，"在这里停车可是要花上一大笔钱呢。"

开车回家的路上，大家七嘴八舌地聊着天。对话比打电话的时候流畅多了，而且尽管刚下飞机疲惫不堪，莎拉却仍旧和萝宾一样兴奋。

"你妈妈怎么样？"车在桦树梢停下来的时候，父亲开口问道。虽然莎拉和萝宾都估摸着他好久以前就想问了。

"她开始自称是女企业家了。"莎拉咕哝了一句。他们都顿了一下，然后哈哈大笑起来。

"什么？"萝宾喘着气说，"她连工作都没有吧？"

"她在卖玫琳凯化妆品，还给自己买了一套配长裤的套装。"

"我他妈的上帝呀。"萝宾说道，没有理会父亲不满的咂嘴。

"是啊。"莎拉笑了，"真是要喊我的天哪。"莎拉从来不说脏话。

至少有些东西还没有变，萝宾这么想着，暗自笑了。

莎拉起程离开之前的那晚，箱子里塞满了要带去学校给新朋友们的糖果（她的朋友有那么多，她一直在不停地炫耀他们），萝宾却找不到她了。不在卧室里，也不在浴室里。厨房里一个人也没有，只有希拉里和她爸爸在看着电视。

"莎拉去哪儿了？"萝宾不耐烦地问道。

"哦。"他们彼此看了一眼，"她和卡勒姆去板球场更衣室了。他们没告诉你吗？"

萝宾大步冲出家门，穿过小草坪，从他们家的死胡同里出来。她一边走着，双手攥紧了拳头；一边想着她为什么完全接受不了他们俩对她做出这样的事情，把所有的理由都想了一遍。在她背后鬼鬼祟祟，把她排除在外。莎拉只在这里待了一个星期，就已经变回从前那个专横霸道的家伙了。如果是这样的话，那她要走了真是谢天谢地。

萝宾拐进了板球场，洒水器的声响将她带出了思绪，拉回了现实。走近更衣室那栋白色木楼的时候，她眯起眼睛，看看自己能不能认出这对两面派。什么也没有，板球场上空无一人。说不定他们对希拉里和爸爸也撒了谎，去了别的地方。

快到更衣室前面的时候，萝宾听见了急切交谈的声音。她怀着怒气，悄悄地绕过小楼，希望能听见他们的对话。说不定他们正在说她呢。探头往更衣室背后望去的时候——还是在她和卡勒姆喜欢去闲晃的地方，居然——萝宾看见莎拉靠在墙上，而卡勒姆则站在她的面前，一只手搭在她的手臂上。

"你确定吗？"他问。

莎拉看上去相当恼火，她噘起嘴巴，想把卡勒姆的手从自己的手臂上推开:"确定。我一直在跟你说我很确定。你就别再问了,行吗?"

"我只是想确定你没事,没别的。"卡勒姆听起来很难过,他的手还放在原来的地方。

"那好啊,"莎拉回答说,"嗯,我没事。而且假如他真有那么坏的话,那你应该很高兴自己不用再忍受他了,反而还能跟我的爸爸待在一起。"

卡勒姆任由自己的手从莎拉的手臂上滑落下来,他转了个身,瞥见了正要躲开他们视线的萝宾。

"这都是怎么回事?"萝宾一边质问他们两个,一边尽力用最最若无其事的样子卷了一根烟,"还有为什么你们不叫上我就走了?"她的怒火已经冷却成了几分好奇。

"没什么,不用担心。"卡勒姆说。

莎拉尴尬地站着,最终她开口说:"我回去把行李整理完。"

他们俩让她走了。

"这到底是怎么回事?"萝宾问完,愤愤地抽了一口,被刺鼻的烟味呛得直咳嗽。

卡勒姆叹了口气,在青草和沙砾里挪动着双脚。

"我只想问问她是不是没事。和我爸爸住在一起,我是说。我知道他是个什么样的人。"

"然后呢?"

"然后她觉得他就是光辉典范,觉得他是个很好的人、很好的爸爸、很好的丈夫,他妈的简直就是人中龙凤。"

"真的吗？"萝宾用自己的运动鞋踩灭了那根湿漉漉的小烟卷。

"对，而且你知道吗？说不定他就是，说不定他真的就是一个很好的爸爸，一个亲切的人，随便什么。说不定有问题的人是我，说不定和我生活在一起就是让人受不了，所以他才——"

"别说了，卡尔。"萝宾责备他道，"你自己心里清楚，这家伙就是个笨蛋。"

"说不定他妈的这整件事情都是我自己想象出来的，"他哼了一声，没有理她，"说不定所有的厄运都是从我开始，从我结束，说不定是我有毛病。"

"哦，够了，卡勒姆。"萝宾说道，然而卡勒姆迈开双腿往家里走的时候，并没有回头看她。

此时此刻

莎拉

我很擅长保守秘密。经营旅店的阿普丽尔和艾薇问起我的情况的时候，我为了掩饰而想出来的托词既平淡又精细。我就像画皮一样把它穿在身上。

昨天，我换上从萨里带来的最考究的衣服，走进看起来最高端的一家房产中介，对他们说我和丈夫正在考虑搬家，想知道哪几条街、哪几个区是最高级的地段。从萝宾在父亲葬礼上所说的话来看，钱对她而言并不是问题。他们告诉我最好是去看看公共绿地周围，还有乔尔顿最靠近迪兹伯里那一侧的房子。我在这几条路上四处搜寻了一整天，然而，意料之中的是，妹妹并没有忽然从我碰巧经过的房子里冒出来。

回到房间，双脚和后背都疼痛不已。我躺在床上，想着推特，想着几天前发现的那个没有用过的账号有可能（勉强有可能）会是萝宾的。我发觉自己忽略了一个非常显而易见的办法：找她乐队的伙伴。我见过他们一两次，他们应该会记得我的。

我很容易就用手机在推特上找到了他们，还急急忙忙地申请了一个账号，想要私下给他们发消息，却发觉如果他们不"关注我"的话，我就没法把消息发出去，而为了以防万一，我又不能公开自己是谁，现在在哪儿。所以我是进退两难。

我可以给唱片公司发一封邮件，请他们转给乐队。可是从前我也请他们给萝宾送过口信，却一无所获。再说了，他们多半成天都会收到这样的请求，也根本就不会去理。

最终我胡乱试了一下，给阿利斯泰尔和史蒂夫发了同样的推特："我能给你们发消息吗？是关于萝宾的。我在找她。我是她的姐姐。"鉴于吉姆并不知道我究竟是谁，或者有什么亲人，我认定这样写完全没有关系。

机会很渺茫，但最起码，在明天硬撑着再到乔尔顿周围筋疲力尽地找上一圈之前，我觉得自己也算是做了点什么。

萝宾

现在是半夜，听到喊声的时候，萝宾正睡着。声音从屋子的背面传来，慢慢清醒过来的时候，她都不确定那是否只是梦境的碎片。一直到喊声又响了起来。

一个男人正用浓重而又刺耳的曼彻斯特口音大喊："喂，你，下来！"

萝宾不假思索地坐了起来，头重重地撞上了床板。不明就里让她疼痛的脑袋紧张不已，她从床底下爬了出来，立在卧室中央，心脏怦怦直跳。她身上裹着薄薄的羽绒被，但在短裤和透薄的背心之下，裸露的感觉依旧真实强烈。

不知是因为撞到了头还是因为恐惧，黑暗中，萝宾很难在房间里找到方向，又实在是吓得不敢开灯。于是她便一动不动地站着，汗水渗进羽绒被里，头皮抽紧，脑袋一阵一阵地疼。

"快从那儿下来！"男人尖厉的声音在屋外嚷着。萝宾双膝跪地，爬过房门，来到门厅，坐在楼梯平台的地毯上。那儿有一盏柔和的黄灯，一直都开着。

"没错，快滚下来！"她听见男人在喊，声音比之前更加坚定，不再那么颤抖了。她靠在楼梯平台的墙上，透过自己响亮的心跳声，拼命听着动静。

鸦雀无声，直到片刻之后，她听见一个女人大呼："啊，阿尔伯特！"

萝宾爬回卧室，透过窗帘的缝隙小心观察。起初只是黑漆漆的一团，可接着她听见一扇大门关上了，还能看见两个人影缓缓地朝公寓大楼挪动，悄悄地从阳台门里溜进了一户公寓：孔雀夫妇的公寓。

真的有什么人被这对老夫妻给吓跑了吗？又或者只是老头儿精神失常了？萝宾曾经见过他弓着背，拖着脚在花园里绕着圈子，好像在找什么东西似的。她也见过他妻子把他领回屋里，让他坐下来，小心地脱下他那双被露水浸湿的拖鞋。

现在是凌晨两点钟，老头儿根本没有理由在外面走来走去。可是，就因为他有点糊涂，那也不代表他没有听见或是看见什么。难道是萝宾那位坚定不移的访客试着走了一条不一样的、更加让人担心的路线吗？

萝宾开了灯，又不声不响地钻回床下。

今天早晨，她醒得比平时要晚，昨晚坐起来的时候撞到了头，头顶还是一碰就疼。她清醒地躺了几个小时，努力把不停绕着圈子的思路理出个头绪。

萝宾觉得茫然无措，反应迟钝。她一路挪到窗边，用手指把帘子拨到一旁。没有任何迹象表明有人企图破门而入，什么也没被砸坏，没有一堵墙上有作为罪证、被漆成霓虹色彩的大脚印。她不知道自己想找什么，不过反正什么也没找到。说不定孔雀先生只是一个发了疯的老头儿，半夜三更见到了鬼而已。她努力这样相信着。

窗户对面，她能看见那个年轻的女人，轻柔的香吻如雨点般落在四仰八叉在她胸口熟睡的婴儿身上。她能看见那个新搬来的住户站在阳台的门口，门打开了一条缝，刚好能容下他的身子。他穿着帽衫、运动裤——今天一定是星期六——还有厚厚的袜子。一只手上有一大杯冒着热气的东西，另一只手上有一根烟。萝宾还是很想念抽烟的。抽烟和玩音乐，这两者是密不可分的。真的就是这样，一支香烟夹在手指之间，在琴拨的边上掐灭。她当众用过的最后一片琴拨还在她的钱包里。那时她正徘徊在曼彻斯特阿波罗剧院的舞台边上，在逃跑之前搞砸了一次排练。在跟随乐团巡演的工作人员当中，一张熟悉的面孔引起了她的注意，在漆黑的房间后面扬扬得意地笑着，对她视而不见。

她观察了一会儿，随后，就在对香烟的渴望变得太过强烈的时候，她迅速地抬起眼，望向喜鹊的公寓。

"早上好，喜鹊先生。"

小男孩也在，正坐在桌旁滴滴答答地吃着吐司配溏心蛋。他父亲坐在一边，没有食物，只有一杯喝的。他轻轻捧着饮料，望着正在吃饭的孩子。

小男孩吃完之后，喜鹊先生拿开小男孩的盘子，把他从椅子上拉了起来，抱着他走出了房间，尽管小男孩现在已经不小了。父亲一只手托着儿子的后脑勺，父子俩的身影合在了一起，缓缓地淡出了视线，又回到那间小小的卧室里。男孩坐在桌边，开始用乐高积木搭着什么。同样，他的父亲只是在一旁看着。过了一会儿，他重重地坐到了床上，一动不动地打量着小男孩，还用晨衣抹着眼睛。

忽然，父子俩都抬起了头。喜鹊先生把电话从口袋里掏出来，瞥了一眼，又放到了一边。他揉揉男孩的头发，走出了房间，片刻之后，他和喜鹊太太又回到了厨房里。

原本萝宾正要走开去泡杯茶，检查一下门锁，然后开始今天早该开始的健步走的。这下她哪儿也不去了，不敢闭上自己的眼睛。

喜鹊夫妇站成了一个别扭的角度，女人向后靠着，躲着男人，而他则直指着她，打着手势。他迅速朝她走去，看起来是在大声吼着。喜鹊太太打了他一个耳光，从房间里跑了出去。他在后面追她。萝宾伸长了脖子张望，但两个人在视线之外。她反而发觉小男孩爬到了自己的床上，蜷缩起身子，用手捂住了耳朵。他得听到些什么样的鬼话啊？

够了。

还没来得及说服自己不要插手，萝宾就在网上查了本地警察局的号码，拨了出去。

"希望你们能帮个忙，"有人接起电话的时候她说，"我很担心住在附近的一个女人和她的孩子。"

1994 年

莎拉

"能给我做点早餐吗？"今天早晨，德鲁一边问我，一边拖着沉重的步子走进了厨房，"安吉拉罢工了。"

妈妈用"激情"来形容她和德鲁的关系。要我说则是火爆。

我把吐司和煎蛋递过去的时候，德鲁一把抓过盘子，吃得飞快，把蛋黄都弄破了。过去我看他吃饭都是十分讲究仪态举止的。但在他靠过来亲吻我脸颊的时候，"谢谢你，天使。"一阵强烈的酸臭味钻到了我的嗓子眼儿，我意识到他昨天晚上一定是喝酒了。说不定还没有清醒。

妈妈等着德鲁出门，然后冲进了厨房——穿着一抹鲜艳的莱卡紧身衣，还化了妆。"他走了？"她明知故问。

"嗯。"我说着，把早餐的碗碟装进了洗碗机里。

"你给他做早餐了？"她又问，我知道自己不能回答"做了"。

"没有。"我说，把心思集中到我正在摞起的餐盘和正在捏成一捆冲洗的刀叉上。

"不要帮他撒谎，莎拉。"

我确实会帮德鲁撒谎，因为撒谎更容易，不会让局面一发不可收拾。而且事实是，妈妈其实也并不希望我把真话说出来。

"昨天晚上你几点钟回来的？"她会在吃早餐的时候问他。原本可以一大早就在他们一起睡觉的床上问的，她却情愿把它变成全家人的问题。

"快十一点的时候。"他会回答，小口地抿着咖啡，像个扑克选手一样直视她的眼睛。

"骗子！"她会这么说，又一次没吃早餐就站了起来。

"他是在十一点之前回来的，"我会欢快地说，"我听见了。"

随后，等妈妈带着她自己想要的而不是她心里怀疑的那个答案去了健身房，德鲁就会捏捏我的膝盖："我的天使，你帮我解了围。我和部门里的人去喝了几杯酒，不过你知道你妈妈是个什么样的人。我欠你一个人情。"

几个月以来，我一直在攒着这些人情，整理好，数好数，直到觉得已经攒够了为止。

这会儿他已经下班回家了，正坐在休息室里看一场美式橄榄球比赛的录像。他解下了领带，手里端着一只沉甸甸的玻璃杯，里面装着威士忌。

"德鲁？"我尽可能文雅地开腔。他拍了拍身边的沙发，我便轻轻地坐了上去，把膝盖收拢，接着——在他的提议下——别扭地靠到了他的身上。

"我有一个请求……"我一边说，一边仔细端详自己的双手，修长的手指和剪得整整齐齐的指甲。我拿妈妈的指甲油在手上涂过一次，但德鲁很不喜欢。

"什么事都行，天使。"他嘟囔着，眼神和心思都在球赛上。

"就是……"我故意支支吾吾的，好引起他的注意，"我很想妹妹，"我说，"而且也想让她看看我在这儿的新生活。"他没有回头，但稍微坐直了一点，留心听着。"你给了我们这么美好的生活，"我又加了一句，想在继续说下去之前，营造出一点温情的气氛来，"我想向她展示一下。"

"唔，"他说着，喝下了一大口酒，"我想你也有一阵子没见她了。不过你觉得她会愿意来这儿吗？"

"谁会不愿意呀？"

我并不习惯德鲁问出一些他想要知道答案的问题，通常他说话的时候我都一言不发，不过他倒好像挺喜欢这样的。

"而且我肯定卡勒姆来了，她就会来的。"这个他就不那么喜欢了。这是我从来都没有搞懂也从来都不敢去问的事情。要是长大以后，我什么时候也有了孩子——我希望能有——我绝对不会让任何事或是任何人把他们从我的身边夺走。然而不知道是什么原因，德鲁和卡勒姆之间总有分歧。卡勒姆说德鲁在他小的时候虐待他，但是这一点我从来没有亲眼见过，而且卡勒姆是个极其敏感的人。之前我曾经听见德鲁说他是个"假娘儿们"。

"让我跟你妈妈谈谈，看看她怎么说，好吗？"

"谢谢你，德鲁。"我知道自己该出去了，便道了谢，吻了吻他的脸颊，不去打搅他看球赛了。

萝宾

几个小时之前，萝宾从邻村的"全日"便利店里偷了一瓶"疯狗"勾兑酒[1]，塞在肚子和裤腰中间，小心翼翼地走了出来。她和卡勒姆坐在游乐场的秋千上，偷偷摸摸地一口一口喝着，望着天光渐暗。他们谈起了学校里萝宾喜欢的一个男孩。"嗯，他一个人的时候我很喜欢他，不过跟他那群朋友在一起的时候，他就是个蠢货。"

"大多数人都这样。"卡勒姆应道，他的声音就像个圣人似的，弄得两个人都无法控制地狂笑起来，笑得直不起腰。

"你喜欢谁呢？"萝宾一边问，一边还有点暗自发笑。

"谁也不喜欢。"卡勒姆谨慎地说。

他们仍旧肩并肩地荡着秋千，卡勒姆打破了沉默："你也知道我喜欢男孩子的，对吗？"

萝宾双脚一蹬，把秋千荡得更高，然后撒了个谎："嗯，当然了。"

她一边摇晃，一边咬住了嘴唇，不能让卡勒姆看出她的沮丧。她

1　"全日"便利店（Alldays），英国连锁便利店。"疯狗"勾兑酒（Mad Dog 20/20），由葡萄酒或柑橘酒、糖以及人造香精调配而成的风味酒，酒精含量一般在13%~20%之间。

沮丧倒不是因为他喜欢男孩子——她对他不是那种喜欢——而是因为她都没有意识到这一点。她甚至还想过把自己班上的几个女孩子介绍给他。没有坚持这么做是因为她不希望卡勒姆有了女朋友就冷落自己,另外也是因为确实没有足够好的对象。

不过,没关系,他是同性恋。她的弟弟是同性恋。这是她所没有料到的事情。电视里的同性恋都衣着花哨,举止妩媚,但这两点卡勒姆都没有。同性恋喜欢迪斯科舞曲和欧洲流行乐[1],不是吗?卡勒姆却喜欢狂躁街头传教士[2]、爱丽丝囚徒[3]和九寸钉[4]。他对于摇滚乐及其各种分支无所不知,还会拼命地猛弹吉他。

在用尽全力蹬腿的那一刹那,萝宾唯一清楚的便是,虽然自己其实懂得的并不多,但也要装作什么都懂的样子。她渴望去问的那些问题哽在了喉咙里。萝宾认定卡勒姆能把这件事情告诉自己,这就足够了。

他们一直荡到头晕想吐,之后便躺在傍晚带着麝香味道的草地上,喝着瓶里剩下的酒,用一种让人觉得正在商讨要事的口吻说着话,而实际上却是在胡言乱语。

踉踉跄跄,嘻嘻哈哈回到家里的时候,两人被叫进了客厅。

"该死!"他们小声地互相咬耳朵。

对于自己未成年的孩子这明显的醉态,希拉里和萝宾的父亲选择

1　欧洲流行乐(Europop),20世纪六七十年代在欧洲兴起的音乐流派,20世纪八九十年代在流行乐榜单上独占鳌头。

2　狂躁街头传教士(Manic Street Preachers),1986年成立的威尔士另类摇滚乐团。

3　爱丽丝囚徒(Alice in Chains),1987年在西雅图成立的美国摇滚乐团。

4　九寸钉(Nine Inch Nails),1988年成立的美国工业摇滚乐团。

视而不见，并让他们坐了下来。

"你妈妈来电话了。"萝宾的父亲说。

"那又怎么样？"萝宾哼了一声，火气稍微有点大。

"她想让你飞去美国看他们。"

萝宾没说什么，用眼角的余光瞄了一下卡勒姆，他看上去非常不安。

"你的爸爸也想见你，卡尔。"希拉里加了一句，避开了卡勒姆的眼睛。他一声不响。"你会和萝宾在一起的。"希拉里又说。

"莎拉也会在那儿的。"萝宾的爸爸说。

萝宾重重地坐回到沙发上，任凭眼皮缓缓地滑下来，努力想把恶心的感觉和酸橙的味道给咽回去。

"我的爸爸想见我？"希拉里毫无理由地站起身来要回厨房去的时候，卡勒姆问道，"为什么？"

"你是什么意思？"希拉里看起来很紧张。

"你知道我是什么意思。"

体内的酒精似乎让卡勒姆的情绪激动起来，就连萝宾都被吓着了。他紧盯着自己的母亲，直到她转头移开了视线。

"你不是非去不可的，卡尔。"她说。

"太好了！该死的，你为什么会想要对他让步啊？我忍了他十一年，他那些难听的话和那些该死的虐待。而现在你又要把我送回去，就像对待莎拉一样吗？"

希拉里摇了摇头："不，根本不是这样。我不希望你觉得自己被冷落了，所以才提议——"

"这么说他甚至都不想见我。"卡勒姆的嘴角抽动着，眉毛像用功做作业的时候一样拧在一起。

"是这样，他——"

"算了吧。"卡勒姆的长腿咚咚上楼，砰的一声关上房门的力道让整间屋子都震了起来。

第二天，卡勒姆向母亲道了歉，在吃早餐的时候避开了萝宾的目光。

"我会去亚特兰大的，"他严肃地说，"但只是为了照看萝宾，还有看一下莎拉过得好不好。"

"我才不用你照看。"萝宾应道，尽管心里松了一口气，还是努力装出愤怒的口吻。

"你确定吗？"希拉里仔细查看他的神色，可他喝完了剩下的茶水，没有等萝宾就出门坐车去了。

几个星期后，他们在飞机的座位上系好了安全带，扣得紧紧的，焦虑不安。萝宾以前从没乘过飞机；而卡勒姆上一次坐飞机，还是在好几年前全家出门度假的时候，不过并不是什么快乐的记忆。

机翼咯吱作响，慢慢加宽，准备起飞的时候，她伸出手去握住了他的手，底盘上下摇摆，飞机如同巨大的猛兽开始加速。等到机鼻抬起、无法回头了，他们便重新陷进了座位里，透过舷窗，惊叹地注视着地面渐行渐远。

他们在希斯罗买了一整袋的杂志，还有一整袋的硬糖和太妃糖。

"电影什么时候开始？"萝宾问道，左顾右盼地望着离自己最近的电视屏幕。

"还没呢，要放的时候他们会告诉你的。"卡勒姆耐心地说。

"他们什么时候把吃的送来呀？"萝宾又问。

"马上！天哪！"

电影终于开映了，一部大幅删剪过的浪漫喜剧，通常他们俩谁都不会去看的那种。

"我的耳机不响。"萝宾说着，把耳机放在前排的座位上猛敲，弄得坐在那里的男人都转过头来透过座位之间的缝隙看她。

"对不起。"卡勒姆对他说。

萝宾翻了个白眼，但也道了歉。

快到亚特兰大的时候，飞机下降得很快，是萝宾没有料到的那种令人恐惧、叮当乱响的下坠。机轮砰的一声着陆，大家惊恐的心神安定下来的时候，几个坐在后排的烟民乘客鼓起了掌。萝宾望着卡勒姆，想搞清楚自己是不是也应该这样。卡勒姆摇了摇头："别拍手。"

他们飞了九个小时，体内满是小罐装可乐里的糖分和咖啡因，这会儿正瞪大了眼睛站在机场的长条灯管底下。

把沉重的手提箱从行李传送带上拽下来之后，他们拉着箱子走了出去，走进了到达大厅，站在那里，寻找一张熟悉的面孔。

忽然间，莎拉朝他们奔了过来。

"萝宾！"她这么喊着，却拥抱了他们两个。萝宾没想到莎拉会有这种表现，一时措手不及。

"嘿。"萝宾说。

莎拉向后退了一步，涨红了脸，问道："你喜欢坐飞机吗？"

"我的耳机坏了，"萝宾说，"不过还是很好玩的。"她加了一句，因为莎拉看起来非常沮丧。

"他们在哪儿？"卡勒姆问。

"你爸爸在家里，不过妈妈在那儿。"莎拉指着一个紧张地握着栏杆的女人。她留着一头金色的短发，而不是走的时候那种银白色的长鬈发，白色的牛仔裤外面套着一件看起来很贵的夹克，瘦得就跟笔杆儿一样。

"她干吗穿得像戴安娜王妃似的？"萝宾问道。

"你们都在笑什么哪？"安吉拉走近了问。

"没什么。"莎拉回答。

他们开始向出口的方向走去，这时母亲忽然一把抓过萝宾，飞快地、紧紧地抱住了她，萝宾被抱得像个洋娃娃一样荡来荡去，随后才渐渐松弛下来，终于也同样拥抱了妈妈。她们就像这样待了一会儿，安吉拉抚摸着女儿的头发，卡勒姆和莎拉则来回挪动着双脚。

作为母女之间给予彼此的最后一个拥抱，这一抱还是挺不错的。

此时此刻

莎拉

在我位于康奈尔小屋的房间里，有一张乔尔顿的地图，在地图上面，去过的街道都被我划掉了。每一根徒劳无功的线条，都削弱了我对于计划的信心。这样下去花的时间太长了，我要换一种新的办法。

今天一早，我就拿定了主意，到萝宾写过——说不定写过——尖刻评论的那间香料屋去试试也不会有什么损失。或许她又给了他们一次机会呢？

在图书馆里，我从萝宾唱片公司的网站上打印了一张她的照片。

照片上，她的头发就梳成了我一直记得的样子，剪短了的黑色鬈发，弹性十足，乱糟糟地四处翘着。即便是在定格的照片里，一直以来那种想要用脚踩地的怒火依旧在她的眼中燃烧着。望着相机的时候，她双眉紧锁，看它敢不敢把自己拒绝迎合镜头的神情给捕捉下来。我知道唱片公司素来也希望她这样。"我他妈的是吉他手，不是夜总会的舞女。"在父亲的葬礼上，她喝了几杯酒，被堂兄妹们急切追问的时候说过。

那时候我正在生她的气。气她这么晚才露面，更气她就用那种我行我素的样子露面了。那颗人人定睛注目、仔细倾听、热烈谈论的黑色钻石。她竟敢这样？我心想。竟敢在我只能勉强度日的时候，活得那么风生水起？竟敢这样抽身而出？竟敢只是靠着把自己从我们的生活当中弹飞出去，就拥有了想要的一切？我们谈了一会儿，却没有真正说些什么。她问起了我的生活，却只是为了拿来和自己对比。"哦，你在跟希拉里和爸爸一起工作啊？"

"不是每个人都能当摇滚明星的。"我假装用打趣的口吻说道。

"可是现在你要做什么呢，因为这门生意要结束了？"她问道。

"我想成家。"我回答，不是现成的谎言，而是真心话。她点了点头，脸颊绯红。毫无疑问她是在为我和我那平淡无奇的愿望而难堪。随后她转向另外一个堂亲，重新对他讲起了巡演生活的故事。

在那张斑驳不清的打印照片上，萝宾的嘴唇弯成了一个老到的冷笑。假如香料屋又搞砸了一次订餐的话，他们面对的十有八九就会是这副表情。

从那片赏心悦目的三角形绿地再走上几分钟，我来到了香料屋。我努力不去打量绿地上一边推着巴格卜[1]，一边专心致志盯着手机屏幕的母亲们。和维奥莉特在一起的时候，我从来不会去看别的地方。我真想站在对面冲着她们大喊，恳请她们珍惜这些时光。

现在是上午十一点半。我没有考虑清楚，可是这会儿太早了，门

1　巴格卜（Bugaboos），荷兰婴儿车品牌。

口的牌子上写着"休息中"。在里面，我能看见一个年轻的男人，正在一张空着的餐桌旁，把餐巾叠成天鹅的形状，厨房的大门开开关关，人们走出走进。折天鹅的男孩看了看我，困惑地把脑袋歪到了一边，我的本能反应就是尴尬地拖着脚步走开，但还是镇定了下来，试着笑了一下。他缓缓地又叠了一只天鹅，被我持续不断的目光搅得心神不宁，随后不情不愿地朝门口走来。他打开门锁，把门拉开的时候，屋内的喇叭正在播着的嘻哈音乐一涌而出，我吃了一惊，想说的话都堵在了喉咙里。

"我们还没开门呢。"我站在那儿一言不发的时候，他温和地说。"我们中午开门，"他又加了一句，"如果你真有那么饿的话。"

"我，嗯……"我注视着他的眼睛，担心自己解释来意之前已经过了很长时间，"我想找人。"

"好啊？"他的语气就像是在问一个问题。我笨手笨脚地从手提包里翻出妹妹那张折起来的照片，把它塞到他的面前。

"这是我的妹妹，萝宾。我们失去了联系，我需要找到她。"

"她很喜欢印度菜吗？"他笑了，重新看了一眼照片，"她看起来有点眼熟，老实说，"他说着，"不过我觉得她不是我们的客人。"他哈哈一笑，"她不会是很有名吧，是吗？"

"其实她是挺有名的，有一点吧。她在一个乐队里，从前是在一个乐队里，现在我也不太确定了。"我意识到自己听起来疯疯癫癫、糊里糊涂的，假如我是他的话，也不会向我透露什么消息。

"我在开玩笑呢，"他用比之前更加浓重的曼彻斯特口音说道，"不过她是个名人，是吗？嗯，"他吹了声口哨，"这样的话我倒真希望自己知道她是谁呢。"

"这么说她之前没在你们这里吃过饭？"

他摇了摇头："我觉得没有，不过……我也不知道，我来问问看。"

他转身朝背后喊着，喊声与嘻哈乐的节奏融在了一起："拉夫！你能到这儿来一下吗？"男孩往后退了一步，示意我进去，"你想进来坐一会儿吗？我来问问大家伙儿。"

我坐在桌旁，望着另一个服务员抚平一张又一张白色桌布。渐渐地，一大群男人向我走来。有些人看起来既害羞又紧张，但有几个仿佛一脸好笑的样子。

"你要找你的妹妹？"一个头发灰白、胡须整洁的男人严肃地小声问道。

"对。"我过于热切地点了点头，把打印出来的照片摊到自己面前。这样一来，与我们大家相比，萝宾的脸大得不成比例。

"这是她吗？"那个男人问我，眼睛在萝宾的脸上扫了一下。

"对。"我回答，除了那个上了年纪的男人之外，所有的人都探头瞅着。

"你为什么觉得我们见过她？"他怀疑地问。

"她知道你喜欢年轻女人，拉夫。"在这群人的后面、个子最高的几个人中间，有一个人大声说道。周围有扑哧扑哧的笑声，但拉夫没有理他，仍旧注视着我。

"她住在附近。我觉得她可能从你们这里点过一次外卖。"

"嗨，"上了年纪的男人说着，拿起萝宾的照片，举起来对着亮光，"唔。"

"没见过她，朋友，不好意思。"人群后排的一个高个儿说着，转身走回了厨房，他的伙伴们跟在后面。

年长的男人摇了摇头。"对不起，"他一边拍着我的手，一边用极其语重心长的口吻说，"我没有见过这位女士。不过祝你好运，能够找到妹妹。"

天鹅男孩看起来很失望。我猜上早班叠餐巾的时候一般也没多少激动人心的事情发生吧。

"无论如何还是谢谢你们。"我说着，小心翼翼地站了起来。虽然希望很渺茫，但我还是觉得眼睛痒痒的。我咳嗽了一下，让自己不要哭出来。"我能把电话号码留给您吗？要是您想起来什么的话，麻烦请给我打个电话吧。"

我离开了那个年轻人，他拿着一张店里的外卖菜单，上面写着我的新号码，单子耷拉在他的手里。走下台阶踏上人行道的时候，灰白头发的男人出现了，他重新锁上了店门。我继续往前走的时候，他举起手来，郑重地挥了一挥。

萝宾

报过警之后的那个早晨，萝宾醒来，看见小鹊待在自己的房间里，喜鹊先生正在厨房里洗衣服。不管那天发生了什么，总之喜鹊太太没有带上小男孩，自己走了。

"早上好，喜鹊先生。"她喃喃地说，虽然实际上如今她应该叫他亨利·沃特金斯了。她的喜鹊先生并不存在。

萝宾断断续续地盯着他的公寓观察了一上午，一边踏步，整理东西，毫无理由地查看手机。

她做了点什么，她真的做了点什么，做了一件或许能够帮上忙的事情。在观察、数数和躲躲藏藏之外，迄今为止什么也没有改变。就好像她的鸣枪示警没人听见，只留下她自己摩拳擦掌想要解决问题似的。

信箱咣地响了一声，她深吸一口气，数着数字下了楼梯，跳过了最后一个台阶，这样她走的步数就是偶数了。

一张煤气账单，一张银行结算单，还有一封显眼的白色匿名信。她弯下腰，敏捷地一下把它们捡了起来，径直拿去了二楼的书房。俯瞰着绿地的窗户淹没在厚厚的窗帘后面，她从来不会触摸它们。房子的正面不是萝宾的领地，那是他的，那个敲门人的。

她把账单装在信封里归了档，把那封白色的信笺放在桌上，调整方向，好让它完全和桌边线对齐，又一段时间嘀嘀嗒嗒地过去了。她任由自己对着这封书信研究了一会儿，比她通常会花的时间还要长。信很薄，非常轻。邮戳很模糊，看起来像是梅登黑德镇，但她没法确定。信上贴了邮票，没有盖"邮资已付"的印戳。那种明亮和轻盈把萝宾带回了那段公函一封接着一封落进她家信箱里的日子。少年时代，萝宾曾经是很喜欢收信的。她收到的一般都是生日卡，或者是后来从美国寄来的信件。随之而来的那些公函把一切都断送了。而就在她崩溃之前，在洛杉矶收到的那封信则是压垮她的最后一根稻草。

你是个骗子，那封信是这样开头的。

搬进这间房子之后的几个星期里，有过一段没有任何邮件的甜蜜时光，后来她变更地址的消息渐渐传开，信箱又开始啪啪地响了。

她把这枚白色的信封翻了过来，望着背面粘好的封口。这张纸是那么地薄，几秒钟就能烧光，不用几秒钟就能撕碎。她需要解决一些事情。萝宾的手指钩进了粘缝线旁的空隙里。

这将会是两年前洛杉矶的那封来信之后，她有胆量拆开的第一封意料之外的邮件。

她摸着封口上的划痕，那划痕将她拉回到眼前，将眼前缩成了一个瞬间。她闭上眼睛，又睁开，继续把手指往更深处推。正要拉开信封的时候，敲门声响了起来。他几乎就像是知道她在干什么似的。

敲门人又回来了。回想起来，一个弱不禁风的老人喊上几声就能结束这一切的微弱盼望，似乎天真得可笑。

她僵住了，扭动着把手指从信封里挣脱出来，向下一滑，坐到了地上，缓缓地把自己推到桌下，仿佛那就是临时的避难所。在屋子的正面，她觉得更加密不透风，更加孤立无援。

敲门声达到了高潮，接着彻底停了下来，她重新探出了脑袋。那封信就放在那里，如今她是绝对不可能再去拆它了。她把它扔到了衣橱顶上，和其他信件放在一起，走出房间，砰的一声关上了门，上楼朝卧室走去。

透过窗帘的细缝，她能看见喜鹊先生和小鹊仍旧在小男孩的卧室里玩着。看起来平凡无奇，十分美好，却又染上了污点，这让她感到前所未有地难过。

和儿子在一起时他是那么地有一套。有没有可能他既是一个不称职的丈夫，又是一个很出色的父亲，两者可以互相抵消呢？把喜鹊太太从可能遭受的伤害之中拯救出来，比让小男孩在发现父亲真面目的时候彻底崩溃更值得吗？

萝宾提醒自己，卡勒姆曾经说过，在他还是小孩子的时候，也很喜欢父亲。他的父亲声如洪钟，又高又壮。卡勒姆告诉过萝宾，父亲曾经把他架在肩膀上，还教他骑三轮脚踏车，而且从卡勒姆复述这段经历的时候所记得的情况来看，即便他从车上摔了下来，他父亲也没有打过他一次。几年之后，他开始学骑"大男孩的自行车"的时候，父亲的耐心就没有持续那么久了。卡勒姆保证自己不装辅轮也能行，却径直撞到了自家的汽车上，结果，摔倒在地的他，两条腿都被皮带狠狠地抽了一顿。

喜鹊一家的情况与她无关，萝宾努力说服自己，决定要不要插手干预的是警察。这一次，她必须交由法律进行裁决，不要再管闲事了。

吃过午饭，喜鹊先生和小鹊沿着过道走了出来，踩在滑板车上的小男孩哼着她听不清楚的调子。喜鹊先生走得昂首挺胸，摇晃着双臂，步履之间带着一种久违的活力。

后来，喜鹊太太出现在了厨房里。两个成年人坐在桌旁，端着两杯热饮，一种舒适温暖的气氛包围了公寓。看见小男孩在自己的卧室里玩耍，两个大人一团和气，悔恨之情不停地啃噬着萝宾的脑海边缘。而她也欣慰地发现，警察显然对他们的家务事不感兴趣，不然他们肯定已经出现了。

　　天色渐渐变暗。正要离开房间去给浴缸放满水的时候，萝宾看见了闪现在喜鹊公寓里的警服。喜鹊先生举起双手，扭打着，喜鹊太太则扯着他的衣袖，小男孩跑了出去，接着又出现在自己的房间里，把被罩往后一扔，藏了进去。

　　她这是做了些什么呀？

1994 年

莎拉

我是那么地兴奋，能让萝宾看看我在亚特兰大学着爱上的一切；那么地兴奋，能让妹妹出现在我的生活里。

从机场到家的时候，德鲁正在屋里等着。他使劲地握了握卡勒姆的手。

"你长高了！"他用近乎自豪的语气说着。

"嗯。"卡勒姆不安地回答。

"现在让我们把你变成一个真正的男人吧！"德鲁接着说，卡勒姆没有出声，余下的人都屏住了呼吸，但他又嘀咕道，"开个玩笑而已。"然后走到一边，用全新的咖啡机做了一杯泡沫咖啡。

第一天的那个下午，卡勒姆和萝宾想要睡觉。他们上床休息之后，我就像平时一样，跟母亲和德鲁一起吃了晚饭。这次相聚并没有像我想象的那样发展。

卡勒姆和萝宾还没倒过来时差，第二天很早就起来了，心情也好了一些。他们同意一起出门观光，因而，德鲁上班的时候，我和妈妈就带着他们在市里游览。所有的一切都是他们嘲笑的对象。两个人不停地互相推着，指指点点的。我问他们"怎么了"的时候，他们俩就说："哦没什么，对不起。"然后继续咯咯地傻笑。

　　那天晚上，我们去了瓦西提，车子停下来的时候，他们的声音就叽叽喳喳地传了过来："你们想吃啥？！"他们笑得都快散架了，我却气得要命。

　　我给萝宾写了那么多的信，收到的回信却屈指可数。我非常希望她能愿意过来看我，便描绘了一幅在我看来非常美好的画面。夸大自己在学校里的名声，说起德鲁付钱让我去学的骑马和芭蕾。有时候，我会说假如她也在这里生活的话，或许就能去学吉他了，等到十六岁的时候，我们两个也能合开一辆车了。对于这些话，她从来都没有反应。

　　他们来这儿的第三天，妈妈带着我们去了购物中心，硬是要给萝宾买几件新衣服。当然了，萝宾一件也不肯试穿，还坚持要妈妈给卡勒姆也买上一堆 T 恤。"你丈夫欠他的。"妈妈在翻着信用卡的时候，她唯一说的就是这句话。

　　开车回家的路上，萝宾拙劣地模仿着我们这座城市那清脆悦耳、抑扬顿挫的口音，妈妈则开大了 WSB 电台的音量，目不转睛地望着前方，泪水在她化了妆的脸上拉出一道一道的纹路。

萝宾

萝宾不明白为什么姐姐会那么喜欢住在这里。这个地方那么俗气，那么嘈杂，那高低起伏的口音听起来虚伪做作，所有的一切都庞大而又可笑。除了妈妈之外。她依旧非常可笑，不过住在美国倒让她的身材缩小了。

这是她自己选择的，萝宾心想，尽管望着母亲的时候，她总会觉得心烦意乱。可是莎拉并没有选择，她是被硬拖到这儿来的。就因为这样，萝宾还以为姐姐会非常渴望回家呢。她的家。她还以为走的时候，他们会恳求母亲在回程的飞机上多订一个座位呢。结果，只用了几条新裙子、几堂骑马课和芭蕾课，莎拉就成了德鲁的奴隶，真是有其母必有其女。

有几个晚上，德鲁和他们一起吃了晚饭，饭后，大家都得坐在休息室里那厚实的沙发上，看着满是罐头笑声的搞笑电视剧。大多数时候，他则完全避开了他们。

"他已经一年多没有见到你了，"昨天萝宾对卡勒姆说道，"难道不该花点时间跟你待在一起吗？"

"相信我，我情愿他像现在这样。"卡勒姆一边回答，一边撩开了眼前的头发。

这是他们在美国的最后一晚，大家先到市中心的一家意大利餐厅吃了松软的比萨。即使是萝宾，都情不自禁地爱上了那家餐厅。随后，德鲁要卡勒姆和他一起"看一场球赛"。

"什么球赛？"卡勒姆问。

"美式足球，真正的男子汉运动。"

"就和英国的橄榄球差不多，是吗？"卡勒姆小心地问。

"我觉得更好看，"德鲁回答，"我都不知道你还喜欢英式橄榄球哪，卡勒姆？"

"我不喜欢。"卡勒姆耸了耸肩。

"我挺喜欢的。"萝宾跟着他们走进休息室的时候说。

"这可不是给女孩子看的，"德鲁回答，"除了这位之外，至少是。"他突然戏谑地用拇指冲着卡勒姆一戳，卡勒姆则紧盯着他。

"不许这么说。"萝宾说着，眯起了眼睛。

"萝宾，别理他。"卡勒姆小声地说。

"你就像条小梗犬似的，是不是？"德鲁一边在大屏幕跟前的皮革靠椅上坐下来，一边对萝宾说道，"不过你不用维护他的，我只是开个玩笑而已。"

"没错，可是自从我们一到这儿，你就在挖苦他，"萝宾说，"而且那还是在你肯费心思跟他说话的时候。"德鲁重新挺直了身子站起来，死死瞪着她的时候，萝宾并没有动。

"你刚才跟我说什么？"他问道。

"萝宾，算了。"卡勒姆望着房门，喃喃地说。

"我说，你要么就刁难卡勒姆，要么就假装没看见他，都这样了他还肯跟你说话，你他妈的就应该觉得高兴了。"

"你太过分了，小姐。你这是在我的家里，教训我该怎么管教我的儿子——"

"那你开始跟我妈妈搞在一起的时候，又是在谁家里呢？我爸爸家里，还是希拉里家里？"萝宾嚷道。

"你真是个爱顶嘴的小混账。"德鲁说着，摇着头，脖子上的血管鼓了起来。

"是吗？那你就是个戴金手表的大烂货。"萝宾怒气冲冲地说。

"你他妈的跟我说什么？"德鲁咆哮道。

"爸爸！"卡勒姆忽然冲到萝宾身前，"你不许这样跟她说话。确实是你没管住自己的家伙，才引起了所有这些事情，她说得没错！"卡勒姆打着哆嗦。

德鲁张大了鼻孔："你竟敢这么跟我说话？我们请你们过来，做我们家的客人——"

"你们家的客人？"卡勒姆骂道，"我是你的儿子！我不该是你家的客人，而应该是家里的一分子，被爱护，"他的声音颤抖着，"被接受。"

"卡尔，"萝宾说着，拽着卡勒姆的衣袖，她自己的愤怒渐渐地变成了忧虑。"我们还是走吧。"她轻轻地在他身后说道。卡勒姆没有看她，推开了她的手。

"啊，看哪，"德鲁自顾自地开了口，"这个大个子还需要让自己的小女朋友来照顾他，真差劲。"

"她不是我女朋友，她是我姐姐，"卡勒姆干脆地答道，"也是我最好的朋友。有些人是不用偷偷摸摸地和异性上床，也能跟她们交上朋友的。"

"你这个可怜的小杂种，"德鲁说，"说得好像你有本事跟女孩子上床似的。好像你有本事把这出小戏码给演完似的。你打算干什么，跟我打架吗？为了她的名誉来跟我打架吗？"

"跟你打架？滚你的蛋，我才不想碰你呢，说不定会染上什么病菌的。没错，爸爸，"卡勒姆用力喘着气，"我是没本事跟女孩子上床，被你说中了，恭喜你，你就把这当成是庆祝我出柜吧。"卡勒姆迅速转向萝宾："我们走吧。"萝宾点了点头。

"他妈的庆祝你什么？"德鲁说着，脖子上的青筋气得暴了出来，"他妈的庆祝你什么？你是要站在我家里，告诉我你是个性变态吗？"

"唉，我已经不在乎你怎么想了，"卡勒姆摇着头说，"真的不在乎了。"

有那么一会儿，谁也没再说什么。吵闹声引来了安吉拉和莎拉，她们不安地慢慢走到了门口。

"我要出去整理东西了。"卡勒姆说。

"你哪儿也不许去，小子，"德鲁一边怒吼，一边气冲冲地逼近儿子，"我就知道，我他妈的早就知道了。我试了各种办法想让你改邪归正，"他轻轻地说，"可是全都没用。"

两人谁也没说话，卡勒姆转身要走。

就在这时，在五秒钟沉重的缄默之后，德鲁·格兰杰猛地往儿子的脸上打了一拳。"该死的同性恋。"拳头打中卡勒姆的时候，德鲁喊道。

这是萝宾第一次在现实生活当中见到有人用拳头打人，跟电视上的完全不一样。德鲁宽大的指节击中了卡勒姆的面孔，发出一声闷响，就像肉槌在猛敲牛排。卡勒姆的脑袋微微向后一仰，眼中满是惊讶，随后把手抬到嘴边，拢起手心接住了一摊血。

从卡勒姆指缝之间滴落的鲜血让所有人都动了起来。安吉拉跑了出去，拿了厨房纸巾来擦地毯，萝宾用手臂搂住卡勒姆，但卡勒姆把她赶到了一边。德鲁对着安吉拉的后脑勺吼道："把这儿弄干净！"而她正蹲下身子，好去吸干溅到地上的血渍。"你真是可耻。"卡勒姆终于冲出房间，走上楼梯的时候，德鲁揉着自己酸痛的手掌，在儿子的身后说道。

德鲁大步踏出休息室，一把从客厅的柜子里抓过钥匙，砰的一声摔上了门，震得墙灰都飘到了地上。

母亲擦着地毯的时候，萝宾站在那儿，低头望着她："你怎么会选了那个人？你怎么能这样对待我们？"她哭了起来，又因为掉眼泪而生自己的气，"怎么能为了一个这样伤害自己亲生儿子的人而离开爸爸？"

安吉拉擦得越来越用力，厨房纸巾的碎片粘到了地毯上，深红色的血迹一点儿也没有消失。

"妈妈！"萝宾嚷道，"我在跟你说话。"

安吉拉停了下来。她的脑袋耷拉着，离那块褐红色的血斑只有几英寸的距离。

"对不起，"她轻轻地说，"我不知道该说什么。"

莎拉悄悄地溜了出去。她两阶一跨地上了楼梯，没有敲门就走进了卡勒姆的房间。她静静地望着他把自己的衣服往行李箱及其周围乱扔，其实并没有装进去多少。

"卡勒姆，"莎拉开口说，卡勒姆停了一会儿，随后又继续扔起了衣服，"卡勒姆，对不起，我不知道该说什么……"她转身要走。

"他也这样对你吗？"卡勒姆问道，他用颤抖的声音，问了一个不带感情的问题。

"不。"莎拉回答。

"他打你吗？"

"不打。"

"他从来没有惩罚过你？用手，用皮带，或者用随便什么他中意的东西？"

"没有。"莎拉摇了摇头，泪水填满了眼眶。

"真的？"卡勒姆说，"拜托你，莎拉，说实话。"

"真的，"莎拉回答，"他从来没有碰过我。"

"这么说来真的就只是因为我咯。"卡勒姆点了点头，继续徒劳地扔着衣服，"好。"声音又干脆起来，带着愤怒，如剃刀般锐利。

"我先出去了。"莎拉说。

卡勒姆没有答话。

第二天早晨，莎拉和安吉拉带着萝宾和卡勒姆前往机场，车里的广播低声地嘟囔着，谁也没能多说什么。德鲁还在睡觉。"今天他休息，"安吉拉说，"而且他上班也很辛苦。"莎拉、萝宾和卡勒姆狠狠地瞪了她一眼，随后萝宾把手放到了卡勒姆的腿上，抬头望着他嘴唇上面的那道口子，还有他那肿起来的下巴。

"最近你爸爸在工作上压力很大，"安吉拉头也不回地对卡勒姆说，"所以有点神经紧绷。"

　　"神经紧绷，说得好。"卡勒姆一边回答，一边对萝宾摇着头。开车去飞机场的路上，他一个字也没再说过，短短地接受了莎拉和安吉拉别扭的临别拥抱，却没有去看她们的眼睛，随后就把自己和萝宾的行李箱都提了起来。

　　"我会想你的，亲爱的。"安吉拉说。

　　"不，你不会的。"萝宾板着脸回答。

此时此刻

莎拉

我意识到，香料屋里的那个人是唯一知道我新号码的人。

我从前的那部手机长眠着，被拆散了塞在旅行袋的底层；电池、电话卡和机身分开放着，也没有电。那么多的生活，都在那部电话里暂停了。那些看了就会把我击垮的照片和视频。那些不想再听到我声音的人们的号码和姓名。

昨晚我梦见维奥莉特不记得我了。我发现她和另外一个家庭生活在一起。我对她说："找到你我真是太高兴了。"而她则用那对明亮的小眼睛望着我说："你好，你是谁呀？"

我的夜晚时常夹杂着这样的梦境，可这个梦一整个上午都沉甸甸地压着我。我像个僵尸一样坐在桌子边上，吃着冰冷干硬的吐司，阵阵作呕。一定得做点什么才行。

我找到了一个仍旧可以投硬币的电话亭——这可是稀有的东西。我把吉姆母亲的电话号码写了下来，小心翼翼地在冷冰冰的钢质按钮上按了下去。小便的气味和妓女的名片让我恶心反胃，但我不能停下来。

吉姆的母亲接起电话的时候，我说起了佐治亚口音，我唯一知道的另外一种口音。这会比想象当中更难。只是在耳朵里听见她的声音，就会让我闭上眼睛，好碾碎上次见面时的场景。

"嗨，您好，您是盖尔威太太吗？"

"对，是我，请问您是哪位？"

太好了，她不知道是我。我深吸一口气，说话的时候努力面带微笑。演下去，把戏演下去就行了。

"我叫克丽丝托，是亚特兰大萝宾逊玩具公司的。恭喜您被选中参与一次独家竞赛活动——"

"我什么？"她在电话里的声音是我这辈子听到过的最刺耳、最傲慢的，但我没有理会。我又塞了几枚硬币进去，以防万一，不能因为电话亭的嘟嘟声让我露了马脚。

"是您本地的维特罗斯超市[1]，从一批最优秀的顾客当中推荐了您。"

"哦，我明白了。"她说道，这会儿没那么冷冰冰了。

"而且参赛的只有一百人，所以您获奖的概率很高，奖品是什么我告诉过您吗？"我问，我知道自己并没有告诉她，但还是兴高采烈地想要逼着她就范。

"没有，不过等等，你是从谁那里——"

"奖品是一只礼物篮，装满了各种玩具和玩化妆游戏用的漂亮衣

---

1 维特罗斯（Waitrose），英国连锁超市品牌。

服，只送给一个幸运的孩子。"

"哦？"

"没错，奖品棒极了。我只是需要问几个问题，好保证您能拿到最合适的东西。"

"嗯，那好吧，不过这个不会传出去吧？我不想收到垃圾邮件。"

"完全不会。这是对于您作为忠实顾客的特殊谢礼，仅此而已。"

"嗯，好吧，这样的话应该可以——"

"那您是希望收到给小男孩的礼物还是给小女孩的礼物呢？"

"女孩的。"这是第一次，我动摇了。谈起那些抽象内容的时候，我还能够保持镇定，可现在我们是真的要开始谈维奥莉特了。我深吸一口气，捏住鼻梁，拼命鼓起勇气说下去。

"喂？"她问道，"你还在吗？"

"嗯，这条线路一定是不太好，"我说着，努力隔着已经开始滑落的泪水保持我的口音，"我刚才在问您女儿的年纪。"

"她快四岁了，"她回答，并没有纠正我。她是我的女儿！我很想大声喊出来，不是你的！

"听起来真是个小宝贝儿，那她是和您住在一起吗？"

"对。"她肯定道。我讨厌这一切。

"她上学吗？"

"这些问题……你为什么……"

"我只是想搞清楚，她是想要有书的那套礼物还是有——"

"哦，她很爱看书的，就像她爸爸一样。"

"那她的父亲也和您住在一起吗？"我问道，态度并不像自己预期的那么好。

"抱歉，这是非常私人的问题，你刚才说你叫什么名字？"

"哦天哪，我并不想冒犯您的。要是我能自己和维奥莉特说上几句，了解一下她的兴趣的话，可能会更容易一点。"我先她一步意识到了自己的错误，心脏跳得飞快，摸索着把沉甸甸的黑色听筒挂了回去。

我听见她说："我并没有告诉过你她叫……莎拉？是莎拉吗？你给我听着——"

蜂拥而来的窘迫、绝望和愤怒把我压垮了。我一遍又一遍地把听筒往架子上猛砸，踢着电话亭的塑料窗，用最高的音量尖叫不止。至少有三个人从我身边经过，他们都加快了脚步。我不在乎。除了夺回我的生活之外，我什么都不在乎。

萝宾

萝宾已经尽了最大的努力不去接近窗户。她的喜鹊先生其实并不存在，她不想看见真正的亨利·沃特金斯，也不想被那天晚上隐藏在暗处的那个不知道什么人给看见。

她在健身房里转移自己的注意力，练得更努力，更刻苦，拼命让肌肉每天都疼得尖叫。时刻准备，强健体魄，保护自己。

她订了一批送货上门的商品，全是蛋白质和有益健康的食物，富含水分的绿色蔬菜，送到之后她就不会想吃的那种。根据不久之前收到的那条欢快的短信，她订的东西应该在接下来的五分钟里就会送到了，送货的时间是精心挑选过的，需要额外付费。非常值得。

笃笃笃。

萝宾透过窗帘的缝隙往外看。她能分辨出送货车的轮廓，就在马路往前一点的地方。她朝前门走去，仔细听着送货员的动静，挪动脚步的沉重声响很能说明问题，这让她觉得安心。她把防盗链移到一边，咔嗒一声打开门锁，深吸一口气，为那每周一次的闲聊做好准备。对她而言，这样的寒暄意义重大，是那个托着一箱箱货物的人永远也感受不到的。

她开始小心地把门打开，起初，在她鼓起勇气的时候，只是掀开了一条缝。

忽然，一只厚重的黑色靴子从门缝里塞了进来，有人正从外面推着她的房门。"搞什么？"萝宾冲口而出，一边用尽所有的力气把门往回推。

靴子扭动着，想要再往前伸，而大门则一次又一次被人粗暴地往里面猛推，门撞到她身上的时候，还传来一个男人费力哼哼的声音。她调动全身上下每一块肌肉的力量把门往回顶。每次大门朝门框挪近了一点，她那赤着的双脚就会在地毯上打滑。

"不行！"她一边吼着，一边搜刮出最后一点力气把房门推回去关上，门咔嚓一声嵌进了门框里，萝宾又笨手笨脚地把防盗链拴回了原位。

门外那个身份不明的人最后使劲往门上踢了一脚，但紧接着萝宾就听见他跑开了。

即便如此，她还是不停地推着那扇已经关上的大门，手臂和肩膀紧锁在痛苦之中，脚上的皮肤擦破了，被磨得生疼。她那么用力地喘着气，气息在体内吸进又呼出的声响让她无法思考。片刻之后，她松开手，悄悄溜进客厅，小心翼翼地透过窗帘之间最小的缝隙向外张望。她见到了那辆被自己误以为是送货卡车的白色面包车，车正在往回倒，开进了她的视野，上面有一家租车公司的名字。该死。真该死。她扯着自己的头发，弯下身子，思绪混乱。在她体内奔流的所有妄想猜疑都是对的。该死的。

片刻之后，超市的货车缓缓开进了她家正对面，一片不该停车的空地。那个司机——和她闲聊过无数次的那个——正浑然不觉地吹着口哨，把两只箱子一上一下地叠起来，小心地躲开车辆，穿过马路。

起初她并没有理会敲门的声音，可接着她的手机就振了起来。她接了电话，也知道打电话的人是谁。她的心脏仍旧咚咚地跳着，汗如雨下。

"是萝宾·马歇尔吗？"

"对。"她小声回答。自己的名字听起来既陌生又危险。

"我在你家门外，亲爱的，拿着你买的东西。"

"对不起，我不太舒服。"她急急忙忙地说。

"这个，这些东西你已经付过钱了，所以我不能拿回去。如果你愿意的话，我可以直接搬到你家的厨房里去。只要你过来给我开个门就行了，可以吗？"

"我做不到。"

对方顿了一下："听着，我真的得把这些东西放下来，再去下一个地方。不然其他客人那儿我就要迟到了。"

"放在外面就行了。"

"不能放在这儿，会被人偷走的。"

"这是我的东西，不是吗？"她不耐烦地说。

"但是你得签收。"他的声音里有一股之前没有的火气，她能透过客厅的窗户听到两遍一模一样的话。她想象着他粗壮的手臂，他沉甸甸的靴子。她再也不想有靴子出现在自己的门口了。

"我得的是传染病，把那个东西从信箱那里推进来就行了，我会签收的。"

"行啊，可以，你想怎么样都行。"

电话断了，庞大的手持机器被艰难地塞过了信箱口。她一把抓了过来，用指甲尖在屏幕上完成签收，随后把机器给推了出去。

"这是为了你好。"她加了一句，试着用了更加友好的语气。

"没错，"他说道，"谢谢你。"他并不是真心的。

萝宾回到起居室，透过窗帘望着他把空了的箱子装上车，随后沿着马路突突地开走了。她环顾四周，却不见任何人朝她家的方向看，也没有黑色的靴子。

门外，经过的人顺走了她的牛奶、她的香蕉、她的燕麦。有人翻着袋子想找酒喝，但她并没有买。那些人大声地对朋友们发着牢骚。不到一分钟就聚起了一小群人，把她家的台阶安全地包围起来。无心插柳的保护。他们吵吵嚷嚷走远的时候，她拉开门，取走了还剩下的东西。

她再次重重地关上房门，坐在门厅的地板上，周围环绕着水果、瓶装水和蔬菜，装在有点被撕碎的购物袋里。

呼吸终于平缓下来，心脏不再飞速狂跳的时候，萝宾开始仔细思考刚才发生的事情。她得出了两条非常重要的结论：

一、并不只是她多疑妄想而已，是真的有人要过来抓她。在这件事情上判断正确一点也不让人欣慰。

二、她最希望那个人是亨利·沃特金斯，因为发觉她报的警才过来的。宁可跟熟悉的恶人打交道。宁可跟看得见的恶人打交道。

萝宾战战兢兢跑上了楼，擦破了皮的双脚又肿又疼。她在健身房的窗前停了下来，把窗帘挑开了一条细如发丝的缝隙，把视线推向那一丝光线，直直地望向喜鹊家的公寓。一开始，她并没有看见他。她带着令人毛骨悚然的恐惧寻思着，他是不是还在自己的屋子外面，穿着黑色的靴子气鼓鼓地站在那儿，等待时机。

可是后来，他在窗前出现了，腰上围着一条毛巾，湿漉漉的头发乱糟糟的，胸口狭窄凹陷。毛巾滑了下去，露出了瘦骨嶙峋的髋部，那个地方从前是有一层中年发福的赘肉的。

即便他有超级英雄那种水准的速度，也绝不可能跑到她家门前再回去，到这会儿已经赤条条地洗完了澡。

这么说来那个人并不是他。有人想要抓住她，而那个人还不是喜鹊先生。该死。

眼泪淌了下来，萝宾讨厌自己的这种反应，她望着那个同样一败涂地的男人，他拿起面前的一杯饮料，注视了一会儿，然后猛地把杯子往墙上一摔。

马克杯被摔得粉碎、饮料四处飞溅的时候，他蹲到了地上，抱着膝盖，双肩不住地颤抖着。

萝宾并没有看见这些。她已经爬到了床底下，正在数着床上的板条，好让自己不要叫出声来。

1996 年

莎拉

我站在母亲的卧室门口，看着她睡觉。现在是中午，所以德鲁还在上班，但是学校放了春假不上课，我在家里觉得又热又闷。

上个星期五，学校放假之前，有几个女生在商量着要去莱诺克斯广场买东西，然而，尽管我一脸渴望的表情，可她们谁也没有邀上我，所以我就在家里闲晃。

我们在亚特兰大的花园比我在桦树梢时的两座花园都大多了，布局也更加复杂，并没有多少草地，却有很多山石区域，还有装了电灯的平台和现代的雕塑。喷淋系统浇灌着那一丁点大的草坪，还有一个喷泉，日夜不停地汩汩冒着。晚上，四下寂静无声的时候，我躺在床上就能听见水声。

我想着爸爸，想着面对这样一座花园他会有多难过。"寸草不生的，也没有小鸟。"他会说。这里几乎没有鲜花，只有一些芦苇和青草，所以看起来有点像是沙漠。

过了三十岁之后，妈妈在镜子里见到的自己的模样似乎让她一年比一年烦躁。"就你的年纪而言，你看上去棒极了，"德鲁说，"尤其是考虑到你还生了双胞胎呢。""我不想要这句'考虑到'。"听了妈妈的回答，德鲁看起来一脸困惑。常常，就像今天晚上这样，妈妈到健身房去的时候，胡乱凑出一桌晚饭的任务就落到了我的头上。我一直在努力提高厨艺，学做更多德鲁可能会喜欢吃的菜。最近，我做了奶酪通心面，还在里面放了吞拿鱼，就像在电视里看到的那样。

德鲁坚持说这是"一顿精致的意式大餐"，还揉了揉我的头发。我在英格兰第一次遇见的那个德鲁，可是做梦也想不到要吃下这种鲜艳的橘黄色饭菜的。他能适应这些，让我深受感动。"可别告诉你妈妈，"他一边说，一边往我的杯子里倒了一点红酒，"毕竟这是配意大利面的。"

他又喝下了几杯，给我也另外倒了一些酒之后，我的脸颊泛出了粉红色，继父的话也多了起来。

"安吉拉的活力不见了，莎拉，我很担心她。"

我没有说话。

"她成天就在说着自己的长相。可她仍旧是个非常漂亮的女人，莎拉。我是说，从我们认识到现在，她是上了点年纪，但她很会穿衣服，也总是化着妆。那天我跟她说，我说：'你现在好漂亮，安吉拉。我大可以想象没生孩子之前你该有多么美丽动人。'她的反应就好像是被我侮辱了似的。"

这会儿他更激动了，涨红了脸，皱着眉头。"我在自己的家里还要战战兢兢的。"他忽然大发雷霆，吓了我一跳。

"哦，"他摩挲着我的手臂说道，"别在意，别在意。我只不过是担心你的妈妈而已。"

那个时候，他又开了一瓶酒，给自己倒了一大杯，又喝下了一大口。

"说不定她是想家了。"我说。

他的嘴角耷拉了下来，摇了摇头："嗯，我觉得不是因为这个，我觉得完全不是因为这个。"

"说不定她是在想萝宾和……"我慢慢地停了下来。

"你妈妈很喜欢你妹妹，不过上次她到这儿来，走的时候，你妈妈就跟我一样松了一口气。她可真够难对付的，"他说着，"不像你。至于我的那个儿子，唉……"德鲁又灌下一大口酒，把杯子拿开的时候，他的嘴唇都变成了紫色，"不管怎么样，你不用担心。我肯定你妈妈会精神起来的。我们只是得给她一点时间。"

萝宾

他们待在自己最喜欢的地方——板球场更衣室的后墙边上，像电线上的乌鸦一样排成一行。阿利斯泰尔和萝宾、约翰和卡勒姆，抽着包在活页纸里、一捏就碎的绿色大麻，无缘无故地大笑着。

卡勒姆正在说着约翰的母亲差点发现他们两个在一起的事情。

"我们刚刚，你知道的，做完我们在做的事情，就听见了上楼的脚步声。"卡勒姆晃起了肩膀，约翰接口说了下去。

"卡尔就说，"约翰做出低声呵斥的样子，"'你跟我保证过的，约翰！你保证她不会在家的！'我确实是真心觉得她会在外面再多待一会儿的。不管怎么样，我就像个傻瓜一样躺在那儿，光着屁股，想要东摸西摸地找衣服，卡尔则是跳来跳去，拼命想把他的衣服穿上。然后，就在房门打开的那一刻，卡尔就像喜剧片里演的那样蹿进了我的衣橱里，一条腿穿进裤管里，倒在了我的一沓衣服上。"

"我心跳得飞快，"卡勒姆接着说，"躺在那儿，藏在他那堆脏兮兮的内裤里，努力不要发出声音，而他的妈妈走到他身旁，把一杯热茶放到了边上，完全无视约翰在下午三点躺在床上，只穿着一件 T恤衫，用一只坐垫盖着那个地方。"他们笑得直不起腰来，卡勒姆把脑袋向约翰颤动的胸口稍稍靠近了一点。

"她只是觉得我懒而已。"约翰加了一句。

"青春期少男啊！"卡勒姆装出尖细的声音说道。

阿利斯泰尔和萝宾都笑了，但阿利斯泰尔率先移开了视线。他和萝宾还没有"做过"，不过现在可不是提这件事情的时候。尤其是在比他们高一个年级的约翰面前。

"不过说正经的，假如她发现了会怎么样？"萝宾问道，"我是说，你差不多已经是成年人了。"

"是啊，不过他不是。"约翰收敛笑容，皱起了眉头，从卡勒姆手里接过烟卷，深深地吸了一口，"而且我妈妈是很传统的，"他一边吐着烟圈一边说，"她或许不介意在下午就半裸着，但是肯定会反对两个男人在一起的念头。或者两个男孩，随便什么。"

"她是严重的恐同分子。"卡勒姆耸耸肩膀，补充说。

"嗯，没错。"

那根松散潮湿的纸烟卷被递到了萝宾的手里，她吸了一大口，又一阵一阵地把烟给咳了出来，直到阿利斯泰尔帮忙猛拍她的后背才停下来。到现在为止，他们已经交往两三个月了，就比卡勒姆和约翰少了几个星期。

卡勒姆和约翰的友谊从爱好同样的书籍和电影开始，又发展成了一种更加深厚的东西。他们不能在公开场合牵手，不能接吻，除了萝宾和最最亲密的朋友之外，也不能告诉任何人。

刚开始和约翰在一起的时候，卡勒姆会在自己的床上躺上几个小时，跟萝宾东拉西扯地聊着约翰做过的各种事情、说过的各种话。他会分析自己在谈话时的表现，会担心约翰觉得他年纪太小或者是对他产生反感情绪。随着时间一周一周过去，这样的分析减少了，而卡勒姆和萝宾相处的时间也少了。他们一起弹吉他的次数没有那么多了，相反，萝宾常常都是一个人待着。她努力不让自己觉得难过，也决定是时候行动起来了。是时候也给自己找个男朋友了。

阿利斯泰尔跟萝宾和卡勒姆同一个年级，是一个矮个子、娃娃脸的男孩，表情很严肃，但举止很友好。他完全不是萝宾心仪的类型，她大概更喜欢像迈克尔·赫钦斯[1]那样的，但是个不爱招摇、性格随和的小伙子，幽默，可靠，而且愿意改变自己。在萝宾的建议下，他

---

1 迈克尔·赫钦斯（Michael Hutchence），澳大利亚歌手，摇滚乐队 INXS 创始成员及主唱。

也报名上起了吉他课，不过后来又换成了贝斯。这样一来，要跟上萝宾的脚步会稍微容易一点。

他们从公园走路回家，像晾衣绳似的手挽着手，飘飘欲仙，昏昏欲睡，一路唱着歌，歌词记得断断续续的。走到连成一排的三只窨井盖跟前，两人都横跨一步躲了过去。因为那是不吉利的。然而他们谁也不知道是为什么。

萝宾之前就瞥见了阿利斯泰尔的表情。她对这种表情装聋作哑已经有一阵子了。不过为什么不把这件事情给了结了呢？

"我觉得我把钥匙落在更衣室后面了。"她嘟囔着。

"我带钥匙了。"卡勒姆回答。

"没错，但我还是得把它找回来，不然会被骂死的。陪我去吧？"

"好啊，不过我得快点回家，不然就要——"

"你一定要陪我去！"萝宾打断了阿利斯泰尔，在他们落到另外两个人后面的时候，她压低了声音，"趁我还没改变主意。"

"哦。"他应道。

"嗯，"萝宾说，"为什么不呢？"她把他的手攥进自己的手心，两人咯咯笑着，一路小跑回到了几分钟之前待过的地方。

三个月之后，一切都完了。

卡勒姆和约翰在约翰家的花园里被发现了。当时已经很晚了，约翰的父母不在家。他们躺在屋后的花园里，掩在绿树和鲜花后面，抽着烟，聊着天，一块儿挤在一张大大的日光躺椅上。头顶的天光已经暗了下来，深灰色的天空，在角落里泛出明黄，那是春日的太阳紧抓不放的地方。

卡勒姆被约翰给吻醒了。两个人的衣服都穿得好好的，睡眼惺忪，晕晕乎乎。忽然之间，站在他们眼前、嚷嚷着令人不明所以的话的人正是约翰的母亲。她因为头疼提前回来了，留下约翰的父亲在他们之前待过的随便什么地方继续喝酒。卡勒姆奔出花园，一边躲开气冲冲挥动的手臂，一边跑远了。

接下来的几天里，他们之间发展出来的那份恬静温柔的感情迅速土崩瓦解。约翰的父母禁止两人见面，学校的副校长也非常支持，他把两个男孩都叫到了办公室里，直言不讳地对他们说，学校容忍不得这样的事情，他们要是再有不检点的行为，就会告诉卡勒姆的父母。不检点。约翰直勾勾地盯着前面，冲着校长点了点头。他们走的时候，卡勒姆试着去拉他的手，却被他给甩掉了。

这次"干预"之后，约翰有一个星期没来上学，而且在这段空白的时间里，他似乎果断摒弃了这段感情，或者就是努力装出了一种非常逼真的假象。曾经被比他年长的朋友们怂恿着走进高等六年级[1]休息室的卡勒姆，在一次由老师主导的禁止低等六年级学生越界的行动之后，便不再那么受人欢迎了。约翰开始开车上学，午餐时间就开着自己的福特嘉年华载着朋友们进城去。为了避开他，卡勒姆则开始逃学旷课。

这是彻彻底底、无法挽回的分离。

卡勒姆和约翰分手的第二天，萝宾就给阿利斯泰尔打了电话：

1　高等六年级（Upper-sixth Grade）和低等六年级（Lower-sixth Grade）为英国中学教育的最后两年，在此期间学生会准备 A-level 考试，以取得大学的入学资格。

"我觉得我们就只是朋友而已，说真的，不是吗？"他早就料到了，这个电话，萝宾不打，说不定他自己也会打的。

"不过我们还是会继续弹琴，会组一支我们说过的乐队的，对吗？"

两个人约好当晚见面，在板球场上把各自的东西物归原主，以巩固自己的计划。天色渐暗的时候，录音的磁带和借来的帽衫在石阶上摞成了不太规整的两小堆。

说着再见，说着作为朋友开启新篇章的计划的时候，他们决定，嗯，那就再做一次，图个吉利。在更衣室的后面，他们紧紧地贴着彼此。阿利斯泰尔那光滑极了的脸蛋散发出一股他根本不需要用的须后水的气味，这样的用心让萝宾体会到一种她从没有料到的、想要落泪的情绪。他们真的是会作为朋友继续见面的，她告诉自己。他们真的是可以组起那支曾经说过的乐队的。

整理好衣服，嘲笑着自己那一反常态的激情的时候，萝宾感觉到一股回家的冲动，回到卡勒姆身边，回到那个终于又需要她了的卡勒姆身边。

她打定了主意，她和卡勒姆会在加油站买下最新的吉他杂志，撕开乐谱的包装，大弹特弹。很多年以前，莎拉没能过来探亲，她非常沮丧的那段日子，他们就是这么过来的。

说不定他们还会把《魔幻迷宫》一连看上一万遍，写些不知所云的诗句，说着要创作一部电影，却因为大麻抽得太多，除了傻笑之外什么都做不了。就像他们一直以来所做的那样。现在他当然很难过，她心想，不过很快就会没事的。会恢复正常的。

这会儿卡勒姆正拼命按着游戏机上的手柄，叹了口气，又把它丢到了一边。电线像根套索似的，在沙发的扶手上绕成了一圈。

"要是能按一下重启就好了，你以前有没有这样希望过？"卡勒姆一边愤怒地喘气，一边一把抄起扔飞的手柄。

"什么，这个游戏吗？可以呀。不过你打得不错啊。"自己这个没有血缘关系的弟弟因为打不好《生化危机》就大发脾气，萝宾对此已经烦透了。

"不是，不是这个。就好比不管你转到哪里，都只会雪上加霜。就好比说不定你只是这一轮打得很差，而原本是可以打得更好的。要么收下所有的金币，要么一路都是绿灯，要么就打败所有的坏人，要么——"

"没有。"萝宾打断了他。

"那算了。"

卡勒姆让手柄荡在那儿，不声不响地走出客厅的大门，溜进了厨房里。他坐在那张看起来像是红木的新桌子边上，拿着自己的那罐烟叶，笨手笨脚地卷了一根极其细长的纸烟，里面零星地夹了一些粗糙的大麻碎屑。

"这根烟也太可怜巴巴了。"萝宾说着，也跟着进了厨房，用马克杯做起了热葡萄汁。

已经过了两个月，她就快失去耐心了。卡勒姆又属于她了，可现在的他大受打击，千疮百孔，而且非常非常地愤怒。

此时此刻

莎拉

醒来的时候，我看见了手机上的提醒，之前我从没收到过这种提醒。阿利斯泰尔——萝宾在乐队的搭档，曾经的男朋友——直接通过推特发给我的消息。

第一条：

你好莎拉，我记得你。抱歉，我跟萝宾已经好几年没见面了。她在曼彻斯特没打招呼就走了。

第二条：

她的邮箱地址是 robinmarshall762@gmail.com。帮我教训教训她，我们还要她回来干活呢。祝你好运。

我想要回复消息去谢谢他，可是他并没有关注我，所以也回不成消息。不过其实我并不在乎这个，因为现在我知道妹妹确实是在曼彻斯特了。希拉里是对的，即便她在细节方面有些含糊其词。而且，更棒的是，我有了她的邮箱地址了。

我花了好几个小时在手机上精心准备这封邮件，写写停停，删掉。我洗了个澡，重新开始写。要说的话有很多，却并不意味着这些话都应该说，现在还不到时候。

最终，在恶心呕吐，不得不坐下来，把脸探出窗外大口呼吸城市里那糖浆般甜腻的空气之后，我去了附近的一家网吧，花钱买了三十分钟的上网时间和一杯寡淡的伯爵茶。

我打出了一封新邮件：

> 嗨萝宾，我是莎拉。我从阿利斯泰尔那里知道了你的邮箱地址。希望你不要介意，但我存着的那个你的号码打不通。
> 我会在曼彻斯特待一阵子，很想跟你见一面。太久没见了。

我删掉了最后一句，这句话听上去有点指责的意思。不能让妹妹觉得我在生她的气。

> 我会在曼彻斯特待一阵子，很想跟你见一面。我们一定有很多话可以说。你可以打 076542275366，或者回复这封

邮件，我们可以安排个时间见见面。

保重。

姐姐，莎拉

我深吸一口气，小口啜干最后一点带着残渣的茶水，按下了发送键。片刻之后就收到了回复。

邮件无法被下列收件人接收。

我还没来得及让自己住手，就把键盘从插槽里拖出来，扔到了地上，跟着又把喝空的茶杯给丢了出去。

"喂！"收银台后面那个留着胡子的男人喊道，从我进门到现在，他对身边发生的事情从来没有这么上心过。

我感到胸口泛起一阵冷冷的怒意，便狠狠地冲他吼道："电脑坏了！"

我慢吞吞地走回了旅店。原本就希望渺茫，现在算是全部落空了。有那么短短的一瞬，我觉得有一根细细的丝线，正在把我和妹妹彼此相连，它七拐八弯地穿过街道，绕过公园，将我们绑在一起，好让我能一路拉着把她给找出来。但这根线已经被剪断了。

萝宾

自从那个穿着厚重靴子的男人企图挤进她的避难所以来，萝宾就没有睡过一个整觉。相反，她大汗淋漓地躺着，一遍又一遍地轻声自语："不要闭眼。"每次眨眼的时间长了一点，她就一个耳光把自己打醒。醒着不睡也好过再次让自己面对这样的危险。

每天晚上她都会往保温瓶里倒好咖啡，带上楼去，然而虽说尽了最大的努力，到最后，她还是会不安稳地睡上一会儿。

今晚，她甚至还嚼了几片在药柜里找到的咖啡因浓缩片。那是跟乐队一起通宵熬夜遗留下的产物，而其他成员吃的东西药效更猛。那个时候，她喝下睡前酒的方式常常是，和其中一个追随者来一场疯狂迷乱、无所顾忌的黎明交欢。如今，就连这个念头都变得无法想象了。

尽管额外补充了咖啡因，但她还是失败了。她开始直挺挺地坐在床上打起了瞌睡。不过这会儿她又醒了。她也不知道是为什么。

紧接着她便听到了声音。

嚓嚓，嚓嚓。

声音很小，却在黑暗之中清晰地传了过来。

嚓嚓，嚓嚓。

咔嗒，咔嗒。

声音越来越响，发出声音的地方她也搞清楚了。在她卧室的窗户外面。就在外面。

萝宾吓呆了。

这响声那么接近，那么尖锐，就像回音室一般填满了整个房间。

是战还是逃。

萝宾被吓得钉在原地，努力想逮住那条会告诉她该怎么办的思绪。她听见楼下铺着瓦片的屋顶上面有脚步移动的声音。顶楼那间卧室的位置比下面的两层更加靠后，一层和二层形成了一个"之"字，向外突出。虽然处在最高的楼层，但要爬到卧室的窗口却是最容易的。尽管房顶很高，但从前还是有几只猫咪爬上来过，喵喵叫着想要进屋，都未能如愿。

这不是她胡乱臆想出来的。这一点也不是她胡乱臆想出来的。

是战还是逃。

没有喵喵的叫声，声音比猫爪踩在瓦片上的动静更低沉、更浊重。萝宾能分辨出清晰的脚步声，它们正在调整角度，穿行移动。她想着自家门口那只粗重结实的靴子，想着男人拼命撞门时的怒火，想着自己顶门时那动物一般的力量。这次事件之后她仍旧疲惫不堪，因为几天没能好好睡上一觉而疲惫不堪。可是他已经卷土重来了吗？

是战还是逃。

她的手机正在楼下充电。但一想到要转过身去，哪怕只是一瞬间，都让她怕得要命，更不用说是毫无防卫地走到楼下了。萝宾一动不动地待着，想到被男人的手扼住喉咙、紧紧捂住嘴巴，她吓得动弹不得。

在三楼上面，离楼下的街道那么远，谁也不会听见她尖声呼救的。

动脑子，想一想。她拼命让耳道里汹涌奔流的冰冷血液平静下来，努力评估自己有哪些选择。只有两条路可选，但不管哪一条都不安全：要么设法溜出房间，下楼报警——留下无人看守的窗户，直到警察赶来为止——要么就试着把他吓跑。都可能会惹出不小的乱子。

她很想逃跑，但反抗是唯一现实的选择。

还没来得及说服自己不要这么做，萝宾便啪的一声拧亮电灯，拉开了窗帘。映入眼帘的只有一片黑沉沉的夜色。她用最高的声音嚷道："该死的，你给我滚远一点，不然我就他妈的杀了你！"她用力喘着气，膝盖打战，手上满是汗水。一秒，两秒，三秒。

突然，一个人影出现在窗前，她猛地往后一跳。深色的衣服，苍白的皮肤，该是眼睛的地方只有一对黑窟窿，仿佛一张骇人的快照。脚步声咚咚咚地跑远了，他用比上楼敏捷得多的速度爬下楼去的时候，老旧的排水管道不断呻吟，嘎吱作响。

萝宾等了一会儿，但还是得去看看他是不是真的走了。她能分辨出对面的公寓，柠黄色的灯光依旧从沃特金斯的家里投射出来，却不见亨利的影子。那个有孩子的女人正在厨房里晃着一个瓶子，即便怀里没有抱着婴儿，也还是不住地摆动着身体。萝宾蹑手蹑脚地走到了暗处。对于萝宾而言，这一切如常的景象就像舞台家具似的挂在那里，很不真实。

她家的小花园里寂静无声，到处都是黑色的影子，与深蓝的夜色融成了一体。带轮子的垃圾箱，墙壁，厨房的屋顶。什么也没有。视线沿着小巷望过去的时候，萝宾隐约瞥见一个影子正在移动，有人向前跑着，退出小巷，回到了最右边的马路上。他走了。感谢上帝。这一次，他选择了逃跑。

1998 年

萝宾

卡勒姆问她的时候有些犹豫，避开了她的视线，专注地看着在踢脚板上磨来磨去的球鞋鞋尖。萝宾假装没有察觉，心里却满腔自豪。作为两人之中占据优势的一方，她兴奋不已。

"那你愿意吗？"

"愿意什么？"她一边反问道，装出一种心不在焉的语气，一边小心翼翼地把火腿盖在铺底的奶酪上，准备在最上面再撒一层气味浓烈的切打芝士。

"愿意见见他吗？雷兹，我的……"他的声音越来越轻，最后完全听不见了。脸上带着一种似笑非笑的表情，让他看起来活像一幅李维斯牛仔裤的广告。

"你的男——朋——友！"萝宾打趣道，把字拖得老长，好像幼儿园里的儿歌一样，还用一根手指戳了戳他窄窄的胸口。

他咯咯地笑了，只是一点若有若无的声音，很容易就被人忽略了。"嗯，"他挺直自己六英尺高的身板回答，接着又像过去沿街宣读告示的播报员一样大声喊道，"我的男朋友！"他们都笑了。有那么一会儿，萝宾什么话也没有说，而卡勒姆也很理解。这是需要小心处理的一个步骤，把最顶上的那片面包放好，面包的外侧已经涂好了黄油（烤出完美脆皮的窍门），再合上三明治烤炉的盖子。

"愿意，"盖子啪的一声扣上，黄油随即在罩子底下咝咝作响的时候，萝宾说道，"我当然愿意见见你的男——朋——友了！"

当时他并没有笑出声来，只是露出一个浅浅的、稍纵即逝的微笑。"我真的很喜欢他。"他用往常那种轻柔低沉的声音说。

"好极了。那我敢肯定我也会喜欢他的，对吗？"

"对。"

与约翰分手后，卡勒姆意志消沉，整个人完全被掏空了，因而能见到他的内心被重新填满，哪怕只是填上一半，也是一种安慰。然而他变了。自从分手之后他就变了，变得残缺不全，脾气略微有些暴躁。有生以来第一次，他的敏捷才思化作无情残忍，随后又变成内疚，以及一种压倒一切的、对于本性难移的恐惧。

卡勒姆是她的参照系，是她的指北针。萝宾之所以一直放心大胆地挑战自己的极限，是因为她总是能在卡勒姆的身上找到界限。

他们一起抽了第一根烟，一根干瘪的JPS[1]，那个皱巴巴的烟盒不

1　JPS，全称 John Player Special，帝国烟草公司旗下的主要卷烟品牌之一，1970年在英国推出。

小心被她父亲坐到了屁股底下，又在车库里被他随手扔到了一边。他们皱着眉头咳嗽着，被烟熏得眼泪直流。

"我不喜欢这个味道。"萝宾说着，嘴角耷拉了下来，犹犹豫豫地又抽了一口。

"我也不喜欢。"卡勒姆做了个怪相，像只小鸟似的啄着香烟。

他们十三岁的时候一起喝了第一瓶酒。一瓶杯杯香梨子气泡酒[1]，是就着圣诞大餐喝的。萝宾的脸颊变得通红，卡勒姆的耳朵也是。"好喝极了！"他们开玩笑说，"简直是太棒了！"某个地方还有一张他们吃那顿饭的照片，是希拉里拍的，杰克关切地凝视着相机，头上戴着纸做的圣诞帽。萝宾和卡勒姆则狂笑不止，饭菜从他们的嘴里，从他们绯红发烫的脸上落下来。

第一支烟，第一瓶酒，第一根大麻烟卷，第一包藏在一小张包装纸里的小堆粉末。

和约翰分手之前，卡勒姆总会在萝宾暗自期盼的时候喊停。让她能一边叹着气，翻着白眼，说他就像个大姑娘或者是个"妈宝"，一边在心里默默地感谢他。然后，这一夜的第二个阶段便会开始。萝宾疑神疑鬼的阶段。

"不过还是看一下我的瞳孔吧。"

"你没事，萝宾。"

"我的心脏跳得太快了，卡尔。"

一根勉勉强强却又轻柔温暖的手指放到了她的手腕上，静静地数

1　杯杯香梨子气泡酒（BabyCham），用梨子酿造的气泡酒，1953 年在英国推出，以小鹿图案作为商标。

着时间，证实确认。"你没事，只要睡上一觉让药劲过去就行了。"

"我睡不着！我不应该吸的！越来越严重了。为什么你的眼睛还好好的，卡尔？为什么你的眼睛还好好的呀——你不会只是假装吸过了吧？"

"呃，够了，萝伯[1]。"

萝宾的眼泪流了下来："你为什么对我这么凶呀？"

萝宾不管吃了什么都能把人烦死，不过嗑的药越多，情况就越糟。而卡勒姆则好像什么都能应付似的，或许是他的身高，或许是他天生的冷静，就那么把塞进体内的任何异物都吸收溶解掉了。她如痴如醉的时候，他只是咯咯傻笑；她热血沸腾的时候，他只是变得健谈；她失控妄想的时候，他只是有些烦躁。

但在与约翰分手之后，卡勒姆就不像从前那样自制了。他超出自己界限的次数越来越多。要么大吵大闹，咄咄逼人；要么就泪眼汪汪，阴郁呆滞，身子四处靠着，得让人拉上楼梯或是奋力按到床上才行。希拉里就如她一贯的作风，对他睁一只眼闭一只眼，而在卡勒姆回家的时候，杰克通常都已经打着呼噜，沉沉地睡着了。

萝宾知道卡勒姆又和别人好上了。他外出的次数更多了。回家的时候就跟平常一样神志不清——说不定还更加严重——尽管如此，他看起来却更开心了。而这个别人，现在她弄清楚了，是一个名叫雷兹的男孩。雷兹住在雷丁，并不上学，卡勒姆被他迷得神魂颠倒。她只知道这么多。

1　萝伯（Rob），是卡勒姆对萝宾的昵称。

卡勒姆在希拉里和杰克都出门去的时候，邀请了雷兹到家里来，好让萝宾能先见见他。计划本来是这样的，然而在最后一刻，卡勒姆却紧紧地抓住萝宾的手臂，小声地说："假装我们没有这样安排过，好吗？你只是碰巧在家里，行吗？我觉得那样有点幼稚。"

"没问题。"萝宾答道，卡勒姆的话语让她吃了一惊。

门铃响了，一个黑黢黢的人影透过玻璃若隐若现。

"我去开！"萝宾喊道，并没有理会卡勒姆那句"别，你等等，我来了"。

她猛地拉开房门，一脸灿烂诙谐的笑容。

"诶？"雷兹说道。

"啊。"萝宾说着，站在那里，打量着他。她不是故意的，她真的不是故意做出这种反应的。她本来以为自己会见到一个看起来和卡勒姆很像的人，或者是很像约翰，一个脸上没有胡子、双眸闪闪发亮、稍稍有些脸红的小伙子。她眼前的这个男人看起来更像是一只乌鸦，而不是一个皮肤光洁的少年。

"萝宾……"卡勒姆在她身后说，话到一半，声音陡然低了下去。

"我……不是……我是……"萝宾开了口，雷兹则越过她的脑袋朝卡勒姆望去，卡勒姆正在招手示意他进屋。

"对不起，我，你好，我叫萝宾。"雷兹从她身边挤过去，靠在卡勒姆身边的时候，萝宾说道。

"你好萝宾。"雷兹说。他留着齐肩的黑色长发，五官又长又尖。他的眼睛非常警觉，飞快地扫过整间门厅，把每件东西都打量了一遍。也没有多少可看的：一张从百货店里买来的小桌子，上面搁着电话机，一只架子上放着黄页和英国电信的电话簿。楼梯旁边，小小的门厅通向起居室，然后又接着厨房。衣帽架被尺码越来越大的外套压得动弹不得，上面的衣服已经膨胀到了门厅里。雷兹跟在卡勒姆身后，努力辟出一条路来，萝宾跟在后面，蹲下身去捡起一件落到地上的牛仔外套。

"要茶吗？"她朝着房间里问道。

"雷兹喝咖啡。"卡勒姆回答，好像她早就该知道似的。

"不太顺利。"第二天，萝宾在电话里对莎拉说。星期天，姐妹俩打电话的时候，卡勒姆通常都会在一旁待着，有时还会过来打声招呼。但今天没有。昨天的事情之后，他就一直待在雷兹那里。

"你干什么啦？"莎拉问道。

"谁说是我闯祸啦？"

"你没有吗？"

"好吧，也不是……没错，是我不好。可是说实话，莎拉，你真该看看他的那副样子。看上去就像是在游乐场里干活的人。阴森森的。年纪比卡勒姆大，但完全是个异类。他还是个大烟枪，浑身都是烟臭味。而且他一点吸引人的地方都没有，你知道吗？一点特别的地方也没有。而卡尔……卡尔和别人不一样。他也应该和一个与众不同的人在一起。"萝宾很气自己竟然会觉得那么伤心。

"你确定你这样不过是因为嫉妒吗？"莎拉问道。

"哦，滚你的蛋！"萝宾骂道，"雷兹就是个废物，我这是在为自己的弟弟着想。你他妈的竟敢这么说？"她啪的一声挂掉了姐姐的电话，尽管电话是莎拉打过来的，而且她还没跟爸爸说过话呢。

萝宾转过身去，要往厨房里跑，却看见卡勒姆正站在门口。

"我还以为你不在家呢。"她轻轻地说。

"显然是。"卡勒姆从外套旁边挤了过去，弄掉了几件，随后又把她撞到一边，跑上了楼梯。

"我不知道你在！"萝宾在他身后喊道。

"问题不在这儿。"卡勒姆没好气地说，咣当一声关上卧室的房门，立刻就打开了音乐。狂躁街头传教士的《从绝望到何方》。

"你他妈的也太没创意了，卡尔！"萝宾情不自禁脱口而出。

她身旁的电话响了起来。一定又是姐姐。萝宾还没准备好接受自己反应过度、找错发泄对象的事实。于是她接起电话，没等莎拉开口，就气鼓鼓地小声说道："我去叫爸爸来听。"

莎拉

上个星期，萝宾的考试考完了。我没有打电话去问她考得怎么样——我为什么要打呢？——不过也已经知道了，因为爸爸告诉我了。刚刚过去的那个星期天，他打了电话来。妈妈拿起听筒，又迅速递给了我，然后愤愤地走到厨房里，好像被人冤枉了似的。

"喏，"最初那一轮惯常的寒暄之后，爸爸说道，"下周你就毕业了。"

毕业、地铁或是苏打水之类的词语一从爸爸的嘴里说出来,听来就很不对劲。他会用这些词,只是为了学我说话的样子,而他这么勉为其难让我很是恼火,虽然这样对他并不公平。

"是啊,"我回答,仿佛这是一件无关紧要的事情,"礼服放在楼上,已经准备好了。"

那是一件海军蓝的压纹天鹅绒礼服,配着一顶深蓝色的帽子,四方的帽檐上还有金色的流苏。这会儿正套着防尘罩,挂在我的衣橱里。我并不喜欢在衣橱里看见它,每次我打开衣橱的门,它那巨大沉重的轮廓都像怪兽一样赫然出现在面前。不过知道它在那儿,知道自己的确做到了,而且就要开启人生的下一个篇章,这种感觉还是很不错的。也值得为此去打开衣橱的门。我并不想站在台上,身边围着茫茫一片从来没有真正喜欢过我、也几乎不会去记得我的面孔。不过,为了德鲁,我会这么做的,礼服是他出钱买。他喜欢看着我盛装打扮,喜欢拍很多照片放在自己的书桌上。

"你要去上的大学叫什么名字来着?"爸爸问道。

我抱怨了几句,因为我敢说他是不会忘记萝宾要去哪所大学的,假如她会去的话。"佐治亚州立大学。坐火车只要半个小时,所以我可以继续住在家里。"

家里。我知道这么说还是会让他难过。

"萝宾和卡勒姆上个星期也考完试了。"爸爸顿了一顿之后说。

"对哦。"我回答,想要用某种办法把一股深切的冷漠和一腔无名的怒火同时传递到电话的那头去。

"你想跟她说话吗?我可以叫她下来——"他开始说了起来。

"不用了，现在我得挂了。我爱您爸爸。"

明天就是毕业典礼了，我在几条街开外的一家药妆店里买了一支新的口红，现在正要回家去。要选出一种能搭配海军蓝压纹天鹅绒和金色流苏的颜色并不容易，虽然出门已经有一会儿了，但在快要到家的时候，瞥见德鲁的车已经停在了门前的车道上，我还是吃了一惊。

踏进门厅的时候，我听见了妈妈的声音。

"一切都毁了！"她说着，"……你把我们也一块儿拉下了水。"

我跑上楼，到自己的房间去换衣服，等我重新下楼的时候，家里静悄悄的。

"嘿。"我说着，走进了厨房里。妈妈背对着我，双手紧紧抓着那只大水槽的一条边，只差一点就要碰到下面的厨余粉碎机[1]了。她的头发用头巾束在后面，身上穿着运动服。通常这会儿她已经从健身房里回来，洗了澡，换了衣服，完全化好妆了。她并没有转过身来。

"嗨，莎拉。"她说。

"一切还好吗？"我问。

"不好，莎拉，不好，他妈的一点都不好。"妈妈说着，像过去那样，像过去在家里开晚餐派对之前那样骂着脏话。

我注意到德鲁就在一旁，手肘撑在桌面上。他领口的扣子解开了，领带揉成一个小团放在跟前。他一声不吭，只是抬起眉毛跟我打了个招呼，随后又低下头去盯着桌子。现在才五点，但他的雕花玻璃

1　厨余粉碎机（Waste Disposal），水槽下方用于粉碎废弃食物的装置，可将菜叶、果皮及食物残渣进行粉碎，并直接通过下水道排走。

杯里已经倒了满满一杯威士忌。从他泛红的眼睛来看，我觉得这已经不是第一杯了。

"出什么事了？"我开口要问，妈妈却用一句"德鲁丢了工作"把我打断了。

"不会吧，"我说着，又回头去看继父，"为什么呀？"

"是啊，你问他，"妈妈气冲冲地说，我没有说话，于是她又加了一句，"问他做了什么'不检点'的事情。"她用手指比了引号。

我转身望着德鲁。他耸了耸肩，一只手肘从桌面上滑了下来。"这是误会。"他叹了口气。

妈妈噗地吐出一口气，仿佛德鲁的话刚好把空气从她身体里压了出来似的。

"我去健身房了。"她并没有特别对着我或是德鲁说。

我坐到德鲁身边，问他："你想喝咖啡吗？"

"谢谢你，天使，"他说着，朝我转过身来，拍拍我的手，"不过今天绝对只能喝威士忌。"

"现在会怎么样？"我问他，"你要去哪里工作呢？"

他缓缓地抬起头望着我，把手放回到自己的腿上。"我不知道，"他说，眼睛哀伤低垂，"如今我在这里已经声名狼藉了。虽然这完全是个误会，但在这个地方我已经完了。"

我不知道该说什么，不过他很喜欢我就这么听着，所以我努力让自己看起来像是在聚精会神地听他讲话。

"不过你知道吗，我的天使？我美丽的天使。"

哦天啊，我没有意识到他醉得那么厉害。我顺着他的意思问道：

"知道什么呢？"

"我太为你自豪了。"他戳戳我的胸口，"还有，你知道吗？我们在这儿过了一段好日子，不过现在你已经上完学了，我也从那家鬼公司里出来了，我觉得我们是时候回家了。你说呢？回到英格兰，那个可以喝上一杯好酒、吃上一顿像样的烧烤大餐的地方，不是很好吗？嗯？"我没有马上同意的时候，他就捏了捏我的膝盖，"难道不是吗？"

"嗯。"我一边说，一边冲他笑笑。我想回去是会挺不错的。至少我很愿意多见见爸爸，虽然我挥去了那些关于萝宾的念头。她那么轻易就能把自己的沮丧发泄到我的头上，还是让我很受伤。

"可是我们要住在哪儿呢？有人租着我们的房子哪。"

"我们会把他们赶走的，再说等把这里卖了，我们就能买一栋更好的了。"我努力表现出开心的样子。"嗯，"他说着，语气更坚决了，"这是一件好事。现在回去再好不过了。"

我做了烤芝士三明治，我们默默地吃完了。我试着想象自己改上一所英格兰的大学，说不定是在雷丁的那一所。我已经花了很长时间设想自己在佐治亚州立大学的新生活，所以一想到要有一个完全不同的新开始，我顿时觉得精疲力竭。

"我能尝一点吗？"我指指那杯威士忌。以前我喝过一点点酒：在家里喝过一点红酒，在参加的为数不多的派对上喝过一些装在红色杯子里的温热啤酒。但我从来没有试过烈酒。不过，这是大家在压惊的时候喝的酒，而我坐在这里的时间越长，就越是觉得惊魂不定。

德鲁从成套的酒具里又抓了一只玻璃杯过来，从斟酒瓶里倒出了一大杯。我抿了一小口，一股烧灼感从我的双眼之间蔓延开去，直冲脑门。

"很适合你，喝这个，"德鲁说，"非常像狂野西部。非常有女牛仔的风格。用你们小姑娘的话来说，就是很酷。"

我相当肯定自己几乎不怎么会用酷来形容任何东西，不过我并没有戳破他幻想的泡沫。其实我不想再喝了，但我也不想浪费，所以趁着还有一点三明治在嘴里，便努力地咽着，希望能把威士忌吸走，把酒味给盖住。在我们还小的时候，妈妈经常会把药片藏在一勺果酱里，这样我们就吃不出来了。即便如此，萝宾也总是会被噎得想呕吐，我却会努力在这种苦苦的味道当中寻找乐趣，知道自己做了正确的事情。就像成熟的大人那样。

我们又喝了一点。我把斟酒瓶拿到了手里，好控制一下分量，却还是觉得醉醺醺的，而且还微微冒汗。脚下有些踉踉跄跄的。

"我们去休息室吧，"德鲁说，"我得躺下来。"

我们一屁股坐到了沙发上，我把双腿塞到身下，努力盯着一件什么东西，好让自己径直往前看。房间像条小船似的倾斜着。

"你可真像你妈妈，"德鲁说道，他常常这么说，"你愿意替我做件事吗？你妈妈以前经常做的事？"

"什么事啊？"我不安地问。

"能稍微帮我揉揉肩膀吗？今天发生的事情让我太紧张了，我就想把它忘了，试着休息一下。"

我并不想帮他揉肩，并不太想。以前我从来没做过这个，但我想着自己也抱过他的肩头。既然从前就碰过，我自忖，那好吧。

笨手笨脚地帮他揉捏按摩了一阵之后，他长长地舒了一口气："你的手法真是太棒了，莎拉。"我僵住了，手还捏着他的肩膀。嗡嗡作响的房间不断倾斜，仿佛会滑进大海里似的。

我不确定自己发呆发了多久。久到足够让我去想，我呆着没动，他知道我呆着没动，我该怎么办？或者类似的东西。最后，我开口要说"谢谢"，但字句不知消失在了哪里。而他已经把手伸到了后面，伸到了我靠在沙发上的地方，正在摩挲着我的手臂。

"过来，"他说，"轮到你了。"

"不用了，没关系，"我回答，"不过还是谢谢你。"可他拍着身旁的靠垫，一直到我服从为止。

我僵硬地坐在沙发上。我觉得他不应该这么做，不过掌控局面的人是他，所以一定是可以的。他揉揉我的脑袋，用的却是拍小狗的那种方式。手掌张开，非常用力。最后他沿着我的后背向下。已经太久没有人碰过我了，久到我的身体都出卖了我。我开始觉得有些兴奋，就在脊梁骨的底部。我意识到自己并不是完全想要让他停下来。好吧，我不想让这样的碰触停下来，但我真的希望碰我的那个人不是他。

他还在抚摸我的后背，手掌上上下下，从内裤的上面一直摸到文胸的搭扣那里，这时他向我问起了男朋友的事情。我对他说我没有男朋友，德鲁很高兴。

"很好，"他说，"你把自己留给了一个欣赏你的人，一个知道你有多特别的人。"

他又把手移回到自己的大腿上。我听见了他吞咽口水的声音。他的手指拿开以后，一种失落感蔓延到我的皮肤上。"你真的很特别。"我转过身去面对着他的时候，他开口说道。他抚摸我的脸颊，我便闭上了眼睛。睁眼的时候，他正用忧伤的目光凝视着我。我觉得茫然无措，有点头晕目眩，但我很感激他专注的眼神，因为说实在的，在听到今天的消息之后，比起我来，他应该有更加重要的事情要考虑才对。

此时此刻，他打量着我的样子，就好像我是这世上的唯一一样。他用右手捧着我的下巴，把我的脸朝他拉过去的时候，我并没有阻止他。

他身上的味道我是那么熟悉。檀香木须后水和威士忌的气味向我涌来。

房间摇摇晃晃，骤然向下，我抬头去看的时候，天花板似乎波浪起伏。我感觉到德鲁的大手解开了我的马尾辫，在身下披散开我的头发。我等着他问我"你还好吗"或者"你想让我停下吗"，等着他允许我说"不好"，还有"我真的想停下来"，然而他并没有说。沙发在我们身下凹了下去，他爬到了我的身上，恐慌的感觉越发强烈。我惊恐万状，不仅仅是因为我不愿意像这样躺在他的身下，更是因为要被迫经历一件自己完全不想去做的事情。我也很怕自己不知道这个时候应该做些什么。从前我只跟一个男孩做过类似的事情，我们俩共同的经验不足便是那次的基调。德鲁会取笑我那么吃力吗？他会停下来，失望地摇着头从休息室里走出去吗？我会惹上麻烦吗？

我感觉他正在费力地解我牛仔裤上的扣子。到目前为止，他并没有指望我做些什么，除了就这么躺在那里之外，除了我这喝了烈酒、四肢发软的身体之外。我感觉他把我的牛仔裤褪到了腿上。这会儿想要动弹似乎无比艰难。我已经有一段时间没有喝过一口酒了，不知怎的，却感觉自己醉得更厉害了。

他重新抬起身子，空出了一只手，沿着我的侧面挪着，放到了我的屁股上。他分开我的双腿，把他那沉甸甸的臀部埋了进去。我倒吸一口气。他或许是错把我的惊慌当成了兴奋，因为他粗暴地挤进了我的身体，整个身躯都落到了我的身上。他的体重让我呼吸困难，只能微弱地喘气。他舔了舔我的耳朵，之前我还以为这是都市传奇呢。我不知道自己应该做出怎样的回应，于是便什么也没说，什么也没做。表情扭曲。我能感觉到他的口水有多黏，便集中精神去想着这个。我被死死地按在他的身下，什么也做不了，从某种程度上来说，我也很乐意在这间天旋地转的房间里被钉在一个地方固定不动。他的嘴巴依然在我的耳朵附近，灼热的气息穿过我的头发。他仿佛处在一种可怕的恍惚之中。"哦，天啊。"他喃喃自语，更加用力地往里推着，直到后来他停住了，全身僵硬，颤抖了一阵，接着又猛地趴了下来。

我躺在不停旋转的黑暗里。滚烫的泪珠画着弧线从我的眼角流了出来，沉沉地滴落到身下的沙发靠垫上。黑漆漆的房间让我的皮肤冷冰冰的，就像我正躺在户外的泥地上一样。我从来没觉得自己那么沉重过。

我躺在沙发上，德鲁早已经轻手轻脚地从我身上挪开，摇摇晃晃地上了楼梯，半裸着倒在了那张他和妈妈共用的空床上。

此时此刻

莎拉

回到那间浅奶油色的房间里，我又看了一眼那张街道上画着记号的乔尔顿地图。每一道钢笔的划痕，都标示出我曾经站在窗口窥探张望、想象妹妹回望着我的地方。俗话说，大海捞针。

接着，我还没明白自己究竟在干什么，就开始一边哭一边撕，一边撕一边哭，直到手上到处都是被纸划破的口子，乔尔顿地图的碎片散落了一地。

就在这时，电话响了。只有一个人知道我的号码，但我还是接得非常谨慎。

"喂？"我不敢相信电话真的在响。

"还好吗？"一个声音说。

"您是哪位？"我应道，尽管我知道他是谁。

"我是瑞安，"他说，"香料屋的。听着，我想我知道你妹妹在哪儿了。"

瑞安似乎是把我这个人，还有我来过的事情，对所有在咖喱餐厅工作过的人，以及所有的常客都说了。

"我只是有点为你难过，"他说，我都能想象出他说出这句话时耸着肩膀的样子，"喏，我告诉了我们的一个司机德夫，给他看了你留下来的照片，他觉得他认识这个人。"

"真的？"我屏住呼吸问。

"嗯，"他回答，"他觉得是。我是说，倒不是铁定错不了或者什么的，不过——"

"他怎么会认出她来的？他知道她在哪儿吗？她住在哪里？"我不停地喘着气，我不是故意的，也很担心自己会吓着他。不过他开口说话的时候，声音里的兴奋压过了一切。

"他和她吵过一次。我是说，你知道的，据他自己说是吵得不可开交。但德夫确实会很夸张，不过，你别误会，他没有撒谎，他是真的觉得自己见过她，不过他说的大吵一架，多半更像是发的几句牢骚。"

"他在哪里见到她的？"

"他好像是去送她订的东西，有一阵子了，好几个月之前。那儿全是单行道，因为她住在绿地附近——"

他说得那么随意，我差点就忽略了。她住在绿地附近。我能在绿地附近找到妹妹。

"就因为那里全是单行道，他不能直接把车停在门外，所以他说他就打了订单上的电话号码，跟她说自己就在街角，能不能有个人过去拿一下东西，因为有个警察正在看着，他没法好好把车停下来。"

"她住在绿地旁边？"我又问了一遍，生怕自己听错了。

"对啊。"瑞安答道，仿佛这就是个妨碍他讲故事的细枝末节似的，"然后她好像就气疯了，不肯出来拿，假如他不把东西送到门口的话，就要退钱，就这样。"

"真的吗？那后来怎么样——他见到她了吗？"

"嗯，他也没有别的办法，就把车停在几条街开外，走了过去。他说他还以为她保不齐是坐着轮椅还是什么的，没法从家里出来，可等他到那儿的时候，她开了门，看上去一点事儿也没有。她又数落了他一顿，就把他打发走了。"

"这听上去是挺像我妹妹的。"我说。

"我不知道，这只是德夫说的，不过他从照片上把她给认出来了，还说她真是十足地牙尖嘴利，那个，管他呢，不过无论如何，我觉得我们说不定是帮你找到她了。"

"太谢谢你了。"我回答，还没完全相信这会是真的。"我真是感激不尽。"我又加了一句。不管那个人是不是萝宾，他这么费心帮忙，我真的非常感动。

就在我要挂上电话，准备去绿地那里开始挨家挨户敲门的时候，他问道："那你想要她的地址吗？"

萝宾

安保公司的那个女人说起话来耐性十足，弄得萝宾都只能花点时间来让自己镇定一下。

她订了一套全新的报警系统，窗户上的锁钮，还有前门、后门和花园门上的插销。公司向她保证，约定上门安装的时间会分毫不差。就在五天之后。

"我知道我听起来像个疯子，"萝宾说，"但他严格准时到真的非常重要。"

"你听起来一点也不像疯子，宝贝儿。"那个女人说，从声音里萝宾听得出来，这样的电话她已经接过一大堆了。

萝宾真希望父亲还活着。她希望她可以就这么给他打个电话，让他过来，把一切都安排好。他会替她装上新的门锁，检查大门有没有关紧。说不定他还会把她领回家去。

只不过是家庭的纽带上缺了一两个环节，所有的一切便有可能土崩瓦解。萝宾有多久没见过莎拉了？最后一次见面真的是在父亲的葬礼上吗？为此她感到非常愧疚，但同时又觉得自己并没有错。保持联络需要两个人共同努力，没错，这不只是她的责任。然而事实是，她知道是自己疏远莎拉了，是自己让这样的事情发生了。

葬礼当晚，她躺在自己从前的房间里。因为时差她睡意全无，眼泪已经流干了。清晨五点，她放弃了，一边开始在屋里四处走动，一边努力不要吵醒任何人。最终她决定散步到板球场的更衣室去，那个属于她和卡勒姆的老地方。她把外套披在睡衣外面，把没穿袜子的双脚塞进运动鞋里，走到了大门口。一只信封伸到了信箱外面。又是一张吊唁的人寄来的卡片，只不过这张是寄给她的。卡片是专门送来的，上面只写了名字。

她靠在从前的电话桌上，见到最新的黄页和英国电信电话簿，奇怪地让她感到安慰，她打开了卡片。

正面是一张鲜花的图片，花朵下方印着：

谨致哀思

卡片里面，用圆珠笔小心勾勒的字写着：

这次你要怪谁呢？

她盯着卡片又读了一遍，仿佛自己的脑袋卡住了似的。

她把卡片对折起来，扔进了厨房的垃圾桶里，把它塞到很深的地方，跟冷掉的茶包混在一起。她轻手轻脚地上了楼，把剩下的东西重新丢到行李箱里，叫了一辆出租车，留下一张便条作为道别。

在这之后，萝宾一直和希拉里保持着联络，偶尔打电话、发短信，或者从国外寄些明信片。电话变得越来越短，间隔的时间越来越长。每一次都生硬而又悲伤。

和希拉里通过的最后几个电话里——那是什么时候的事了，三四年前？——其中一次，萝宾听说莎拉搬走了。真好，她心想，虽然这让她觉得自己更加孤独了。

如今萝宾的座机没有插线，号码也不在电话簿上。她的新手机号没有列在任何地方。她忽然明白自己的继母其实没有任何方法与她取得联系。有那么短短的一个瞬间，萝宾的手指悬在手机里那个写着"家"的号码上，不管手机已经换了多少部，这个号码始终没变。

她的手指停在空中。她想让希拉里安心，也想让自己能放心地知道继母很好，很健康，过着富足而又美满的生活，并没有死掉。但希拉里会问的第一个问题便是："你好吗？"而一想到要回答这个问题，萝宾便径直把手机塞回了口袋。

我好吗？妈的，不好。萝宾满心恐惧，大汗淋漓，缺乏睡眠而且浑身酸痛。再也没有什么地方能让她感觉安全了。曾经她可以坐在卧室里，立于高处，敏锐观察，而如今这个房间也被破坏了。在客厅里看儿童电视节目也不再让她感到安全了，只会让她自惭形秽。

她坐在楼梯顶上，手里握着电话，面对着正门。会来的，她知道它会来的。

咚咚。拳头带着愤怒的力量重重地打在木头上。假如那天晚上在她家房顶上的真的就是这个人的话，那他就没有被自己高声尖叫的对峙所吓倒。大门在铰链的地方起伏摇晃。

还有五天安保公司的人才会来。还有四个要与睡意奋战的夜晚。

这会儿敲门声来得更迅速了，也更低沉，似乎真的就是一只沉甸甸的靴子在蹬踹的声音。一只铭刻在她记忆之中的靴子。大门嘎吱作响，但仍旧牢固。最终，声音停了下来。

1998 年

莎拉

我不记得自己上床睡觉了，但醒过来的时候，刚好来得及踉踉跄跄地走进自己的卫生间里呕吐。一股酸涩的胆汁从身体里涌上来，我不停地抽搐着，直到全部吐完为止。空气里一股浓烈的甜味让我恶心。

我往自己的脸上泼水，试着刷牙，然而只要牙刷毛不小心碰到了舌头，我就又开始反胃了。

最终，空着肚子、浑身酸痛的我轻轻地走下了楼梯，去倒一杯水，吃几片止痛药。没有人在家。我看见时钟显示着十点整，看见了答录机上闪烁的指示灯。

毕业典礼。

我意识到自己错过了什么，然而随着昨晚的记忆越发清晰，错过毕业典礼的失落感一下子土崩瓦解，消失无踪了。我打开洗碗机好给自己倒杯水喝。昨晚有人把它装好打开了，两只玻璃杯并排放在最上面的架子上。

我不知道妈妈是几点钟回家的——她会上好几个小时的健身课，然后就在按摩浴缸里泡澡。我不知道是谁收走了那些酒，我只希望会是德鲁。记忆中他的那双大手忽然在脑海中闪现，我吐在了水槽里，又用最快的速度冲干净了。

我在电话旁边站了很久，眼睛紧盯着一闪一闪的指示灯。

桦树梢那里刚过下午三点。过了这么多年，时差再也不是计算的结果，而是融入身体的意识。我想象着提起听筒，拨出号码。爸爸这会儿会在工作，浑然不觉地吹着口哨。希拉里多半会接起来。她会从我的声音里听出端倪来吗？

我想象着自己把事情告诉萝宾，努力搜寻着合适的字眼。我想象着萝宾的憎恶和愤怒沿着电话线路传过来。我想象着她叫我离开这里，叫我回家，叫我去踢他的裤裆。我想象着她会维护我，不用说话就能告诉我她爱我，对我说我还有别的去处。

不过……或许结果并不会这样。她那么轻易就能切断我们之间的纽带，她对卡勒姆的维护比我们姐妹同心更加重要。我们已经好几个星期没有说过话了，我问了一个发自内心、关怀体贴的问题，她却表现出那副样子，而且也完全没有设法道歉。

我又感觉胃里猛地一抽，想象着她对我说："可能这就是你想要的呢。"就像她生气的时候说美国的那些话，"你喜欢美国，你觉得自己太优秀了，英格兰配不上你。"

我没有去播答录机上的留言，也没有打电话。我上了楼，躺在床上，小口地喝着水，从各种角度刺激自己的记忆，想方设法想让它变得正常，把它缩小，把它折叠好收起来。

到了下午，恶心的感觉减轻了一些，只是肠胃有些不舒服，而头痛则变成了持续不断的晕眩。我缓缓地下了楼，准备试着去吃点什么。德鲁和妈妈坐在厨房的桌子边上。谁也没提起我错过毕业典礼的事情。他们似乎是和好了。妈妈已经把不满转向了德鲁遭到解雇的方式，而且也和德鲁一道把它看成了一桩积极的事情。

"你看上去有气无力的。"我靠在厨房的桌子上，躲着不去看德鲁的时候，妈妈对我说。

"你应该上床睡觉去。"德鲁声调严厉地说。

"不过先等等，"妈妈说，"我们应该先告诉她之后的安排。"

我不在乎，我不在乎，我只想把脑袋埋到枕头底下，拼命地闭上眼睛，希望睁开眼的时候一切都会不同。我不想和他、他的身体、他的手、他的脸、他的气味、他的若无其事待在一个房间里。

妈妈告诉我他们见了一个房产经纪人，说把这栋房子卖了我们能赚上一笔钱，而且很快就能"炒高"。我们会搬回英国去，会暂时住到一个"漂亮精致又小巧玲珑"的地方，等着这栋房子卖出去，等着桦树梢的房客另找住处。

"而你可以去那里上大学，而且我们又能离萝宾很近了。"

"太好了。"我勉强露出一个浅浅的微笑，还是没有去看他们的眼睛。我的肚子从来没有这么饿过，发出了很大的咕咕声。可我终究还是没法去看吃的东西。"我要去躺一会儿。"

走上楼梯的时候，我听见妈妈问德鲁昨晚发生了什么事。我听见她提起了威士忌、玻璃杯。她肯定知道。她肯定是知道的，却像折纸一样把它叠了起来，塞到一边，转而选择了英格兰一栋崭新"精巧"的房子。又或者她只是觉得这样的事情是可以接受的。或许我也应该这样去想。我到底应该怎么想？见鬼，事到如今我还能去问谁呢？

萝宾

已经过了十点，但在快要到家的时候，萝宾还是能听见抬高嗓门说话的声音。跟着乐队疯狂排练了几小时让她兴奋不已，可在转动钥匙的时候，她的喜悦却转而变成了忧虑。

"你不能就这样无所事事，卡勒姆，这个世界不是这样的。"她的父亲正在说着。

"我是有理想的，"卡勒姆用他那轻柔的声音答道，"你说得好像我这辈子剩下的日子都要领救济似的。我只是觉得上大学没什么意义而已。"

"可以，"希拉里说，"这个我们不介意。但你总得做点什么。"

"萝宾又做什么了呢？"卡勒姆气冲冲地嚷道。

"她有乐队——"她的父亲开口说，卡勒姆则发出大声的嘲笑。

"这又不是工作！这是兴趣。我也弹吉他啊，为什么我弹吉他就不算数呢？"

"这多少算是个工作，"希拉里说，"乐队赚到了一点钱，也在几个地方表演过。"

"在婚礼上，"卡勒姆不服气地说，"还有酒吧里。"

"你在哪儿表演过呢？"杰克这么问的时候，希拉里正想制止他。

"嗯，显然哪儿也没有，因为我就是让人大失所望。"椅子发出刺耳的刮擦声，卡勒姆出现在门厅里，他迈开步子要从萝宾身边挤过去，却又停了下来。两人的脚尖对在了一起。

萝宾抬起手臂，把手放到卡勒姆的肩上："你还好吗？"

自从因为雷兹的事情闹翻之后，他们就一直躲着对方。两人悄悄地从房间里进进出出，不看彼此，晚餐时礼貌地点头致意，狼吞虎咽地迅速吃完，一声不响。常常，卡勒姆吃完饭之后不久就会出门，一辆汽车在外面等他，开车的是雷兹或是他其中一个浑身长疮的跟班。"他根本不能进屋啊，不是吗？"几天前卡勒姆恶声恶气地对希拉里说，"萝宾已经说得很清楚了，他是不受欢迎的人。"

卡勒姆用力吸了一口气，却又放松了下来。"嗯，"他回答，咬着嘴巴里的肉，垂下脑袋，抵住了她的肩膀，"就是有点生气。"

这是几个星期以来他们说话时间最长的一次。

"想弹吉他吗？"萝宾问道，表情严肃又充满期待，"我可以把正在练习的曲子弹给你听。"

卡勒姆顿了顿："好啊，那来吧。"

他们一前一后地上了楼，萝宾从肩上拽下她的易普风 SG 型吉他[1]，把它靠在墙角，拿起那把旧的木吉他，坐了下来。吉他的琴身上盖满了各种贴纸，用修正液写下的乐队的名字，还有那些印刻上去

1　易普风 SG 型吉他（Epiphone SG），美国著名的 Gibson 公司出品的电吉他。

的、有些剥落的记号。她的手指拂过它们，拂过两人一起在夏日里小心翼翼涂涂画画的模糊记忆。

"好了，"萝宾开口说，把长了茧子的手指放到琴弦上，望着卡勒姆，"我一直在练这首曲子，但琴码总是不对，愿意帮我听听吗？"

"没问题。"卡勒姆说着，趴下身子仔细听着。萝宾没弹几个和弦，他就睡着了。

第二天早晨，萝宾先醒了过来，衣服还穿在身上，手臂因为整晚绕着琴颈而酸痛不已。她走下楼梯，发现希拉里坐在厨房的桌子边上，面前有一沓整整齐齐的发票和收据、一台又厚又硬的计算器和一壶茶。

"嘿。"萝宾说。

"嗨，"希拉里把记账时戴的厚眼镜从鼻梁上取下来，轻轻晃晃脑袋把头发拢到脑后，"要来点茶吗？"

"好的，谢谢。"萝宾顿了一会儿，但还是不由自主地开了口，"希拉里，我真的很担心卡尔，"萝宾说，"我不想做背后告密的人，但假如我不说点什么的话，将来会后悔的。"

"出什么事了？"希拉里皱起了眉头。

"他就是很反常，你知道吗？一天到晚尽是和雷兹待在一起，抽大麻还喝酒。他的脑袋聪明过人，而他就这么放着不用。"

"你们两个都十八岁了，萝宾，就算是我，在你们这个年纪的时候，也抽过一两根大麻烟卷，而且我也不想像他爸爸那样限制他的自由，去管束他。"

"可他不只是在尝试这些东西而已，而是可怜地四处漂着。而且他情愿跟雷兹待在一起，而不是我们当中的任何一个。他离我们越来越远了。"

希拉里深吸一口气，又给自己和萝宾都倒了一杯茶。

"也许你是对的，我也不喜欢这样。不过倘若我开始执意反对的话，他会逃跑的。"她想了一会儿，"我觉得我们应该这样……"

萝宾并不喜欢这个主意，尽管如此，希拉里还是请了雷兹周日过来吃午餐。卡勒姆同意了，不过要求大家保证谁也不会"盘问"他。

"你花这么多时间和这个人在一起，我只是想见见他而已，亲爱的，"希拉里说，"假如他对你来说很特别的话？"

卡勒姆低头注视自己的双脚，忐忑不安地挪了几下："嗯，是很特别。"

"那就好。"希拉里说。

"那就好。"卡勒姆回答。

雷兹在周日下午一点钟非常准时地到了。他从加油站里买了鲜花送给希拉里，又带了一瓶金铃威士忌[1]给杰克。

"这酒你是从哪儿偷来的？"萝宾问，雷兹皱起了眉头。

"萝宾！"卡勒姆厉声喝道。

"开个玩笑而已。"她叹了口气，满脸通红，又为自己涨红的面孔而气恼不已。

雷兹看起来是那么地怪异，坐在餐桌边上，穿着必定是问某个更

1　金铃威士忌（Bell's whiskey），英国销量最高的苏格兰威士忌。

加高大的人借来的衬衫和裤子。觉得没人注意的时候，卡勒姆就向他露出鼓励的微笑。

雷兹把自己油腻腻的头发向后梳成了一个马尾，闻起来似乎是抹了须后水。很蹩脚的须后水，萝宾心想，十有八九是问酒吧里那种不三不四的人买来的。要么就是偷的。

"哎，"希拉里一边往盘子里盛豆子一边说，"你在上大学吗，雷兹？"

卡勒姆咳嗽了一声。

"我在上班，实际上，马歇尔太太。"

"哦是吗？"杰克问，"你做什么呢，雷克斯？"

"是雷兹，爸爸。"萝宾提醒道，想要表现给卡勒姆看她是站在他这一边的，可卡勒姆对她怒目而视。

"你做什么呢，孩子？"杰克问。

"我是焊工。"

"啊，"杰克看上去很高兴，"这一行挺不错的，电焊。"他说道，"我以前认识一个人，做焊工发了大财，开了家电焊工厂。叫乔治什么来着。瓦托，是吗，希拉里？"

"我不知道，杰克。"

"乔治……乔治什么的，希腊人，你认识他吗？"

"不认识。"雷兹耸耸肩，微微笑了笑，亮出尖尖的小牙齿。

"是个好人，这家伙。要是你哪天工作的时候遇上一个希腊来的乔治，就跟他说花匠杰克问他好。"

"我会的。"雷兹说着，吞下满满一叉子的烤肉和蔬菜。一点肉汁滴到了他的大衬衫上，卡勒姆用餐巾轻轻地帮他擦了擦。萝宾情不自禁地笑了出来。她看见卡勒姆眯起了眼睛。

"你有什么话要说吗？"他问。

"我吗？"萝宾瞪大了眼睛应道。

"对，萝宾，你。"卡勒姆冷冷地说。

"没有，卡勒姆，我真的没有什么要说的。有吗？"

"那好，我有话要说。"他的声音温和了一些，转身背朝着萝宾，望着自己的母亲，"嗯，我们两个都有。"

雷兹继续咀嚼着食物，盯着自己的盘子，而卡勒姆则开口说："我找了份工作。"

"哇，这是好消息。"希拉里说，带着笑容，用胳膊肘碰了碰杰克。

"好消息。"杰克重复道。

"在雷丁的一个电话服务中心轮班，四天上班，四天休息。接购物方面的电话。"

"电话销售？"希拉里问道，努力掩饰失望之情。

"这只是个开始，妈妈，只是在我搞清楚自己究竟想做什么的时候，用来付房租的。"

"房租？"杰克轻轻哼了一声，"你什么时候付过房租呀，孩子？"

"我们不要你的钱，卡尔。"希拉里加了一句。

"嗯，事情是这样的，"他在饭桌上伸开修长的手指，紧挨在自己推开不用的餐具边上，"这份工作在雷丁，雷兹也在雷丁，所以我们就想，嗯，其实这样挺合理的，雷兹也有地方——"

"哦不。"希拉里说。

卡勒姆扫了雷兹一眼，接着又回过头去望着自己的母亲，她已经站起身来，从后面抱住了他。他也站起来拥抱她，用长长的手臂搂住她窄窄的肩膀。

　　"就在马路那头，妈妈，再说反正我大多数时间也待在那儿了。"

　　萝宾感到一阵恶心。

　　"你怎么能付得起房租，还有那些你抽的，你灌到自己喉咙里的鬼东西呢？"

　　"我也会想你的，萝宾。"卡勒姆说，他的声音变了，萝宾的火气一下子就消失了。

　　"你真的要走吗？"她吸了一口气，拼命不让眼眶湿润。

　　"嗯。"他说。

　　"我不想让你走。"她哑着嗓子说。

　　"我知道。"

　　吃完饭，雷兹跟杰克握了手，吻了希拉里的面颊，一声不吭地从萝宾身边挤了过去，出门等在了车里。

　　这时候，萝宾和卡勒姆才好好地拥抱了一下。没有冷言冷语，没有唇枪舌剑，两人第一次紧紧相拥。

　　第二天，卡勒姆回来拿走了自己的东西。

　　雷兹的车装着卡勒姆、他的衣服、书和音乐，上下颠簸、磕磕碰碰地沿着马路开走的时候，杰克抱住了抽泣不止的希拉里。萝宾重新回到楼上，气着自己落下的眼泪，一脚踢开房门走进了卧室。在房间里，她发现自己的床上有一只鞋盒，里面装满了录音样带和写了一半的歌词，还有他的木吉他。

此时此刻

莎拉

乔治街 68 号并不是一栋令人赞叹的摇滚明星住宅。

窗户满是灰尘,窗帘全都拉着。我忽然意识到,萝宾可能只在这里住了一小段时间,然后就又上路了,也没有费心思告诉希拉里她已经离开这座城市了。我敲了门,但没有人应。我在门口听着,却什么也听不见。就算听见了什么动静,那也不一定就是萝宾。说不定她甚至从来没在这里待过。

我觉得有人正在监视我。多半是因为我举止怪异,所以也预料到周围的人会有所察觉,然而我四下打量的时候,没看见任何人对我有一丁点的注意。我在台阶上踱着步子,眺望那片绿地,有两三个人在遛狗,有几个少年坐在草坪上喝着可乐。我感觉自己在更远的树荫底下瞥见了一个高大的人影。但他在暗处,很难看清楚。一个让我浑身战栗的轮廓。一个许久未见的幽灵。

他更有可能是个毒贩,或是某个正在等着与不能相恋的情人秘密幽会的家伙。说不定,那是香料屋里的其中一个人,正在嘲笑我呢。

萝宾

今天是和昨天还有前天一模一样的一天。和上个星期也一样。但感觉上又有所不同。确实不同。在八点三十分整,安保公司一个名叫凯文的人会敲响她的房门,接着会被请进屋里,把她家的房子变得像诺克斯堡[1]一样固若金汤。

她仍旧会生活在一只盒子里,但会是一只更加安全的盒子。一根细小的、看不见的线,将把她和一些人连在一起,他们唯一的工作就是保证她的安全。自动连接保安的报警铃、紧急按钮、军用级别的锁具和防盗链。终于,不管那个瞄上她的人是谁,她都不会是孤身一人,脆弱不堪了。

她大概在七点钟的时候醒了,从床底下爬了出来,希望这是自己最后一次睡在这个地方了。她靠在厨房的桌子上喝了一杯茶,然后又泡了一杯,接着则是一杯让她打嗝的蛋白质奶昔。

她在厨房里逗留了一会儿,翻着手机屏幕,看着自己的健身应用。奶昔不再堵在嗓子眼的时候,她便上楼去卫生间刷牙,从那里开始了每天的健步。

在健身房里停下来,瞥向屋后那些公寓的时候,她才绕着屋子走了三圈。

---

1 诺克斯堡(Fort Knox),位于美国肯塔基州的军事基地,也是美国国库黄金储备存放处。在口语中常被用来指代安全地点。

老太太正在洗盘子，并没有朝萝宾的方向张望。新搬来的男人站在自家的阳台门里，一只手端着马克杯，另一只手里则夹着香烟。他正抬起脚尖，微微地前后摇晃着，而且还没有估计好，只能重新站直身体，否则就该一屁股摔下去了。

萝宾抬眼去看亨利·沃特金斯。他一直睡得很晚。夜里萝宾去上厕所的时候，还看见他儿子的房间里亮着一盏灯，看见他的影子映在里面，就像往常一样。她摇了摇头，移开了视线。

这会儿他在儿子房间的窗户跟前，并没有朝她的方向张望，而且看样子是坐着的。萝宾觉得，他坐的地方就是那张跟迷你小桌子放在一块儿的小椅子边上。那张他们在不久之前给小男孩买的椅子，那张萝宾看着男孩在上面画画和搭乐高房子的椅子。

亨利的侧脸朝着窗户，如今他的头发长了，那绺白发比以往任何时候都要显眼。他看起来既狂野不羁，又深陷禁锢。

他站了起来，走到房间中央，弯下腰去。萝宾的房门被人敲响的时候，他正在摆弄着什么东西。现在才八点一刻，而公司承诺的是八点半。她说得非常清楚，其他任何时间过来，她都不会开门的。可是……她真的非常希望能把这些设备装好，真的非常希望敲门的就是安保公司的凯文。她有些动摇，但还是继续观察着那些公寓。

敲门声彬彬有礼，非常温和。一定是凯文，不是吗？可是她都把时间说得那么清楚了。

她在楼梯平台上踌躇着，留心听着并不存在的线索。敲门声又响了起来，依旧轻柔。

萝宾没有去理敲响的房门，就像安排预约时间的时候，她在电话里对那个女人说过的一样。对于她的要求他们似乎的确是认真对待的，这更让萝宾觉得这样的不守信用就是针对她的。

她既烦躁又焦虑，又回过头去看喜鹊家的公寓。沃特金斯的公寓，她纠正自己。亨利已经把那张小椅子拉到了房间的中央，正用一只脚在上面踩着，好像是在测试似的。他停下来，把椅子放回了原来的地方，转而又把小桌子拉到了房间的正中。他把乐高小屋从桌面上拿了下来，小心翼翼地放到了地上。

他把腰带从睡衣上解下来的时候，萝宾明白了自己所看到的一切。别这样。求你了，无论如何别这样。

敲门声又响了一次，但萝宾几乎没有在意。她用力呼吸，目不转睛地注视着亨利·沃特金斯仔仔细细地把腰带系成了一个圆环。全神贯注的他双眉紧锁，就像从前给儿子做新玩具的时候，或者是从妻子的包里拿出她的手机，滚动屏幕，每过几秒钟就停下来，跑到走廊里看看她有没有过来的时候一样。

这会儿他正扯着腰带，看看那个绳结有没有像他想要的那样往上滑。他把它套在自己的头上，缠在自己的脖子上测试着。

萝宾的脑袋一片混乱，身体动弹不得。沃特金斯不断地弄坏自己想要打好的绳结的时候，她就一直徒劳地望着。敲门的声音又响了。安保公司的凯文，拜托一定要是安保公司的凯文啊。他是可以过去阻止亨利·沃特金斯的。

萝宾跑下楼梯。她双膝颤抖，两腿打架，笨拙不堪。她深吸一口气，打开门，直到把防盗链抻直。她把视线推向那道门缝之中的日光，惊得跳了起来。

并不是安保公司的人。

1998 年

莎拉

妈妈是知道的，我确信无疑。她知道发生了什么事，知道我做了什么。现在她要么避开我，要么我和她一起待在房间里的时候就小心地盯着我。

"搬回去住你没问题吧？"她问我，"你想自己留在亚特兰大吗？接受大学给你的名额。等把这栋房子卖了，我肯定我们是能拿出钱来的。"她把头转向一边，摆弄着散落的靠垫。我知道她为什么想甩掉我。

"为了你，德鲁做什么都愿意，你知道的。"

我转身走了出去。我不知道她想强调什么，也不知道她想说些什么。我不想听。

"你们俩一直都很亲近，不是吗？"她问道。但这并不是问话，这是话里有话。

"我想回英格兰，"我说，"而且我很高兴我们要走了，因为我想和爸爸住在一起。"

"你确定吗？"她扬起眉毛问道。

"确定极了。而且别想说服我改变主意。"

我留下坐在沙发上、张大了嘴巴的她，回到楼上自己的房间里，继续打包行李。

重新下楼的时候，已经是黄昏了，我能听见妈妈在和爸爸通电话。

"你用不着幸灾乐祸。"她说，顿了顿，"没错你就是，杰克。"

我说我会自己弄晚饭吃，就像过去几个星期一样。我没法让自己和他们坐在同一张餐桌上，没法在他们喋喋不休说着激动人心的英伦冒险，在德鲁摸着妈妈的腿、等她站起来就捏她屁股的时候还坐在那里。我还以为他已经把那件事情从记忆里抹掉了，不过自从那天晚上之后，他几乎就再没看过我的眼睛。我没法把这件事情从记忆里抹掉。我永远都不会忘记。

我一直待在自己的房间里，没完没了地看着电视。

电话丁零零地响了，我像平常一样置之不理。

"是找你的。"妈妈在楼下喊着。

"我不在家。"我回答，毕业典礼之后我一直都这么回答。

"你分明在家，是你妹妹。"

上次闹翻之后，这是我们第一次说话。我们俩谁也没提这个。我要搬回去是更大的事情，那次吵架已经过去了。

不过萝宾还是说得小心翼翼。她说我能回来她很兴奋，可接着又问了那么多关于我有什么计划、要睡在哪里的问题，让我不禁觉得她一点也不兴奋，而是正相反。

就在爸爸在背后吩咐她赶快说完的时候，她问我："你还好吗？"

我还好吗？不好，我想说。我几乎就是好的反义词。妈妈把我丢进了狼窝，妹妹不想让我回家，而且我也不知道自己是应该回英格兰，去一个我几乎已经不记得的国家上大学，还是应该自己一个人待在这里，还是应该在一点儿也不知道自己想做什么、更不用说是能做什么的时候试着去找个工作。然而这些事情没有一桩能和那件大事相比。那件我现在没有办法说出来的事情。不能在这里说。不能在电话里说。不能对妹妹说。

我怀孕了。

萝宾

上个星期，卡勒姆来家里吃饭，他和萝宾很长一段时间以来第一次在一起喝得烂醉如泥。雷兹在上班，不过萝宾很怀疑一个焊工在夜里要干的是哪种活儿。

这一晚从一顿紧张不安的晚餐开始，在杰克和希拉里上楼之后，他们从两人分享一瓶红酒变成了扫荡各种烈酒。

他们躺在沙发上，脑袋分别靠着两头，一边推推搡搡好让自己坐得舒服些，一边看着电视无声地在背景中闪烁。

"你想听个故事吗？"卡勒姆说。

"好啊。"

"找到电话服务中心的活儿之前，我去了爸爸以前工作过的糖果厂面试，那时候他还在卖巧克力之类的东西。"

"唔？他们给你工作了吗？"萝宾闭着眼睛问道。

"没有。不过那次我真是一团糟，面试表现得很差。我连包装糖果的活儿都应聘不上。他妈的！"卡勒姆微微笑了一笑，萝宾并没有笑。

"我跟你说过我还小的时候，他们那里搞的那个欢乐家庭日吗？"

他说过，不过她又让他说了一遍。他似乎需要倾诉。在德鲁转做软饮这一行之前，希拉里和当时五岁的卡勒姆被叫到公司里参加家庭日活动。那时候德鲁是一家糖果制造商的现场销售代表，开车载着一箱又一箱的巧克力和硬糖到处跑，推销给南部的小型零售商。销量排行榜上跟他最接近的对手也把自己的儿子带到了公司的活动现场，一个和他年龄相仿的男孩，块头——至少在卡勒姆的复述里——就像一辆翻斗车似的。

两个男孩要比赛咬苹果[1]。那个男孩一个接一个地叼起了三只苹果，随后一边湿答答地滴着水，一边注视着卡勒姆咬出了两颗，接着又咬了一颗。卡勒姆回去想咬第四颗——那颗制胜的苹果的时候——那个男孩一把抓住他的脑袋，把他按到了水里。一直在看着儿子的两

---

[1] 咬苹果（Apple bobbing），参赛者双手背在身后，只用牙齿将浮在水面上的苹果叼出的游戏。

位父亲没有过来帮忙，反而互相推搡，等到翻斗车男孩把卡勒姆松开的时候，他正在哇哇大哭，T恤被那桶水给弄湿了，短裤也被尿湿了。

那天晚上，卡勒姆被迫睡在花园里：这是他的父亲让他变得坚强的方法。后半夜，德鲁睡着之后，希拉里偷偷地溜了出来，和儿子依偎在一起，他的脑袋靠在她的腿上，两人一起盖着一条野餐用的毯子。

同事对他这个"娘娘腔儿子"的嘲笑，逼着他离开了那家公司，还和德鲁住在一起的时候，他总是一再地对卡勒姆这么说。分开之后，希拉里才语调坚决地告诉他，德鲁别无选择，只能舍弃那份工作，因为他和老板的年轻太太搞上了。

萝宾寻思着德鲁是不是还在耍着从前的那些伎俩，还是会在母亲假装没看见的时候，偷偷地跟年轻女人走在一起；她寻思着他是不是仍旧乐此不疲地拆散一个家庭。她还记得他打量母亲、在厨房里碰她、在她说话的时候舔嘴唇的样子，还有母亲咯咯傻笑的样子。那时候，这些事情让萝宾迷惑不解，一直压在她的心头。她知道这看起来不对劲，但不知道起因，也无从解释。如今回头再看，她真是觉得恶心。母亲所做的每一个决定都让她厌恶至极，不过不幸之中至少还有一丝慰藉。撇开最近几个月的仇怨，撇开他挑上的糟糕男朋友和他浪费的大把才华，她真的很爱自己的弟弟，几乎胜过这世上的一切。

此时此刻

莎拉

萝宾的房门终于开了，就开了一条缝。我听见妹妹倒吸一口凉气。她的声音，即便没有说话，也还是完全没变。

这会儿她正在笨拙地摆弄着什么金属的东西，大门又咔嚓一声关上了，随后她终于完全打开了门，我看见她了。天啊，我看见她了。

"莎拉！"她开口，仿佛见了鬼似的。

"萝宾，见到你真开心。"我说。然而望着这副模样的她，我却并不开心，在她身边我觉得自己像个巨人。她瘦小得让我害怕。

见到我她似乎也不高兴，只是惊愕不已，而且焦虑不安。

"抱歉我来得这么突然。"我说着，感觉眼里渐渐涌满了泪水，她的反应让我那么难堪而又伤心，我只想用力把她从自己的视线里推出去，然后远远地逃离，把我的整个计划彻底放弃。

"不是，"她回答，看了看我，又回头去看身后的天才晓得的什么

258

东西，"不是，不是因为这个。"她语速很快，"我有点意外，"她喘了口气，摇着头，"但是看见你我真的很高兴，只不过我背后正在发生一件可怕的事情，我得去制止一下。"

"在你家里？"我问道，试着在她周围仔细打量。

"不是，我家背后的一间房子里。我……"她低头望着手里的手机，好像没想到它会在那儿似的，然后说道，"稍等一下，不好意思。"

她按了三个数字，把手机举到耳边。她说起话来——她在叫一辆救护车，还说可能也需要消防队，因为他们有梯子——这会儿她正在报着地址，并不是这里，还说了"快点"。而我从头到尾一直都站在那儿，紧盯着妹妹，拼命想搞清楚自己究竟目睹了什么。

"等救护车来就太久了。"萝宾说着，她的眼睛仔细端详着我的面孔，好像是要把情况都想清楚似的。

"谁要救护车？"

"你能跟我一起过去吗？你能帮我一下吗？"她问道。

"能啊，当然能。"我回答，却还是不清楚究竟发生了什么事。尽管在三月天里她只穿着一条短裤和一件背心，还是直接把光着的脚塞进了过道上的一双运动鞋里。她一把抓过了钥匙，在屋里这样忙碌了一阵之后，才走下台阶来到人行道上。这期间花了很长时间，而后她还一边走，一边伸手抓着我，好让自己站稳。

她和我们上次见面的时候完全不同，于是我便直视前方，免得她以为我在盯着她看。她弯着腰，弓着背，斜着肩膀，骨瘦如柴，腿上却有一块块小小的肌肉，皮肤是我从没见过的苍白，上面满是纵横交错的抓痕。她看上去就像是从山洞里钻出来的东西，简直不像是个人。她不是救世主，而是一个需要被拯救的人。

萝宾

萝宾没法花时间去细想为什么双胞胎姐姐莎拉会出现在自己的门口，因为，此时此刻，亨利·沃特金斯正站在他儿子的小桌子上，脖子上缠着一根腰带，看起来非常像是要蹬腿上吊。萝宾不能让这样的事情发生，无论如何都不能。

萝宾的前门敞开着，救护车也叫了。她的脚上穿着鞋子，从来没有踏上过这条人行道的鞋子。她伸手去拉姐姐的手臂，正要步入的这个世界的重量压弯了她的腰。几个星期以来，太阳从没这么刺眼过。毫无遮挡的阳光照在她裸露的手臂和双腿上。她眯起眼睛打量姐姐的面孔——比记忆中更瘦削，也更粉红——姐姐那双关切的眼睛，她尖尖的鼻子。莎拉。非得让她帮忙不可。她们同心协力地向前。

萝宾的身体一点也不习惯这些。变幻不定的微风，艳阳，周围的声音。人，这么多人，骑车的，走路的，推着婴儿车拉着孩子的。人们看也不看就往后退，他们与周围的世界是如此紧密相连，根本不需要看。

姐妹俩沿着乔治街往前走的时候，萝宾渐渐站直了身体。她必须集中精神走到那间公寓里。她不能去望着那一大片绿地，不能去注意汽车尾气的臭味和春日青草芳香的较量。她也不能去注意酒吧送餐时蜂拥而来的玻璃杯和远处覆盖城市的车流发出的嘟嘟声。她只是得集中精神走进那间公寓，而不是瘫倒在地，缩成一个硬邦邦的小球。

双腿渐渐习惯了人行道，双眼适应了光线不再流泪不止的时候，萝宾终于察觉到搭在胳膊上的那只手掌所带来的温暖，察觉到姐姐不只是在支持她，也是在紧紧地抱着她。

"住在我后面的那个男人要上吊。"萝宾说。

"啊该死，"莎拉说，莎拉，过去从来不说脏话的莎拉，"你认识他吗？"

萝宾支支吾吾。不，她不认识。然而……"不，我只是碰巧从窗口看见了，要是他从桌子上踩下去的话，我觉得救护车是没法及时赶到的。"

她们加快了步伐，像在跑两人三脚的比赛。萝宾的手臂和腿上都起了鸡皮疙瘩，不过现在她还不会感觉到。姐妹俩拐进了乔治街后面的宝石路。

萝宾从来没从正面看过这些公寓，不过她知道亨利·沃特金斯住在哪间房里。因为给他的太太寄过礼物，引起了所有的这些麻烦，所以她还记得他的地址。这样的回忆，还有那些不由自主浮现在眼前的其他回忆，让她觉得很不舒服。

1998 年

莎拉

回到英格兰的第一个月，我躺在全新的床上，在自己从前的房间里，努力为回家而高兴。萝宾在我身边仍旧小心翼翼，还是不肯道歉，不过似乎已经明白了道歉是应该的。

卡勒姆走了，希拉里似乎很想靠着专心做菜和拼命宠我来忘记他的离开。而我唯一想做的就是躲起来。还有睡觉。

出于感恩和责任，我尽力和大家一起吃希拉里做的家庭晚餐，尽管我从下午三点开始一直到睡觉的时候都觉得很恶心。我一连好几个小时一动不动地躺着，只是盼着怀孕这件事情能够到此为止。我记起自己曾经听说过，怀孕初期流产的比例很高，常常连她们自己都不知道。我努力想让这样的事情发生，拼命这样希望着。苍天可鉴，假如真的有哪次怀孕不配成功的话，那就应该是由一个如此恐怖的瞬间所带来的这次。是许许多多个恐怖的瞬间。

而让我无法呼吸、让眼泪滴到枕上的则是，想到这一切将会结束的时候，我所感受到的痛苦。一次意外的怀孕，跟一个甚至都不应该用那种眼光来看我的人，在一个不应该被他碰触的身体里生长。可是，我没有工作，没有计划，没有朋友。靠着机会渺茫的流产，从这场灾难当中被"拯救"出来的念头却在我的心里扎出了一个个小洞。

　　这是我的孩子。现在已经三个多月了。

　　回家的第一个月，我不声不响、平安无事地度过了。反正谁也没有对我期望太多。我坐飞机坐得很累，之后又被搬家弄得应接不暇。在这个森林中间的小地方，可以选择的大学非常有限，我只能从中勉强挑出一所，这让我灰心气馁。大家都同情地望着我，除了萝宾，她没怎么看我，因为她总是不在家。

　　分开五年之后，我们之间的差异变得鲜明起来。我成了独生女，而她仍旧是一对儿女之中的一个。卡勒姆走了，逃进了一种更加容易的生活里，没有那么多问题，没有那么多期待。然而萝宾并没有看见此刻就在她眼前的同胞姐妹，相反，她也躲开了。她不是一直在外面待到很晚，就是藏在自己的房间里。

　　要不是我一手放在肚子上侧身躺了很长时间，整个人又头昏又恶心的话，我会更加难过的。说不定还会跟萝宾把一切都说个明白，与她冰释前嫌。

　　接下来的一个月，在我的身孕变成了我的"宝宝"，在我慢慢地离那个为我选定人生道路的三个月关口越来越近的时候，我开始思考自己要如何解释这件事情，应该对谁解释。我也开始担心那些实际的问题。无业，住在父亲家的一个小房间里，找借口不见母亲。这样的情况如何容得下一个婴儿？我记起很久以前那些关于政府为单亲父母提供出租房及福利的对话。记忆来自大人们交谈时听到的片段，而那些片段并没有给我留下什么好的印象。这并不是我曾经设想的世界，当然不是住在亚特兰大、洗手间比如今的卧室还大的时候，所设想的那个世界。

可是，当我望向让父亲和希拉里如此骄傲的小草坪，想象着一个小女孩或是小男孩在那里玩耍，长着柔软稚嫩的膝盖和酒窝；当我打量放在厨房兼餐厅里的新桌椅，想象着一张高脚椅被拉到边上，挤在那些椅子中间；当我低头注视自己的身体，想象着腹部彻底隆起的情景，然后把手放在肚子上面，渴望快些见到脑海中的景象。就是在这些时候，我明白了——我必须告诉其他人。

我问希拉里和父亲，能不能和他们谈谈，他们开玩笑地用手肘轻轻推着彼此："好像是很重要的事情嘛！"

从亚特兰大飞过来，第一次来到爸爸家里的时候，我惊讶地发现他老了那么多。卷曲的棕色头发里，灰白的发丝比棕色的还多，脸庞饱经风霜，动作也比我从前习惯的要慢。但他的身上仍旧有着一种顽童似的兴奋、一股抑制不住的活力。在我们姐妹俩难得共度的那天晚上，萝宾说，父亲的兴奋活力都是因为我回来了。"不过你别讲出来，他会不好意思的。自从妈妈跟他说了你想搬回来住，他就像个过圣诞节的小破孩儿似的。"

我们坐在那张崭新的餐桌边上。他们对这张桌子非常得意，好像不管什么事情都会坐在那儿谈。而如今我却要让它沾上污点了。我用力咽了一下口水："我有一件事情要告诉你们。"

父亲自然会问我孩子的爸爸是谁。我已经准备好了要怎么说：在亚特兰大参加派对时遇见的一个男孩，不过我不知道他叫什么名字。我觉得希拉里并不相信我，但是父亲信了，我能从他阴沉的脸色里看出来。

　　"你妈妈知道吗？"希拉里问道，轻轻地摸着我的手。

　　"不知道，拜托你们别告诉她。"

　　"她会明白的，宝贝儿，她也不比你大多少，那时候——"父亲没有把话说完。

　　"多久了？"希拉里问道，把手移到了父亲的手上，父亲正盯着自己的那杯茶，看着像有一百岁似的。

　　"三个多月了，"我回答，"从那天开始算，就是，你明白的，那天——"

　　"我明白。"她说。

　　"来不及了，"我又说了一句，"我什么也做不了。"或许我说得太快了，但他们并没有逼我。

　　自从我把这个消息告诉了父亲，他就不知道该怎么和我相处了。他从来不会直接问起宝宝，却会给我递上热饮料，还做三明治给我吃。在希拉里的建议下，他给我买了花草茶，却不肯承认我不碰咖啡因的理由。希拉里问过我几次累不累，有没有恶心，但我看得出来，她想起了自己怀着卡勒姆的时候，而这个名字如今已经蒙上了一层乌云。在我到这儿之后，他还没有回来过。他并不知道自己要有外甥或是外甥女了。他也永远不会知道，我宽松肥大的运动裤底下藏着的这座小山里，实际上装着他同父异母的弟弟或者妹妹。

已经很晚了，但我能听见萝宾在厨房里乒乒乓乓的，于是便下了楼。她正在做热的果汁和烤三明治，融化的芝士在铂富面包机[1]和餐具柜之间拖出一道道污迹。她喝醉了。

"你出去了？"我问。

"跟乐队一块儿练习而已，"她大着舌头说，"喝了点啤酒。抱歉，我应该想到的。你也应该来的。"

"没关系。"我几乎笑了出来，因为想想看那会是何种光景。

一丝笑意在她脸上绽开，但我觉得她并不是在笑我。从她整理衣服、手指拂过凌乱发丝的样子，我看得出来一定是发生了什么。

"你是不是和什么人好上了？"我问她。

她的笑容彻底亮了出来："不算是，就是个在紫乌龟酒吧里当酒保的家伙。我们……"她翻了个白眼，咯咯地笑了，这样的笑声我已经好多年没听过了，"有点来往吧，算是。"

她把烤好的三明治掰成两半，拿着烫手的面包跳来跳去，热好的果汁从马克杯里洒了出来。于是我便帮忙从她手里接过了杯子，免得她最后变成三度烧伤。

我们走进客厅，啪的一声打开了电视。我上次来过之后，电视机已经换了。

我们放了《百无禁忌》[2]。我小心翼翼地躺下来，找到舒服的姿势之后，长长地舒了一口气。她望着我，脑袋歪到了一边："你怎么

1　铂富（Breville），澳大利亚小家电生产商，设计出了最早的面包机。

2　《百无禁忌》（*The Word*），1990—1995 年播出的英国电视节目，针对青年群体，内容先锋大胆。下文的泰瑞·克里斯蒂安（Terry Christian）是节目的主持人之一。

了？你还好吗？"

于是我就耸了耸肩膀，说了出来："我怀孕了。"就像这样。

她就像个卡通人物一样张大了嘴巴，重复了一遍我说的话，好像是在努力搞懂似的。"你……怀孕了？"

"嗯。"我说着，揉揉自己的肚子，仿佛它就是证明。

"唔，什么？真的？"

"嗯，真的。"

"你刚才是笑了吗，莎拉？你很开心吗？"

"这个嘛，"我开口道，因为这是第一次有人问我这个问题，"对，"我回答，然后让自己好好地笑了一笑，"嗯，我觉得我是很开心。虽然不应该这样，但是真的开心。我是说，我并不是计划好要怀孕的。"

她大笑起来："是才怪呢！"

我告诉她宝宝有多大了，回答了那些只有她才会问我的问题：怀孕是什么感觉，爸爸妈妈都是怎么说的。我对萝宾说妈妈并不知道的时候，她说我应该抬头挺胸地去告诉她。妈妈是个巫婆，我不应该在乎她有什么意见。我回答说不只是她而已，也很坚决地表示不想让德鲁知道。卡勒姆也是。

"为什么？他妈的谁管德鲁怎么想啊？"

"我就是……我不知道。现在还不是时候，行了吧？"

"随便你。"她耸耸肩，"但我不明白你为什么要在乎某人怎么看。"

她是对的。德鲁当然不值得我关心，但事情并不是那么简单。假如德鲁知道我怀孕了，他就会明白孩子是他的。所有的事情里面，我最害怕的便是，他会想要这个孩子。或者更糟——会要我和这个孩子。我知道自己不够坚强，没法说不。这么久以来，眼睁睁看着妈妈被他的引力波给套住，这一点我是知道的。

"我只不过……"我支支吾吾，"我只不过是不想听他们唠叨。"

萝宾足足沉默了一分钟，泰瑞·克里斯蒂安那叽叽嘎嘎的声音在背景里絮絮叨叨。

"你知道这话我是不会相信的，对吗？不过要是你不想让我告诉他们的话，那随便你。"她说。她不再问我什么，嘴上沾着吐司碎屑就睡着了。

此时此刻

莎拉

萝宾正在按着那个想要自杀的男人家的门铃，但他并没有应。她的左手仍旧放在我的手心里，那种温热让我们的手掌汗津津的，可她握得很紧。

"他是不会下来应门的，是吗？"萝宾说道，更像是自言自语而不是对我说话。

她按起了其他所有的门铃。我担心她会惹恼别人。虽然性命交关，但她这么做还是让我紧张不已。

终于，一个声音在蜂鸣器里响了起来："喂？"我们并不知道是哪一户，但萝宾还是把嘴凑到了麦克风上，求他让我们进去："你们有个邻居想自杀。"

"什么？"声音更像是怀疑而不是忧虑。

"真的，拜托了。我们已经叫了救护车了，可是等车开到就太久了。"

嗡的一声，大门打开了一条缝，我们推门而入。就要跑上楼去的时候，我们依然拉着手，但是因为已经到了室内，握得就不那么紧了。一楼的一间公寓打开了，一个年轻男人走了出来。他穿得非常讲究，却面如死灰。

"刚才是我给你们开的门，"他说，"需要帮忙吗？"

我们俩已经咚咚咚地上了楼梯，不过萝宾还是挥手让他一起过来。他身体不好，一步一喘，但还是跟上了我们。

萝宾在一扇门外停了下来，门前放着一大张布满鬃毛的欢迎门垫，两边各有一株盆栽。看上去是那么地赏心悦目，屋内不可能住着一个脖子上绕着绳子的人吧。不过萝宾松开了我的手，开始砰砰地捶门。

"亨利！"她喊着，"亨利，对不起！求你别这样！"

妹妹说她不认识这个人，但我不信，她对这个陌生人太上心了。我猜这十有八九是一个和她吵翻了的人，或者是一个被她抛弃的男朋友。不过我并没有出声，而是把手放到了肚子上，思索着下一步要做什么。

我忽然想到了一件事，同一时间那个邻居也想到了，我们一起伸手去转门把手。我重新把手抽了回来，让他来弄。他把门把手转到右边——没有动静，再转到左边，门开了。在任何其他情况下，我们不先试着开门的愚蠢行为都会显得很好笑。但今天不是。大家一拥而入。

萝宾似乎知道该怎么走，证明了我怀疑她之前来过这里的猜想。她走过门厅。右侧有一间开放式的房间，它似乎是客厅、餐厅和厨房三位一体的。我稍稍进去待了一会儿，好给那位邻居让路。里面窗明几净，就连炉盘上也没有油污，没有那种通常擦不掉的小斑点。地板一直到踢脚板边上都光可鉴人。这一尘不染的完美状态让我脖子后面的汗毛都竖了起来。

孩子的痕迹比比皆是。亚瑟：房间里到处都有他的名字，用有磁性的字母拼写出来，贴在冰箱上。我重新走进门厅，瞥见小小的鞋子占据了鞋柜上最显眼的位置。从鞋子的尺寸来看，我猜他多半和维奥莉特一般大。我吸了一口气，扭头望向别处。

这个男人，有一个他百般疼爱的、和维奥莉特同龄的孩子，他怎么会想自杀呢？除非是孩子不在了？一次可怕的事故，我没法让自己去想，因为不知道这个孩子的长相，我的大脑便把维奥莉特的面孔粘到了这种猜想之上，而我已经看不得那些与她有关的记忆了，即便她现在和她的父亲还有奶奶住在一起，好端端地活着。好端端地活着，据我所知是这样。不！停下！我必须让自己摆脱这个漩涡。

我们经过左边的两道门，并没有去开，随后朝着最后一扇房门走去。萝宾做了一次深呼吸，伸手开门。就在这时，我们听见了屋外救护车的呼啸声。

"我去。"他们还没来得及制止，我便脱口而出。那扇房门背后的情景，我宁愿自己永远也不要看见。

我重新冲出公寓，下了楼梯。跑向大门口，迎接医护人员进来的时候，我发现有个老太太正站在其中一间公寓的门口。她穿着一件罩衣，手里转着一块抹布。"没出什么事吧？"她用浓重的曼彻斯特口音喊道。

"嗯。"我一边跑着一边大声回答，尽管事实并非如此。

我给穿着制服的医生们开了门，示意他们上楼的时候，老太太径直走到我跟前，碰了碰我的手臂。

"小心点，亲爱的，"她说，"你现在这种情况可不该像这样跑来跑去的。"

我把手放到了肚子上。一种去触摸、去保护、去检查它是不是还在的本能。

"哦，"我对她笑笑，"没关系，我小心着呢。"

"你几个月了？"她问，一边跟着我上楼，一边一路用抹布擦着楼梯的扶手。

"还早呢，"我微笑着说，"大概十五周了。"

"嗯，"她说，"祝你好运。我的孩子们现在都长大了。我有点儿惦记他们，不过可一点都不惦记怀着他们。吐得可厉害了。"

"我运气还挺好的。"我说。

"你看上去也是，容光焕发的。"她说着，第一次露出了笑容。

"谢谢你。"我也冲着她笑了，但接着便记起了楼上那黑暗的一幕，于是就跟她道了别。

跟着穿制服的大夫们上楼的路上，我走得慢了一些。我能感到老太太那关切的目光落在我的后腰上，我把一只手按在那里，把另一只手搁在隆起的肚子上。这个早晨的肾上腺素渐渐消退，所到之处留下一粒一粒的沉淀。它们拖慢了我的脚步，等我走进公寓里的时候，我听见萝宾正在大喊大叫。

"搞什么鬼？"她嚷道，"你怎么能这么想，怎么能对你的孩子做出这种事？"

这么说来他还活着。

我听见男医生让她离开这里，冷静一下。萝宾在争辩着。我尴尬地站在过道上，在一间不属于自己的公寓里。楼下那间公寓的男人从后面的卧室里走了出来，他的肤色苍白，又湿又冷。脖子刚好比领口肥了那么一点，所以看上去就像是架着脑袋的底座似的。

"我觉得我们应该喝杯茶。"他开口说。我跟着他进了厨房。我们俩谁也不知道东西都放在哪里，我们拖着脚走来走去，打开柜子，把散落的茶屑从茶包上抖下来，还弄洒了好多牛奶，厨房完美的状态就这么被我们给破坏掉了。

"往他的茶里加点糖，"我说，"能压惊。"

"好的，"他回答，"我觉得我也需要压压惊。"

他的双手颤抖着，把糖撒得到处都是。于是我替他放好了糖。

"谢谢。"他说着伸出了手，"刚刚都没来得及好好认识一下，我叫山姆，住楼下。"

"我叫莎拉，"我握住他黏湿的手掌，"是萝宾的姐姐。"

萝宾

萝宾望着亨利·沃特金斯，他重重地坐到了小床上。他仍旧套着睡衣，因为没有腰带，衣服的前襟被吹开了，露出里面穿的法兰绒睡裤，还有一件萝宾非常熟悉的旧背心。他的头发比她以往见过的都要长，那道喜鹊的白发条纹跟拳头一样宽。他看起来精疲力竭，双眼藏在一堆凌乱的皱纹里，皮肤毫无血色。不过萝宾知道，自己的脸色比他的还要苍白。

他正坐在儿子的房间里，周围都是陌生人，但他似乎并不介意，只是呆呆地出神。

医护人员已经仔细检查过了。他并没有踏出最后的一步，只是脖子上缠着腰带，站在那里，站在那张桌子上。不管他在等些什么，他要等的东西都没有来。可是他们来了：萝宾和山姆。

她首先冲了进去，与他四目相对。他的脖子上松松垮垮地套着腰带，睡衣随风飘动。他已经把赤裸的脚趾缓缓地挪到了桌子的边缘，大门猛地打开，萝宾和山姆冲进来的时候，桌子微微摇晃了一下。

"该死。"山姆说。

萝宾放慢速度停了下来，把山姆拽到身后，把手伸向亨利，摊开手掌给他看："我并不打算干什么，可是你也知道这样解决不了问题，所以我们是来帮你从上面下来的。"

他低下头，把一只小老鼠毛绒玩具从口袋里抽了出来，拿到面前："我只想要我的儿子，没有他我没法活。"

"我知道，"萝宾说，"但是没有你他也没法活，没法好好地活。"

她伸出手，他握住了，不过起初并没有动。他站在那里，握着萝宾的手，腰带还缠着脖子，犹如一件展品。在他身后，透过窗户，萝宾能望见自己的房子正在打量着她。"拜托了，"她对亨利说，"拜托你把腰带拿下来，这样我们才能谈一谈。"

这间小房间根本装不下这些东西，装不下这么多人，装不下这么多悲伤。医护人员给亨利做了检查，确信他并不会真的自杀，于是他一给母亲打完电话，说要和她一起住上一段时间之后，就同意离开了。电话讲得很简短，并没有提及细节。

"她会过来接我的。"他说。

"我们会等到她来为止的，伙计。"山姆说。

"你们不必这样的。"亨利回答，仍旧低着头。四周一片寂静。房间还是显得很小，有三个成年人站在里面，还有一个坐在中间，把小床都压得凹了下去。蓦地，亨利抬起头，站了起来："你是怎么知道的？"

"我看见你了，"萝宾说着，向前迈了一步，"我从我的窗口看见你了。你肯定是知道的，因为你也看见我了。"

他蹙起了前额，重新坐了下去，但眼睛还是注视着她。深棕色的眼睛，眼白很少。"我这辈子活到现在从来没有见过你。"他说。

"本来我不想现在说的，不过既然你问了，我就告诉你。那天我看见你盯着我看了，"萝宾说着踮起了脚，显得自己高了一些，"就在你打完老婆之后不久。"

莎拉和山姆互相扫了一眼，但并没有说话。

"打我老婆？"亨利仿佛吞下了什么馊掉的东西一样，把脸皱成了一团，"我从来没有打过老婆，你到底在说什么哪？"

这会儿莎拉紧张地望着妹妹，而山姆抬起了自己空着的那只手，仿佛是要把亨利和萝宾分开似的，但又让手落了下去。

"别说了。"山姆说完，抿了一口自己的茶，似乎不太确定除此之外还能做些什么。

"不，"亨利轻轻地说，"我想听，你觉得我打了我太太？"

"我看见了，"萝宾说着，目不转睛地凝视着他，"我看见你捏紧拳头，还看见你挥了一下，跟着我还看见了之后的吵架，看见你的儿子捂住耳朵。我并没有看见你干了什么，但是——"

"然后你就觉得你看见我打老婆了？"亨利摇着头说。他听上去并不生气，语速不像生气的时候那么快，仿佛在做心算似的。

"是你，对吗？"最后他说，"是你打电话报的警。"

萝宾稳稳地立在地上，就像准备冲锋的公牛一样喘着气："对，是我，而且我这么做也没有错。"只有莎拉瞥见了萝宾剧烈抖动的膝盖。

亨利盯着她，嘴巴微微地张着。就在山姆开口说"听着，我真的觉得现在不是时候"的同时，他站了起来，向萝宾走去。萝宾待着没动，手叉着腰。亨利走到她跟前，用双臂环住她的肩膀，开始抽噎起来。萝宾看看其他人，手足无措，接着却拍了拍亨利的睡衣，也伸出手臂抱住了他。

这会儿山姆上班去了，留下莎拉和萝宾同亨利待在一起，坐在他的桌子边上，等着他的母亲过来。

"我还以为是凯伦报的警，对警察撒了谎。我他妈的真是气疯了，都没法说。我以为她想让我给人留下很恶劣的印象，好把儿子从我身边带走。"

"要是你打老婆的话，他们就不会让你见儿子了。"莎拉小心翼翼地说，这是她第一次直接对亨利说话。

"但我没有打我太太，我从来没有打过她，我从来没有打过任何人。我知道你说的是什么时候的事，萝宾，我挥了一拳，你看——"他指着其中一扇木质的橱门，"我立刻就后悔了。可是我没有打我太太，我永远不会这么做的。她背着我和别人在一起，抛弃了我，我以为她想把儿子也彻底带走，但我还是一样，永远不会去打女人的。有几次我们吵得非常厉害，我也很不愿意让阿特 [1] 听见。这件事情我永远不会原谅自己，但我绝对不会打凯伦的，不会像那样打她的。"

亨利原本想把这座房子卖了，寻个便宜一点的住处，这样他找一份兼职就能供得起房子了，还能和太太一起抚养亚瑟。

"我知道她骗了我，但我还是希望我们能住得近一点，努力把这件事情处理好。我还是想给亚瑟当一个像模像样的爸爸，就算他只有一部分时间可以和我在一起。但后来警察扯了进来，让我措手不及。就算是在出轨之后，关于亚瑟的事情我还是相信了她的话。她说会和我一起养大亚瑟，尽力让我好过一点。所以在我以为她找了警察来算计我、抹黑我好拿到监护权的时候……"他的声音越来越轻，最后就听不见了，只是摆弄着手里的玩具老鼠。

他还有机会扭转局面。亚瑟的母亲并没有和他反目，并没有破坏他和儿子在一起的机会。是萝宾多管闲事才险些造成了这样的结果。不过现在，她的插手干涉最终也救了喜鹊先生的命。

1　阿特（Art），这是喜鹊先生对儿子亚瑟的昵称。

1998 年

莎拉

　　天壤之别，这是爸爸在我们小的时候常常会说的话。如今我们仍旧如此，但妹妹一直对我很好。或许是因为我从那个高高在上的宝座上给撞飞了出去。或许只是因为卡勒姆走了，而她需要一个人来分散注意力。但在最近的几个星期里，是萝宾帮我重新找回了呼吸。她并没有把我当成禁忌，故意视而不见。她谈起宝宝的时候，就好像那是一个真正活着的东西，会长大，会有一个名字，会穿着小衣服，会跟他或者她的阿姨一起在游乐场上跑来跑去。

　　她不肯让我因为孕育这样一个孩子而感到羞耻，即便我觉得非常难堪。我本来是要做一个普通女孩，上大学，找一份安稳的好工作，遇见一个好男人、结婚、按照计划生两个孩子。我觉得尴尬不已，因为我曾经相信着这一切；而我又觉得羞愧不堪，因为这一切都被我亲手断送了。

最重要的是，妹妹还会模仿我的样子来开玩笑，尽力让一切像往常一样。我也注意到如今她待在家里的时间更长了，像警卫犬一样紧挨着我坐在沙发上，发觉爸爸说了什么会让我不舒服的话的时候，就瞪他一眼作为警告。

今天萝宾和我一起到助产士那儿去了。我第一次在村里的诊室预约。我们一进到房间里，萝宾就问助产士是不是要给我做内检，然后又加了一句："她大概已经有四个月没有性生活了。"

"我希望你不会惹出太大的麻烦，小姐。"助产士说。

"我会尽力表现得好一点的。"萝宾瞪大了眼睛说。

"嗯，"助产士啪的一声把双手合在一起，"我看得出，就第一次看诊来说，你怀孕的时间比我们预期的要久一点。"

我对助产士说了自己怀孕的日期。

"你确定是这一天吗？"她一边问，一边在一张小卡片上填着记录。

"就那一次。"我说，我瞥见萝宾皱着前额，拧起深色的双眉沉思着。

"我明白了。"助产士说道，"这么说来，这是个意外咯？"

"嗯，"我小声回答，"很大的意外。"

"那好，"助产士静静地说，"我们来看看能不能听见这个意外的心跳好吗？"

我看了看萝宾。我没想到会有这一遭。她点点头鼓励我。

我躺到铺好了纸的床上，按着她的手势撩起了上衣。助产士把我那条有弹性的运动长裤拉了下来，裤腰落到了最近几个星期突然出现的一小块凸起底下。我本能地想把她的手拍走。她往我的肚子上喷了一点凉凉的东西，接着把一台叫作多普勒的仪器放了上去，粗鲁地左摇右摆，直到一种有节奏的声音充满了房间。孩子是真的。孩子是活的。孩子是我的。萝宾从椅子上站了起来，走到我身边，悄悄地把手塞到了我的手心里。

在这之后，我的肚子被一张粗糙的纸巾擦干了，血压也量好了。接着，助产士用管子给我抽了一小瓶血，而萝宾仍旧握着我的手。随后我又拿到一个窄窄的罐子去取小便。重新回到房间里的时候，我听见萝宾说："这个问题你应该去问我姐姐，而不是我。"不管那个问题是什么，助产士都没有问。相反，她对我说我已经错过了十二周的一次例行扫描检查，还有下一次检查的时间也快要到了。

"那她能知道是女孩还是男孩吗？"萝宾问道。

"假如她想知道的话。"助产士说。我只是麻木地坐在那里，而她们俩则讨论着将会发生的事情。她们说，我会收到一封写着姓名和日期的信；来的时候需要喝足了水；要是我想让他们来的话，萝宾——或者某个人——可以来，但是只有一个人能跟着我一起进去。"所以你不能带你妈妈还有孩子的爸爸，或者——"

"我会和她一起去的。"萝宾打断了她的话。

我们一言不发地从诊所往回走。萝宾的笑话都讲完了，她好像心不在焉，还处在焦虑的边缘。拐进家门前那条小路的时候，她转过身来望着我问道："孩子的爸爸是谁，莎拉？"

我默默地注视着她。这是一个合情合理的问题。"派对上的一个男孩。"我回答，第三人称的答案悬在空中。

"没关系，"片刻之后她说，"你不一定要告诉我的。"

我醒了。外面还是一片漆黑，我惊讶于自己的清醒，心脏怦怦直跳。我扫了一眼身旁的闹钟：才刚过两点。直到听见楼下传来的声音，我才明白自己为什么会醒过来。我爬了起来，把大大的睡衣裹在身上，小心翼翼地踏上了楼梯的平台。萝宾正在下楼，而希拉里和爸爸已经在楼下了，正悄悄地对着彼此，还有另一个人说着话。

卡勒姆。看样子他是被雷兹的亲戚在家门口给放下了车。就算只是探头往楼下张望，我也能看得出来他比从前瘦多了。他个子很高，就像他爸爸一样，仍旧生着一副纤细的、孩童一般的身躯。我往前走了几步，意识到正在向上翻涌的酸臭味是从他身上传出来的。

在门厅昏暗的灯光下，他看起来脸色苍白，还有些泛黄。他从门背上滑了下去，现在正蹲在地上，向后靠着。他的眼睛就像散落的弹珠一样四处乱转，定睛细看的时候，就向上皱起鼻子，朝看到的人吐口水。我从没见过他这样。我从没见过任何人像他这副样子。

爸爸看见我在楼梯上，便吩咐我回房间去，用了一种我童年之后就再没听过的斥责口吻。我没有争辩。在我走回床上去的时候，卡勒姆问我待在谁的房间里。

"她的房间，"爸爸严厉地说，"这里是她的家。"关上房门的时候，我听见卡勒姆含糊不清的抗议声。

他在萝宾的床上躺了两天，大汗淋漓，发着脾气。萝宾睡在沙发上，因为我的床上没有地方了。从窝里出来的时候，卡勒姆不一样了。愧疚难堪的他避开了我们所有人的视线。

"要是我对你说了什么冒犯的话，我真的很抱歉，"他给自己冲速溶咖啡，给我递上茶水，"我吃了点什么。妈妈说雷兹不知道该拿我怎么办，所以就把我送到这儿来了。我不知道。对不起。"

"你什么都没跟我说。"我撒了谎。他看上去如释重负，站得更直了一点。

"你好吗？"他一边轻轻地问，一边把糖拌进马克杯里。

"挺好的。"我把开襟毛衣裹在身上，捂住自己的肚子，好盖住那块小小的隆起。

"你怎么会住在这儿？受够我爸爸了？"他问道，握着勺子搅拌着，并没有抬头。

"受够他们俩了。"我回答。他咕哝了一声表示赞同。我有那么多的事情想问他，我有那么多的问题——我并不真的希望知道答案的问题——想问他。然而我们只是并肩坐在桌旁，一切尽在不言中。

他又待了两天，打电话到自己工作的呼叫中心去请病假，火冒三丈地跟男朋友打一些自以为我们听不见的电话。时间每过去一个小时，他和萝宾的傻笑就多一些，互相把分开的时候发现的歌曲弹给对方听。从前的笑话又重新熟悉起来，两个人的脸上都溢满了神采。

萝宾对我不那么关心了。一定程度上是因为在宝宝的事情上我对她守口如瓶，因而她主要的兴趣来源就成了禁区。不过她并没有刻薄地待我，而我则发觉自己感激涕零。

今天下午，卡勒姆被那个外表邋里邋遢、手里夹着一根大麻烟、在一辆别人的欧宝小轿车外面晃来晃去的男朋友雷兹接走，又一次消失无踪的时候，萝宾伤心欲绝。

"每次卡尔把自己拉出来，结果就又被吸回去。我真搞不懂他妈的他看上了那个尖嘴猴腮的黄鼠狼哪一点。他甚至都不会逗人开心。他的音乐品位烂到家了。他什么都不是。"

萝宾

这个家里谁都不说什么，在萝宾看来，这就是问题所在。卡勒姆开始放弃自己，转而沿着这条落魄的道路往下滑的时候，他们没有及时地大声说出来。

关于莎拉的意外怀孕，他们也没有问过任何问题，而且谁也没有去想将来。只有萝宾有自己的打算，只有她有勇气离开这里。

倒不是说她觉得自己会是那个闯祸怀孕的人，千万不要。可是莎拉？这不对劲。而现在她的姐姐就这么躺着，或者把几个月之后就会需要的东西列成一张一张的单子，没有人去问她要拿什么钱去买。宝宝要睡在哪里？莎拉要怎么赚钱？她为什么不告诉妈妈，问她和那个大烂人要点钱呢？他们的钱多得都花不完。

萝宾喜欢当阿姨的感觉，也很乐意在这个家里见到没有污点的新鲜血液，可是大人们的消极怠惰让她反胃。

到底要怎样才能让他们做点什么?

萝宾的乐队越来越受欢迎,成员之间的配合越来越有默契,还渐渐有了粉丝。几张格外热切的面孔总是一次又一次地冒出来,伴着熟悉的曲子跳来跳去。"职场太太"在婚礼上演出,赚一点钱,而萝宾讨厌这些演出,因为她必须衣冠楚楚,弹一些中年男人写的平庸摇滚,另外他们还在"紫乌龟",还有各式各样破破烂烂、烟雾缭绕的酒吧里试着表演自己的作品。

在隔夜香烟那种发腻的味道中摆好乐器,在半明半暗的光线中看着烟头散发出微弱的红光,听着运动鞋踏在那座木质舞台发出的啪啪声,这些才是萝宾生活的意义。这才是在她体内所奔流的东西,这才是让她精神抖擞的地方。

而在那之后回到家中,依旧兴奋不已,而且还沉醉在肾上腺素(以及从老板那里要来的随便什么酒)里,她就会撞上一堵无动于衷的混凝土墙。

一大堆问题都没有人问。

五年会改变很多东西,但一个人的本质是不会变的。虽然卡勒姆如今表现得像个蠢货,但他依然是卡勒姆。在我行我素的做派和泛红充血的眼睛下面,他依然喜欢看书,喜欢那些永远能让他微笑的音乐,依然风趣、善良、体贴。

莎拉仍旧是个乖孩子,仍旧为了取悦别人而活。她会赶着去为晚餐摆好桌子,没人要求也会主动洗碗,因为这样简单的小事受到表扬,她的心就会温暖得融化。说乖孩子莎拉去参加派对,被一个陌生人搞大了肚子,太不合理了,就是太不合理了。可是谁也没有去问那些该问的问题，萝宾觉得他们是永远也不会去问的。而这让她真他妈的想大声尖叫。

莎拉

今晚我们看了一部重播的喜剧，不过谁也没有心情谈笑。萝宾非常疲倦，有点暴躁，就像大多数时候一样，额头沉甸甸的，装满了想说的话。我只希望她不会来问我——又来问我——孩子的父亲是谁。每一天，我都情愿为有了这个孩子而高兴，也情愿为孩子被创造出来的记忆抹上一道厚厚的黑线。这是让我活下去，让宝宝不被玷污的唯一方法。

最近萝宾和乐队在一起的时间更多了，他们在卧室里、车库里，偶尔还在村子的礼堂里排练，我都不太肯定他们进礼堂是否得到了许可。有些周末他们会去婚礼上表演，回来的时候，她的口袋里就塞满了十英镑的钞票，还拿着好几块蛋糕。

今晚，有那么一刻，她打起了瞌睡，张着嘴巴，温暖的气息卡在喉咙里。

爸爸和希拉里出门去了，和爸爸的一个老主顾吃饭，这个人有一栋带花园的大房子，经常需要园林美化。萝宾和我在楼梯平台上各自分开，步履艰难地走进各自的房间，早早上床休息。我觉得又饱又暖，头皮随着暖气不住地抽动，血液既黏稠又滞重。萝宾拖着身子走进了她的卧室。我听见她放起了音乐，我觉得是吉米·亨德里克斯[1]，但我不确定，这不是我的专长。

我不知道她是不是已经睡着了，但我没有。我的眼皮非常沉重，大脑却焦虑不安。有太多的东西挣扎着要从厚厚的黑线底下爬出来。

忽然，楼下的大门猛地开了。爸爸和希拉里不会这么早回来。沉重的步子咚咚咚地上了楼梯，我坐起身来，本能地把一只枕头放到了肚子上。

我听见一阵脚步声沿着楼梯的平台嘎吱作响，有人推开了附近一间卧室的房门。我听见萝宾用她七级大风一般的声音吼道："喂，你们他妈的想干吗？"

我听见一个男人的声音恶狠狠地说："不是这间，你这个白痴！"

萝宾床上的弹簧发出急切的声响。我不知道该怎么办，也不知道来的人是谁。接着我听见她说："该死的你要干什么，卡尔？"

嘟囔，抱怨，脏话。沉闷的脚步声沿着走廊向爸爸和希拉里的房间走去，房门咣当一下打开，男人的声音咕哝着，这会儿萝宾喊了起来："你他妈的干什么哪，卡尔？"

"回你的房间去。"我听见一个声音说。我只能猜测那是雷兹。

我的膝盖颤抖着，感觉胃里一阵翻江倒海。我觉得可能是，可能是宝宝在动。我不希望孩子的第一次胎动是因为恐惧，便把这个念头给咽了回去。这件事情只能改天再说。又是一道厚厚的黑线。

1　吉米·亨德里克斯（Jimi Hendrix），美国传奇摇滚吉他手，歌手，创作人，深深影响了电吉他在流行乐中的使用方式。

"他妈的你说什么？"我听见萝宾怒叱道，"你们这对不要脸的东西闯进我的家里，还叫我走？快给我滚！"她听起来有些疲惫，但轻蔑的语调被另一种东西取而代之，她嚷着，"放开我！"

我第一次清晰地听到了卡勒姆的声音。相对而言，他听上去比较冷静："别这样，雷兹。萝宾，只要你让我们把东西拿了，我们就走。"

我应该挺着凸起来的肚子藏在自己的房间里，还是去帮妹妹？我不知道该怎么办，但采取行动似乎要好过无所作为，于是我站了起来，悄悄地踏出房门，走进过道。几英尺外的楼梯平台上，萝宾和雷兹正在昏暗的灯光下扭打着，雷兹比她高多了，像一根芦苇似的弯着身子，恼火不已的卡勒姆正在试图把他们分开。

"把东西还回来！"萝宾尖叫着，紧紧抓着卡勒姆的口袋，而卡勒姆则拼命想把她的手指掰开，雷兹看起来惊慌失措。

"你怎么能这样，卡勒姆？"萝宾大喊。

"你们欠他的。"雷兹说，他的声音轻柔却又冷酷。

萝宾挣脱开来，往回一阵乱踢，踢中了雷兹裤裆附近的某个地方。"我们可没欠你。"

雷兹和卡勒姆一起伸手去抓萝宾，虽然不知道他们要干什么，但我想也没想就朝他们冲了过去，推着雷兹。

我听见萝宾在求我住手，卡勒姆在对我嚷着别管他们。我意识到他又喝醉了，或者也可能是吸了毒。我感觉有好几只手把我推来推去；感觉他们的指尖和我的指尖搭在一起，却又拉不住我；感觉顶层台阶上的地毯在我的足弓下面，猛然一滑，弄得我痒痒的；感觉身体突然一倒，胃里一阵恶心。

我在楼梯底下睁开眼睛，接着又闭上了。

我在救护车明亮的灯光下又一次睁开了眼睛。

我瞥见了萝宾的泪水，望见了她的怒火。同样的怒火也从我的身体里穿过，它燃烧得如此灼热，如此耀眼，让我失去了知觉。

"我还不该来医院呢。"我哑着嗓子说。大家只是打量着我，瞪大了眼睛，焦虑不安。还差几天才到约好看医生的日子。我的超声波扫描还没到时间呢。

"太早了——"我听见自己含糊的声音，话语拖长了声调，从一张感觉不像是长在我头上的嘴巴里缓缓地吐了出来。围在我床边的一大堆面孔只是点了点头，红着眼睛，把手放在我的手臂上。爸爸，希拉里，萝宾。

我想要坐起身来，却疼得非常厉害，弄得我又滑回到了被单和毯子下面，甚至比之前还要低。而萝宾忽然就压到了我身上，紧贴着我，纤细的手臂绕着我的脖子，嘴唇按在我的脸上，吻着我，把她的额头靠到了我的额头上。

"对不起，莎拉，对不起。"她的气息吹进我的嘴里。

爸爸把她拉开，小声地对她说："她现在太疼了，你得轻一点。"而我又一次试图坐起来，却又一次失败了。

我听见自己问道："那宝宝呢？"我都不知道自己的声音可以那么小。而希拉里的脑袋那最最轻微的晃动，连同萝宾那股愤怒的力量，像推土机一样撞进了我的身躯。

再过两天我就应该去做超声波扫描，就会用一种更加寻常的方式发现这个意料之外的宝宝是个女孩了。那时候我就会意识到自己能够多么地爱她了，尽管她是那样被创造出来的。可是事实上却是我滚落楼梯之后，才发现了这些。太快，也太晚。

她——她，我的天哪——活了十八个星期。他们管她叫作"流产儿"，把她装进了一个特殊的盒子里。可她是我的宝宝。曾经是。这是字典里最糟糕的一个字眼。

在我可以坐进轮椅里的时候，他们带着我去了教堂。在教堂里，我们大家都呆呆地注视着一个我从没见过的牧师念念有词，他念出来的话不是我选的，话里说的天堂我是不信的。随着那一字一句，属于从前那个女孩的一点一滴慢慢地从我的身体里流走了。而取代她的是，被家人用轮椅推回去的一具躯壳。他们小心翼翼地把这具躯壳放到医院的床上，和它吻别，关上了灯。而我躺在那儿，如今成了一具空壳的我，躺在那儿，拼命想弄清楚这些事情究竟是怎么发生的。

那天晚上卡勒姆和雷兹在楼梯边上，这个我记得。他们拿了希拉里的首饰，胡乱团在一起塞进口袋。她和德鲁在一起时戴的那些亮闪闪的金首饰，可能会值一点钱，但多半只不过是镀了金的便宜货。

后来萝宾告诉我，他们甚至都没把那些首饰拿走，只是把它们扔在楼梯平台上，就从家里逃了出去。

"他对我来说就是个死人，"她说，"他他妈的就是个死人。"

现在我回家了。瘀青和伤痕褪去了一些，腹部也没有泄露任何天机。除了萝宾之外，大家似乎要么如释重负，要么就无知无觉。这下爸爸可以忘记他的女儿曾经像这样让自己蒙羞了——在一场不太可能

发生的派对上，跟一个不存在的男孩子一起了。希拉里可以重新开始
对自己的儿子和他所选择的人生道路不闻不问了。而妈妈和德鲁则可
以继续生活在一无所知当中，不被打扰。

可是我呢？我永远也不会忘记，而萝宾永远也不会原谅。

一个小女孩。我的小女孩。被人夺走了。

萝宾

萝宾把愤怒压在心里。曾经，她是唯一一个真正感兴趣的人——
去摸莎拉的肚子，嘲笑她膨胀的胸围尺寸，给自己的外甥或者外甥女
编些像是"小豆子"之类的花名——如今，她则躲着自己的双胞胎姐
姐。在她们稍稍说上几句的时候，她就低头望着自己的鞋子。待在家
里的时候，她就锁上卧室的门，筑起一道声音的墙，把所有的人都挡
在外面。

虽然答应过希拉里不会这么做，但在一连三个晚上睡不着觉，感
觉自己就快要被犹豫不决给逼疯之后，萝宾还是报了警。

她把雷兹和卡勒姆的姓名报给了警察。她告诉警察这两个人在贩
卖毒品，至少雷兹会从商店里偷东西，说不定两个人都偷；她告诉警
察这两个人企图闯进家里盗窃；她告诉警察他们把她的姐姐从楼梯上
推了下去，还叫他们去核实医院的住院记录。

其他人谁也不愿意把警察牵扯进来。就连莎拉也不愿意，她只想

忘掉一切，用她自己的方式排遣愤怒和悲伤。

　　而现在，莎拉只得向两个穿着制服的警察做出一份生硬的陈述。上门的警察坐在沙发上，彬彬有礼地喝着茶。而萝宾则坐在莎拉的身旁，这是几周以来她们靠得最近的一次，莎拉几乎说不出话来。

　　男警官匆匆记下莎拉断断续续的陈述，而女警官则忧心忡忡地望着这对姐妹，萝宾捂着自己的肚子，就好像被挖空的是她的身体，就好像受害者是她自己一样。

　　警察在雷兹和卡勒姆出门的时候造访了那间公寓。他们两个的公寓，他们两个跟雷兹那个大家庭里的各色人等，还有一大群商店窃贼和贼眉鼠眼的毒贩子一起合住的公寓，就是发现各种不法行为的宝库。然而盗亦有道，谁也没有告诉警察该去哪里找雷兹或是卡勒姆。

　　警察肯定还没有查到他们的下落，因为卡勒姆和雷兹刚刚到马歇尔家里来了，他们停下汽车，轧坏了草地的边缘，轰隆隆的尾气大声宣告着他们的光临。

　　萝宾噔噔噔跑下楼梯，一把推开前门，父亲在她身后喊着让她等等。

　　"他妈的你们两个来这儿干什么？"她怒不可遏，大步走到卡勒姆和雷兹面前，吓得站在小草坪的两人向后退了一步。杰克和希拉里跟着萝宾来到屋外，希拉里看起来既瘦小又疲倦，开襟毛衣就像襁褓似的裹在她身上。

　　"你报警了，萝宾，"卡勒姆静静地说着，看了一眼雷兹，"你知道自己干了什么吗？"

　　"卡勒姆，别闹了，你不能待在这儿。"希拉里一边说，一边用手臂搂住了卡勒姆的腰，想要把他推回车上去。可卡勒姆只是绕过了她，不肯离开。

"你把家里害成这样，卡勒姆，你必须给我离开这儿。"杰克说着。这是若干年来萝宾第一次听见他用这么大的声音说话。你好几年前就应该像这样有勇气的，她透过脑中红色的迷雾自忖。

"求你了，杰克，别在这里说这些——"希拉里试着劝他。

"够了，希拉里！你别护着他！"杰克厉声答道，希拉里更消沉了。

萝宾站在草地上，光脚穿着短裤和 T 恤，什么话也说不出来。她没法抓住一条清晰的思路，思绪只是乱作一团，在她的脑袋里横冲直撞。她是那么地生气，那么地难过，感觉就像是整个身体都着了火，就这么在草地上燃烧着，胸膛一起一伏。

雷兹想把卡勒姆拖走，卡勒姆却把他也甩开了。"萝宾。"他开口道，话里并没有吵架的意思。他在杰克的怒视和萝宾的愤慨，还有希拉里的羞愧之下，越缩越小。

萝宾把视线从他身上移开，抬头望向莎拉的窗户，她能在窗前瞥见孪生姐姐的轮廓。大火烧得更旺了，她透过烈焰，死死盯住自己深爱的弟弟，仍旧一言不发。

"那天晚上的事情我真的很抱歉。"这会儿卡勒姆是在恳求了，新涌上来的泪水卡在了他的喉咙里，雷兹把一只手放到了他的肩上，"我说了我他妈的真的很抱歉，但你不用去报警啊，萝宾，你会把我们的生活给毁了的！"

"毁了你的生活，卡勒姆？你的生活？"萝宾嚷道，"你他妈的把我姐姐从楼梯上推下去了！"

雷兹摇着头，张开嘴巴想要争辩，但卡勒姆说："我已经说了我很抱歉。她没事，不是吗？她没事，她会活下去，到最后我们根本什么也没拿。"

"够了！"杰克又吼了一声，"你小子真是有胆量，做了这样的事情还跑到这儿来。让我女儿那么痛苦。"他想要强行把自己的继子从草地上赶走，推着他的后背，轮流拉着他的两只手臂，设法让他和雷兹回到他们来时开的那辆锈迹斑斑的旧车里。

"你把一切都拿走了！"萝宾尖叫着，开始狠狠地捶着卡勒姆的胸口，"她怀孕了，你们两个杀了她的宝宝！"

卡勒姆吸了一口夏日的空气，脚下一个趔趄。他低头注视着萝宾，胸口还在挨着她的拳头。

"她怀孕了？"

"怀过！"萝宾回答，从他身边走开，弓着身子不停地喘气。"怀过。"她又说了一遍。

"我——"卡勒姆没有说下去，望了一眼雷兹，他的脸色也一下子变得煞白。

"该死，"雷兹说，"听着，我也很抱歉——"

"你们两个他妈的都给我滚出这片草地，马上！"萝宾说，"你们的道歉对我们来说就是个屁。你们的道歉不会让那个小宝宝重新活过来，不会让莎拉重新好起来，也不会让我再爱你了。卡勒姆，我恨你，他妈的我从头顶到脚底都恨你！你现在就给我滚出这个家！"她的声音变了调，狂暴不已，比炸弹还要响。

卡勒姆注视着自己的母亲，她点了点头，面色铁青。雷兹向后退着，拉着卡勒姆的衣袖，于是他就默默地跟着。他们俩上了车，面面相觑地坐了一小会儿，然后缓缓地沿着马路开走了。

就在几个小时之前，萝宾还站在自家那块豆腐干大小的草坪上，穿着短裤，冲着自己的弟弟大喊大叫，希望自己喊出的话能把他给毁了。她想要毁了他，把变成现在这样的他彻底消灭。她想要碾碎自己对他的爱，把它磨成粉末，吹进风里。

她这样想过。然而随着时间一分一秒地艰难流逝，她冷静了一点，甚至还设法浅浅地、不太安稳地睡了一会儿，直到家里的电话那尖锐的铃声划破了宁静。

电话响到第三或是第四次的时候，希拉里就起来了，拿起听筒，接了电话。萝宾把枕头翻了过来，阴凉的一面朝上，把脸埋了进去。等等！电话可能是关于卡勒姆的，他可能喝醉，吸毒，陷入某种极端夸张的状态了。雷兹可能受够了他，不再试着把他那沉甸甸的、意大利面条似的细长四肢从人行道上拖走，拉到安全的地方。让他待在那儿。让他难受。

萝宾叹了口气，用力撑起身体，拖着脚步走进卫生间，用不该用的狠劲儿坐到了那只一直会坏的马桶座圈上，一边小便一边伸长了耳朵听着。她听见了"救护车"这个词语。洗胃？尽管以往卡勒姆也把自己弄得一团糟过，但是经过之前的那几个星期还有这次的吵架，或许他放纵过头了，嗑了太多的药，用了不该用的东西把药片给灌下去。她想要像几个小时之前那样说上一句"好极了"，可她做不到。

最近叫救护车的次数实在太多了。

住在厕所隔壁房间里的莎拉醒了。她翻身来到床沿的时候，床垫发出吱吱嘎嘎的声音，紧接着是两声沉重的闷响，她下了床。

萝宾擦干净，冲水。通常在夜里她是不会冲水的，但是大家都已经起来了，她能听见父亲和希拉里在楼下，互相说着话。伸手去拿肥皂的时候，她不小心把自来水溅到了自己身上。T恤湿漉漉的滴着水，她一边擦手一边骂着。

萝宾从厕所出来的时候，莎拉已经在楼梯平台上了。

"出什么事了？"萝宾问。莎拉正靠在楼梯上面，仔细听着。她转过身，抓住了萝宾的肩膀。

"我觉得我们应该到你的房间去。"莎拉说。

"为什么？他这会儿又干什么了？嗑了什么呀？"

萝宾并不想从姐姐的身边挤过去，尤其是在这排楼梯的顶上，可是前门已经开了，父亲和希拉里就要出门了。电话打来不过是一两分钟之前的事，而他们已经在往睡衣外面披外套了。

"爸爸！"萝宾喊了一声，但父亲没有理她，大门就要关上了。

"莎拉，让我过去。"

"你不该去的，别——"

"该死的让我过去。"萝宾一声怒吼。莎拉退到一旁，低着头，把手放到了肚子上。

萝宾大步冲下楼梯，在出门的路上一把抓过外套，赤脚追着汽车的尾灯。

一看见在车后追着跑的她，杰克和希拉里只能停下来让她上车了。没有时间停车争吵。扣好安全带的时候，车中那冰冷的沉默向萝宾袭来。意识到希拉里正用双手捂着脸，用力喘气，号啕大哭的时候，她觉得，自己因为尴尬而屏住的那一口气也就算不得什么了。

"快点儿，杰克。"希拉里恳求着。汽车猛地向前一冲，一个急转弯从家里开了出来，沿着马路飞驰，向通往雷丁的 A 字公路驶去。

"出什么事了？"萝宾小声地问。

"你不该来这儿的，萝宾！"希拉里嚷着，"你耽误了我们的时间。"

萝宾都记不得希拉里上次嚷嚷是什么时候了。父亲没有理她，全神贯注地开着车。车正沿着 A33 的外圈颠簸向前，时速超过了一百英里。足球场边那排乱七八糟的信号灯开始跳成了黄色，接着又是红色，然而除了飞快地向左瞥了一眼之外，杰克并没有减速。

车在那栋小公寓跟前停了下来，占了两个车位。希拉里和杰克解开安全带，猛地打开车门，朝大门口跑去。反复按着门铃的时候，杰克拉着希拉里的手，把它按在自己的胸前。萝宾下了车，跟在后面，双脚因为几分钟前沿着马路狂奔而酸痛不已，胸口还有一种难以形容的感觉。希拉里和父亲已经进了门。

她能听见呼喊，哭泣。雷兹从大门口跑了出来，一把将她推开，朝停车场跑去。他上了那辆破车，发动引擎，然后用双手捂住了眼睛。萝宾走进大楼，开始从公用楼梯往上爬的时候，她听到，雷兹开着车走远时，老旧发动机那独有的喘息声。

但她听到最多的还是希拉里的声音。她没有哭，她没有喊，她在尖叫——一种萝宾在这之前或是之后都没有听到过的声音。邻居们吱吱嘎嘎地打开了门，探出头来。萝宾深吸一口气，走上了通往顶层的最后一段楼梯。

房间的门敞开着。她只来过这里几次，每一次里面都塞满了人、笑声和烟雾。今晚，这个地方却寂静而又黑暗。

萝宾循着希拉里发出的声响踏进屋里。走进客厅的时候，她听见救护车在门外停下了。屋里的空气散发着男人的味道。汗水和旧衣服，啤酒和变质的食物。尽管卡勒姆已经有一段时间不再是那个整洁得体、挑剔讲究的卡勒姆了，却仍旧有一种气息盖过了这所有的一切——一股沐浴露的香气，还有娃娃脸的他其实并不需要的须后水的味道。

医护人员的靴子快步冲上楼梯，跑向公寓，从交头接耳的邻居们那低沉的嗡嗡声边经过。这时，萝宾走进了卧室里。起初，她并没有看见真正的事发现场。

相反，她看见衣服散落在地板上。一把只有三根弦的吉他靠在豁了口的窗框上。希拉里坐在没有整理过的床铺上，呆若木鸡，床单在她僵硬的右手心里皱成一团。忽然，她纤瘦的肩膀开始在外套和睡衣底下一上一下地抽动。她把皱褶的床单拉到面前，又一次捂着脸尖叫起来。

萝宾一动不动地站在那里，眯起眼睛，透过晃来晃去的灯泡发出的微弱光线，搜寻自己的父亲。她发觉他已经和那一大拨儿从衣橱里涌出来的衣服融为了一体。一开始，他看起来就像是要把另一拨儿衣服给挡住似的。然而并不是这样。

"哦天啊，不！"萝宾赶忙走了过去，赤着的脚在干掉的脏袜子和汗津津的 T 恤上不停地打滑。一切都太迟了。

她的父亲有半个身子在衣橱里。他正轻轻地摇晃着，费力地喘着粗气。他的双臂颤抖着，抱住卡勒姆的身体，把他的脑袋往上抬向衣橱那根高高的横档。

卡勒姆修长的手臂和腿脚吊在那里，双眼紧闭。脚趾在衣服堆里扭曲突兀，只是轻轻地擦着衣服的表面。他的身体从杰克手中滑落下来的时候，他那绝望的继父就用颤抖的双臂重新把他托上去，一次又一次……全部都是徒劳。

医护人员冲进屋里，接管了现场。杰克抗议道："我得举着他！"他用沙哑的声音说着，把自己死死地压在地面上。医生们轻柔而又坚定地把杰克的手从那具没有生气的重物上掰开，一边把他领到床上，一边把卡勒姆平放在随地乱扔的套头衫和被大麻烧得斑斑驳驳的牛仔裤上。医生们的这一连串动作非常娴熟，整齐划一，不知怎的，又无声中透露着优雅，宛如芭蕾。

杰克朝希拉里挪近了一点。在被迫让出卡勒姆之后，他注意到了自己的下一个任务。他赶紧搂住了他的伴侣，直到她完全消失在自己的怀里，两个人的身体一起颤抖着。

萝宾沉默着。她的膝盖打着哆嗦，感觉手心冰凉，却没有动。她动不了。就连医护人员从她身边挤过去，在地板上的衣服中间辟出一条小弯道的时候，她都没有动。

灯光很暗，但在急救人员解开绳子，对卡勒姆护理救治的时候——又一段没有结果的轻柔舞蹈——屋外仅有的一点光线挣脱了歪歪斜斜的百叶窗，匆匆涌了进来，勾勒出他的轮廓。

萝宾仍旧难以置信地盯着他那纤细匀称的身体。他只穿着一条平角短裤。颀长的四肢上盖着一层金色的汗毛，身材结实，而且还令人意外地强壮。几乎已经长成一个男人了。

从她所在的角度，刚好能瞥见他们俩身上都有的那个文身，那句《魔幻迷宫》里的台词，和她自己手臂上的一模一样："只不过是永远而已，根本一点也不长。"

这会是我最后一次见到他的肌肤，萝宾想着，迅速用手捂住嘴巴，免得让这个念头跑出来。即便是透过他的身形，透过他那渐渐显露出来的男人的轮廓，萝宾也还是能够看出他孩提时代的模样，能够一路沿着那条线索去想象他童年的容貌。那个时候，所有的这些都还没有发生。

而当希拉里冲进门里，意识到已经太迟了的时候，她眼前所见到的一定也是一个婴孩。她的人生，她这辈子所做的一切都再也回不来了。她的儿子再也回不来了。

"我们很遗憾，马歇尔太太。"一位女医生用一张沾了污渍的被套把卡勒姆从头到脚盖住之后说，"这件事情真的谁也无能为力。"

烟灰缸漫了出来，一瓶瓶丢开不喝的果汁堆在零星的旧家具上。房间里到处都是书，这是房间里最像卡勒姆的地方。这么说他死的时候身边摆满了书，好吧，这并没有什么意义，因为他还是死了。所有的这些都不够重要，而且无论说什么，无论做什么，也都无法改变这一点。

如今一切都冰冷而又缓慢。希拉里从杰克的怀里挣脱出来，用外套抹了抹眼睛和鼻子，然后战战兢兢地走到儿子躺着的地方。她跪到他的身旁，把被套往下拉，好露出他的脸。她抚摸着他的脸颊，拂去他眼皮上的发丝。她的肩膀颤抖着，又抹了一下眼睛，眼泪簌簌地往下流，她根本无力去接。

希拉里躺到儿子的身边，躺在盖满衣服、凹凸不平的地面上。他比她高了那么多，不知怎的，仿佛在死的时候被拉长了似的。

杰克身上的魔咒被打破了，他意识到萝宾从头到尾都站在那儿。

"哦，宝贝儿。"他开口道，而她则一个踉踉跄跄进了他的怀里，眼里涌出的泪珠似乎太渺小，太悲伤，于是她开始用拳头敲打自己的脑袋，但还是不够。

"他走了？"她没有问任何人。她知道。他们都知道。雷兹也知道，在他逃跑的时候就知道了，其他人也一样毫不怀疑。

"对不起，"杰克说着，话语哽在喉头，"今天晚上你不该在这儿的。"

"今天晚上他不该在这儿的。我应该在他身边支持他的，爸爸。很久以前就应该这么做的。妈的。"

杰克没有争辩，没有安慰，只是抱着她，直到她能重新自己站起来为止。

他们有手续要办，文件要签，电话要打。萝宾其实并没有在听那些穿着鲜艳制服的人说出来的平静的话。一个急救医生领着杰克走出房间走进客厅里的时候，萝宾去了厨房倒水喝，用水泼脸，独自一人抚慰自己的空虚。

她就是在那儿看见它的。那张字条。

那是房间里唯一干净的东西。到处都有没洗过的盘子、摇摇欲坠的碗碟和外卖托盘，成堆的烟灰落在漫出来的烟灰缸边上。字条写在画着横线的纸上，笔记本里的那种纸，他们曾经一起用来写歌的那种笔记本。字条放在一只杯子上，里面有半杯黑咖啡，还没有完全凉掉。那是他的杯子。他的嘴唇碰过的最后一件东西。萝宾把手指沿着杯口划过去，收集他的尘埃。

她迅速地读着文字，没有去碰那张纸。

她又读了一遍。又一遍。再一遍。视线从上到下，仓促地打转，又猛地回到上面。

现在，这张字条已经不可避免地被她牢记于心，就像被烙铁烙过的动物皮肉一样，刻进了她的身体。

字句缓缓向前移动的时候，她抓住它们，抓住它们的声迹。她想着他变成了一个什么样的人，而这到底又是谁的错。她想着希拉里躺在臭烘烘的衣服上面，旁边是自己唯一的孩子，她最后一次轻抚他的肌肤。她想着这张字条会让一切雪上加霜。

萝宾把字条提了起来，好像它有毒似的，小心地折好，悄悄地塞进了自己的口袋里。她带着它走进了卫生间，锁上门，坐到水渍斑斑的马桶上。那些字句仍旧在她的脑海里嘀嗒作响。

我真的很抱歉，他写道，用他那秀丽工整的字迹，弯曲的弧度恰到好处。

我不知道莎拉怀孕了，也永远不能原谅自己的行为。过去这几年我做了那么多错事，但这一次却没法回头了。我最怕的就是自己会变得像爸爸一样，而我对莎拉的所作所为，却比他做过的任何事情都要恶劣得多。

　　我爱你们大家，但我不配拥有你们的爱。不是雷兹的错，去偷那些东西的主意是我出的，推莎拉的人也一定是我。所以都是我的错，所有的一切都是我的错。我很抱歉。

　　永远终究还是太长了。我永远爱你们。

　　现在是凌晨三点。这会儿，他们已经回到了家里，萝宾把字条摊在自己面前的床上，希拉里正一边疯狂地用吸尘器吸着屋子里的每一个角落，一边哀号不止，萝宾的爸爸则在客厅里踱来踱去，躲着所有那些他不知道该怎么去帮的女人。

此时此刻

莎拉

就是这样，我们又回到了萝宾的门前。距离上次站在这里已经过去了几个小时。

我的双胞胎妹妹筋疲力尽，完全被拼命敲门，还有跟一个想要自杀的男人、一个她以为会打老婆的男人对抗给累垮了。真是太像萝宾会做出来的事情了。

一进门厅，我妹妹就弯下腰去，从门厅的地毯上捡起了一张卡片。她一边读，一边靠在了墙上，疲惫不堪，我则在身后咔嗒一声关上了门。

这就是一栋普通的家庭住宅。没什么特别的，没什么花哨的。房子结实、素净，有一点老派。没有一丝个性。

"该死，刚好错过了。"萝宾说着，终于开始沿着门厅往里走，"抱歉，"她又说了一句，"进来吧，我们喝杯茶什么的。"

我们走进厨房,她把水烧上,取下两只结实的浅色马克杯。厨房是最简单的木质装修,太平常了,看得我都觉得难过。

她把那张卡片沿着厨房的桌子朝我滑了过来。

"是我叫的一家安保公司。你敲门的时候,我还以为是他们。我……"她停住了,"我没能碰上他们。"

"哦。"我回答,然后不假思索地打开冰箱好拿点牛奶出来,结果却被惊得目瞪口呆:里面的每一件东西都装在特百惠的保鲜盒里,按照颜色分门别类。萝宾无疑是变了。实际上,跟积满污垢的外墙不同,整间房子都一尘不染。

"你干吗要找安保公司啊?"我轻轻地问,寻思着是不是有歌迷找她的麻烦,说不定有人在跟踪她。这好像有点夸张了。

她没有回答,只是一下子转过身来抱住我,差点儿把我给撞翻了。

"见到你太开心了。"萝宾说,她抬头直视我的眼睛,几个星期以来第一次有人这样看着我,"抱歉之前我没有来开门,我不知道是你。"她笑了,我不知道她在笑什么,但我们终于聚到了一起,我是那么地快活,所以我又抱了她一下。我们分开之后,她又笑了:"而且你还怀孕了!"

我微微一笑。"嗯,"第一次大声说了出来,"我怀孕了。第二个孩子。"

"你是说,你有一个孩子了?"她问道。

我的声音堵在了嗓子里:"对,对不起之前没有告诉你。我有一个女儿。"

"女儿,"她重复着,点点头,"这……这可真是太好了。你应该有个女儿的。我真为你高兴。天哪，这么说来我当阿姨了。"她欣喜万分，而我则心怀愧疚。因为你怎么能给一个根本不知道有你这个人存在的孩子当阿姨呢？

"对啊，你当阿姨了。维奥莉特快四岁了，看着她的时候我就会想起你。"真的。那种若有所思的眼神，那种矮小结实的力气。我从来没跟维奥莉特说过，那是当然的。从来没跟任何人说过。只是默默地暗自欢喜。

"几个月了？"她指着我的肚子。因为我比较瘦，所以肚子也更显一点。我不该这么瘦的，说不定，但我唯一常吃的就是早餐的吐司，偶尔再加几根巧克力棒。我一直忧心忡忡，觉得恶心，又神经紧张，根本吃不下东西，而且天晓得我的钱能维持多久。其实就快要到那个非告诉吉姆不可的时候了。我就想等到那个时候，让他来不及提出什么冲动的要求。我知道他觉得我们还没准备好。原本我已经没办法再瞒下去了。不过他倒是帮着我把问题给解决了。

萝宾一边猛灌茶水一边发问，她见到我这么高兴，让我心里七上八下的。她觉得这是一次愉快的见面。我几乎都能伸手摸到自己的内疚了。它就挂在我的脖子上。

肾上腺素倏地退去，萝宾一屁股坐到了沙发上，用两只手捧着杯子，第三杯茶已经差不多喝完了。她提问的速度变慢了，眼皮也耷拉了下来。她问了那么多有关维奥莉特的问题，都足够用黏土再捏出一个维奥莉特来了，而且她也是第一个问起我肚子里的孩子的人。

"男孩还是女孩？"

"现在还太早了，不过我觉得是男孩。"

这会儿她安静了几分钟。

"你住在这儿多久了？"我问。

"几年了。"

我想要问她为什么。为什么是曼彻斯特？为什么是乔尔顿？为什么是这间看起来跟她毫不相称的家庭住宅。但我只是说："这房子真不错。"

"你住在哪里？"她问。

"塞尔的一家旅店。大概——哦。"我笑自己的糊涂，"我刚才还想告诉你塞尔离这儿有多远呢，好像你不知道似的。"

萝宾笑了，仍旧低头望着自己的杯子。她的下巴离桌面越来越近，看起来就快睡着了。可现在甚至都还没到午饭时间呢。

"哎，"我开口，用在与妹妹重新团聚，被一头拉进一场自杀拯救行动几个小时之后，我所能拿出的最欢快、最振奋的口吻说道，"带我参观一下你住的城市怎么样？我其实都还没去哪儿看过，而现在可有你这个本地人当导游了。"

萝宾抬起头来："好啊，没问题，不过今天不行，我累坏了，改天行吗？"

"当然可以。"我对去曼彻斯特观光一点兴趣也没有，只是想把自己和她的生活黏在一起，努力制订计划，为自己赢得一些时间，把要说的话说出来，把要做的事都做完。

"你到这儿多久了？"她问。

"哦，没多久，就两三天。"我回答，努力把找她的辛苦说得轻描淡写。

她皱起了眉头:"两三天?"

"好吧,比这稍微久一点。"我说。她依旧打量着我,端详着我的脸,搜寻着细节。我又补充道:"我是说,我是几个星期之前到这儿的。"

"就几个星期吗?"她看上去非常怀疑。

"对啊,怎么了?"

"哦,其实没什么。只不过有个人一直拼命地想要找到我,非常拼命。刚才那会儿我还希望那个人会是你呢。这不重要。"

咚咚咚。屋前传来一阵急速的敲门声,把她吓了一跳。这是再正常不过的事情,因而我就等着萝宾说点什么或是起身走过去,但她只是瞪大了眼睛盯着我。

她轻轻地说:"我得到楼上去。"

"可是有人在敲门啊。"

"我得去桌子底下拿点东西。你就坐在那儿别动,好吗?"她压低身子离开了座椅,蹲下来,挪到了厨房的桌子底下。我不知道是该发笑还是该干什么。

咚咚咚。

"就待在这儿别动。"她低声说。

"是谁啊?"我问她,想搞明白这是不是一个非常高明的玩笑,只是我因为太累了所以没有理解,"那个就是处心积虑要抓你的人吗?"

咚咚咚咚咚咚,敲门声更响了。

"我不知道,"她把声音压得更低了,"就坚持一会儿,不要出声,好吗？"她似乎并不气恼，也没有笑意，反倒更像是焦虑。

"你在躲着什么人吗？"我问她，"你欠人钱了吗？"

"没有，没事。你只要'嘘'就好了。"

这太荒唐了。这整件事情都太荒唐了。我受不了了，一下站了起来，朝门厅走去。

萝宾急忙跟着我出来，急切地说："这样不安全，你现在这种情况不行。"

我不知道她在说什么，不过这是她的家，她说了算。我藏到她的后面，轻轻地推着她，一路向门口走去。

"得了吧，"我说着，想要鼓舞士气，"这也太可笑了。我们有两个人，再说了现在可是大白天呢！"

敲门声更急促了，萝宾慢慢地停了下来。

是谁啊？

我从背后捉住萝宾的手，把它放到了门锁上。她虽然哆嗦着，却还是用手握住了它。她拔掉门闩，转动耶尔锁，而我则伸手拉开了防盗链。

萝宾

"哦天哪。"莎拉倒抽一口冷气，爬回到台阶上，坐在楼梯中间，捂着自己的肚子用力地呼吸。

萝宾吸了一口气，挺直自己五英尺的个子，大声喝道："该死的你到我家里来干吗，雷兹？"

他注视着她。他稀疏花白的头发梳成一绺像蛇一样的小辫，深色的眼睛检视着她脸上的每一道皱纹。

前门随着萝宾颤抖的手而摇晃着，她捏着门板好让自己站稳，使劲喘着气。

雷兹也在费力地喘气，继续端详着她，把沉默像武器一般举在身前。他比萝宾印象中要高。萝宾已经在记忆里把他碾成了老鼠般大小。他在被告席上看起来比现在要小，像个孩子似的。倒不是说萝宾允许自己有任何近乎同情的想法。

"要我去对面的公寓把山姆找来吗？"莎拉在萝宾的脑袋后面问。

萝宾咯咯地笑着，又有了一点从前的样子。"去你的，莎拉，我才不要谁来救呢。喏，雷兹，"萝宾开口说道，她一边呼气一边吐字，强迫自己说出话来，"你已经试了几个星期想要打开这扇房门了，就为了像现在这样盯着我看吗？"

雷兹低头瞅瞅自己的脚，用力吸了一下鼻子，紧接着——动作快得就像狐狸一样——向前一步，贴近萝宾，死死地瞪着她的眼睛。

"我等这一天等得太他妈的久了，萝宾。"他说，即便带着愤怒，他的声音也比她记忆当中的更柔和，更像是卡勒姆的声音，但她制止了这个念头。

"哦是吗？"萝宾问道，她的指节一片苍白，颤抖不止。

"是啊，很长时间了。我有那么多话想跟你说，我在脑子里盘算了一遍又一遍，可如今我站在这里，看着你，却一点也想不起来了。"

"是吗，那你赶紧滚蛋，怎么样啊，雷兹？我们两个之间不管说什么都于事无补。你知道自己做过什么。我也知道自己做过什么。我他妈的问心无愧！"

雷兹的嘴里发出一阵短促的笑声。他呼出的气息非常难闻，是手卷香烟和廉价勾兑酒的味道。

"你当真觉得自己问心无愧？我一直在看着你，看着你过这种可怜的日子，萝宾·马歇尔。小矮子武士，了不起的摇滚明星，忠诚的妹妹，你就是个笑话，说不定就是因为这样我才说不出话来。因为我实在是很难对一个这么可悲的家伙发火。"

"我可悲？寄那堆匿名信的人就是你！"

"信？什么信？不知道你在说什么。"

萝宾不理他，继续嚷嚷："你还想闯进我家里来！却在闯进来之前被一个老头儿给吓跑了。你甚至都没法把自己挤进一扇开着的门里。所以没错，我是小矮子武士还有那些乱七八糟的，但就是这个小矮子武士把你给拦在了外面。"

"而且现在你是找到了我，站在我家的门口，可是那又怎么样呢，雷兹？你还来这儿干什么？想长篇大论教训我吗？来呀。"她把手往身后一挥，并不是真的想要让他进来的意思，而是打个比方，一种很常见的手势。雷兹却不管这些从她身边挤了过去，进了屋，同时一把抓起房门，几乎是把门给摔上了。

莎拉仍旧坐在台阶上，手盖在肚子上，膝盖蜷在胸前，把自己缩成一小团。雷兹在客厅门口探头张望了一圈，犹豫了一下，然后走了进去，坐到两只沙发中间比较小的那只上面。萝宾跟在他身后，坐到了大沙发上那个被她坐得凹了下去的地方。她的视线始终没有离开过雷兹，而是紧盯着他，就像盯着一条难以捉摸的蛇似的。莎拉最后也挪到了客厅的门口，想方设法小心翼翼地观察着雷兹。

"你让我一无所有了。"他终于开了口，打量着放在面前的双手。

萝宾笑了："你？你觉得你一无所有？"

他等着她说完，然后又说了一遍："你让我一无所有了。你造谣污蔑我。你明知没有人会相信我说的话还造谣污蔑我。你们这群人自以为跟我比起来，自己简直就是他妈的王公贵族，可是你们根本不了解我。"

"你觉得自己是无辜的？你真的不认为自己应该付出代价？"萝宾问道，她的眉毛扬得那么高，几乎快要消失在了那团乱糟糟的鬈发里。

"我从来没说自己是无辜的。我做了很多错事。在那件事情发生之前和之后，我都有一大堆话想收回。但是你栽到我头上的那些事情，我有一半都没做过。而且有一件事情你是大错特错了，我很爱那个孩子。"他顿了顿，喘了一口气，"我爱他。在他之前，我从没那样爱过任何一个人，在他之后也绝对没有。而你把他说成了天使，这样一来我变成了什么呢？变成了他妈的恶魔，老兄。"

萝宾的眼里噙满了泪水，但她气冲冲地抹掉了："别提他，你没资格。"

"为什么？因为卡勒姆的版权归你了吗？我也很爱他，而且他也爱我。其他人看我的样子都跟你现在一样，但他不是。以前我是没什么好的，但也勉强过得去。年纪轻轻，走投无路，我是偷过几样东西，做过几个冒险的决定。但我本来可以没事的。现在也可以过得好好的。我可以坐在这儿，像你们俩一样，不错的房子，有一点钱。有了案底就完全不可能了。"

萝宾想要说话，想要争辩，雷兹却摇了摇头，又继续说了下去。

"我十六岁的时候妈妈去世了，我只能辍学去照看几个弟弟，你知道吗？你知道？你他妈的当然不知道。我一直想做和动物有关的工作，这是我从孩提时就有的梦想。结果我只能去讨、去借、去偷，才能让他们吃上饭。表兄弟们帮了我的忙，跟我一块儿分担。我们熬过来了。我们活着，有饭吃。我的弟弟们或许不像你们这群人一样活得有滋有味，但也过得足够快乐。就在这个时候卡勒姆走进了我的世界，我肮脏龌龊的小世界，而他并不这么看。他懂。他理解我。而我也理解他。因为我也曾经孤独过。而他一直都很孤独。"

"他才不孤独呢，他有我。"萝宾激动地说着，一边擦着愤怒的泪水。

"他是那么地爱你，你这个蠢家伙，可他不能像对我一样对你敞开心扉，不能依赖你。你是个小姑娘，你喜欢的是那个和你一样爱好的他，喜欢的是那个有意思的他。你还记得你叫他去告诉他的爸爸他是同性恋吗？记得吗？要是你真的明白那个男人让他受了怎样的折磨，你就会让他离他远远的。"

"那我姐姐呢？就因为卡勒姆爱你，你就有权夺走她的宝宝了吗？你就有权杀死一个娇小脆弱的生命了？"

莎拉低下了头，泪水落到被她隆起的肚子撑起的衣服上。

"这个故事你说了那么多遍，说得自己都信以为真了，是不是？"

雷兹仔细端详着萝宾的脸，可她仍旧噘着嘴唇，眼睛里冒着火。

"她从楼梯上摔下去了，你是知道的。我没有推她。他没有推她。他觉得自己推了，因为他昏了头了，你跟他说什么他都信。你对他这么说的时候，就已经把那根绳子套到他的脖子上了。你心知肚明。所以你才会像这样躲起来，舔着伤口，像被困住的野兽一样对谁都嘶嘶乱叫。怎么了？罪恶感终于找上你了？"

"不是这样的。"萝宾轻轻地说。

"她是自己摔下来的，"雷兹说着，眼睛还是盯着萝宾，"我跟他说了一遍又一遍，说了整整一晚上，说不是他的错，可是你说的话就是真理。他接受不了。我出门去买点喝的，因为我也不知道还能怎么办。等我回来就已经来不及了。"

萝宾摇着头："不，不是的。"

"是的，萝宾，是的。他相信你身上最好的一面，相信自己身上最糟的一面。这件事情他应付不了，他太敏感了，太好了。没错，假如那天晚上我们没有站在那个楼梯平台上的话，所有的这些事情就一件也不会发生了。这一点我会一直后悔到进棺材的那天的。可是在我已经因为失去卡尔而一蹶不振的时候，你陷害我，把所有的责任都推到我身上。我没法反抗，反正我说话也不会有人听的，为什么要听呢？"

"不，"萝宾说道，语气柔和了一些，"事情不是这样的。"

"然后你们大家就都该干什么干什么去了。他不在了，我被关进了监狱。你说的那些事情，我有一半都没做过。这话我可不是随随便便说出来的，但是不管你喜不喜欢，是卡勒姆想拿那些东西的。是他问了他的妈妈他们什么时候会出门。他拿那些东西不是为了报复你们这群人，也不是为了报复他的妈妈，那些东西是他的爸爸买给他妈妈的，他是为了报复他的爸爸。可是你们这群人都好好的。你名利双收，啊？还有你……"他转过身来指着缩到一旁的莎拉，"唔，我知道你有你的问题，不过看起来你现在已经没事了。"

莎拉摇了摇头，仍旧弓着身子靠在墙边。

萝宾拼命喘着气，一动不动地瞪着雷兹，却一言不发。雷兹所说的经过和她所记得的不一样，一点也不一样。然而要相信他说的话，就意味着要去解开那一卷卷她不能冒险纠缠进去的绳索。于是她不屑地摇了摇头，站起身来，仿佛是要赶他走似的。雷兹留在了原地，她又坐了回去。

"不过你知道从前我最恨的人是谁吗？"

萝宾没有作声。

"你爸爸。"

"我爸爸什么也没做！"萝宾怒火中烧。

"哦他才不是什么都没做呢。你并不是每天都在法庭上。你说完自己要说的话就逃走了，并没有听见他都怎么说卡勒姆和我的。而卡勒姆的妈妈就站在一边看着，就像卡勒姆还小的时候，她坐在边上，眼睁睁看着德鲁把他的肉一块一块扯下来一样。哑的，从头到尾都是哑的。在法庭上——之前，之后——都是你们这些人一块儿把我送进了监狱。"

他顿了顿，揉了揉眼睛，清了清喉咙："能给我杯水喝吗？"

"不行。"萝宾说。

"以前我从来没坐过牢。你根本没法想象里面什么样。你觉得德鲁·格兰杰对同性恋有意见？你去女王陛下的监狱里当个同志试试看。我被送去医务室的次数比你们吃过的晚饭还多。"

"对于一个害怕进监狱的人来说，还这么多次处心积虑地要私闯民宅，好像也太他妈的蠢了。"萝宾恶声恶气地说。

雷兹没说什么，耸了耸肩："我又不打算干什么。"

萝宾笑了，但她的眼里没有笑意："胡说。"

"我真的不打算干什么。我就想看看自己有没有找对房子、找对人，想着我可以偷偷瞄上一眼，就这样而已，想着我可以硬冲进来，然后假如不是你的话，那，我不知道，我就会跑了；不过假如是你的话，那我们就总算可以把这桩我已经背了一辈子的事情给了结了。"

"嗯，是啊。"萝宾说。

"我越是敲门你又不应，我就越是觉得自己有可能是在浪费时间，觉得她可能给了我一个错的地址。"

"她？"萝宾看了看莎拉，又回头去看雷兹，"你说的她是谁？"

"卡勒姆的妈妈。"

"她为什么会把地址给你？"莎拉抬高音量问道，"她只跟我说了曼彻斯特，"她又加了一句，"说其余的她都不记得了。她为什么不告诉我？"

雷兹耸耸肩膀："我不清楚。我知道你在这里，我见过你的乐队排练。我说我想给你写信，把误会说清楚，她就直接把地址给我了——"

"听着，"萝宾打断了他，"你想要什么，雷兹？钱吗？我不像你想的那么有钱。"

"我不想要你的钱，钱对我能有什么好处？我根本就不在乎。现在我就在这里工作，在阿波罗剧院，真是个令人愉快的巧合，是不是？

"我赚的钱足够供我买烟，偶尔吃吃咖喱，我要的不多。需要钱的时候是那些孩子还小的时候，现在他们都长大了。我在里面的时候他们都学会了自力更生，所以不，我不想要你的臭钱。"

"那你想要什么？"莎拉问，她的声音又安静了下来。

"我想要听萝宾坦白真正发生的事情。我想要她承认卡勒姆并不完全是个圣人，而我也不完全是个罪人。我没想到会看见你，莎拉。"他的声音温和了一些，"但我真的没有把你推下楼梯，我绝对不会那么做的。我爸爸以前经常把我妈妈推来推去的。我永远不会对一个女人做出这种事，永远不会对任何人做出这种事。"

"我没撒谎，"萝宾说道，"我是说，不完全是，其实不是……"她渐渐停了下来，用力咽了咽口水，"也许我是做了点手脚，对你不公平，可是如果你站在我的立场上，难道不会做同样的事情吗？"

雷兹叹了口气，张开嘴巴想要说话。

"而且，"萝宾打断了他，"就算没有我，你最后也总会因为什么事情被抓进去的。你那间房子里全是赃物，我又没有栽赃你。"

"嗯，说不定会吧。不过我们永远也不知道有可能会发生什么，我唯一知道的就是已经发生的事情。所有依赖我的人都失去了我，而我则失去了唯一一个可以依赖的人。你知道那是什么感觉吗？"

"嗯，"萝宾轻声回答，"我知道这是什么感觉，可是莎拉，宝宝，为了她们我非这么做不可，应该有人为她们讨回公道。"

"萝宾，我从来都没想让你报警，"莎拉插话说，"我喜欢你想保护我，想要为我报仇——或者随便你愿意怎么说，但是我从来都不想要这些。"

"发生了这种事情你都崩溃了，根本不知道自己想要什么。"萝宾说着，转身望着自己的姐姐。

"你一定不能再像那样帮别人做决定了，萝宾。卡勒姆不希望你插手他和他爸爸之间的事情，可你在亚特兰大把话头挑了起来。我一点也不希望你去做这些，不希望你以我的名义去做。对不起，我知道你做了自认为正确的事情，可是卡勒姆很爱雷兹，显而易见，就连几乎没怎么见过他们在一起的我都看得出来。你也跟我说过他爱雷兹爱到把他写进了遗书里。"

"莎拉。"萝宾说道，用恳求的眼神望着姐姐。

"你说什么，莎拉？"雷兹问，"萝宾，她在说什么？"

"没什么。你已经把话都说清楚了，我知道了。我很抱歉，行了吧？"萝宾说。

"你刚才说什么，莎拉？"雷兹又问了一遍。

"那张字条，"莎拉说，"卡勒姆留下的字条，你见过吗？"

"他留了一张字条？那天晚上？"雷兹的眼睛瞪得大大的，难以置信地来回看着两姐妹，"上面写什么了？"

萝宾叹了口气，肩膀往下一沉，小声地说："好吧，在那儿等一下。"

在餐厅外面，她顿了顿。她已经好几个月没有打开这扇房门了，已经好几年没有碰过里面的东西了。她转动把手，强迫自己走了进去。房间那么明亮，让她很是惊讶，她径直走向那只自己要找的箱子——被其他人用笔写着"文件柜"的那只。那些往箱子里装东西、卸东西的搬家工人，根本不知道他们经手了怎样的伤痛。

那封遗书在下面三分之二的地方，和其他文件——过时的租赁合同、保修单——放在一起。她用手碰了一下，那张画着横线的纸就像用久了的棉布一样，破旧而又柔软。那天晚上她发现这封遗书，把它带回家时折出的痕迹还在。她不用看，那些字句已经像石头一样烙进了她的心里。

"给。"她一边慢慢地走回客厅，一边对雷兹说。

"这就是你们说的那件东西吗？"他问道，又一次用力地喘着气。

"对，"萝宾回答，"对不起，对不起，行了吧？"

他用指尖小心翼翼地打开，又惊讶地坐了回去，自言自语道："我好久没见过他的笔迹了。"

萝宾深吸一口气，望着莎拉，而雷兹则凝视着手中的那张纸片。

"他说这不是我的错，"雷兹说着，"可你……他说去偷那些东西的主意是他出的，但其实不是的。他一提起他妈妈的首饰，我就开始往歪处想了。我们总是身无分文，而那些首饰就那么闲置在那儿。我不知道最后是谁说的，反正不是他的主意就对了。"雷兹用右手抹着眼睛，用左手把那张纸拿得远远的。

"他说是他推的莎拉，"雷兹念着，疑惑不解地抬起头，"可他没有，谁也没有，她是自己摔下去的。"他转头问莎拉："你是摔下去的，不是吗？"

"我还是不知道。"莎拉回答，平静而又坚决。

"我可怜的卡尔，"雷兹说，"这张纸一直都在你手上？"

萝宾垂下了脑袋："嗯，或许现在应该交给你了。对不起，我只是想让他得到应有的对待。"

"你或许不会相信，萝宾，但这也是我唯一想做的。"

雷兹走了，像个婴儿似的把字条捧在怀里。在几个星期的期待和恐惧、几年的相互憎恨之后，此刻的感觉平静得不可思议。

萝宾知道自己心胸狭窄，知道自己把所有的责任都推到了雷兹身上。她知道这样不公平，但在当时她觉得很公道。她并不知道自己的父亲也做了同样的事情。

而她也相信雷兹。她相信他不会再回来了。她相信，他身上的愤怒和悲伤都已经在门前的那些疯狂举动和几次想要进屋的尝试里宣泄掉了。她相信每次他都以为她不在家，灰心丧气得失去了理智。

前门啪嗒一声重新回到门框的时候，姐妹俩无言地拥抱在一起。已经有太多的话被说了出来，她们没有精力去收拾整理了。于是她们便没再动。

1998 年

莎拉

除了萝宾，其他人谁也没有见过那封遗书。她不肯让我看，只是勉勉强强地跟我概括了一下内容，我并不相信她。没有人知道这封遗书的存在，希拉里不知道，爸爸不知道，警察也不知道。萝宾把它带在身边，上床睡觉的时候就把它攥在手里，每天晚上默默地哭泣。我透过门缝望了她一会儿，然后悄悄地走开了，自己悲痛得发不出声音来。

不管审讯会被安排在哪天，萝宾都打算出庭做证。她打算告诉那个由陌生人组成的陪审团，她这个没有血缘关系的弟弟是被雷兹给带坏的，他之所以几乎没有抵抗，是因为他父亲德鲁·格兰杰对他的暴行和排斥。

卡勒姆自杀之后的那天，德鲁和妈妈到家里来了。他们一言不发地坐在沙发沿上，对面是半昏迷状态的希拉里，有人给她吃了一点镇静剂，还有爸爸，他没有说话，依旧被惊得浑身发抖。

谁也不知道该说些什么，大家都觉得自己有责任。虽然应该负责的只是其中的几个人，但这样想是不行的。

萝宾不肯从房间里出来见他们，妈妈叫德鲁上车，自己上楼去跟我妹妹说话。我还以为她一眨眼的工夫就会出来呢，但她去了好一阵子。说不定萝宾实在是太需要人安慰了，而妈妈还不知道我的所爱所失，不知道我也需要慰藉，却不能到她那儿去找寻。她一定知道那天晚上在亚特兰大发生了什么，而她只是丢下我一个人去瞒天过海，全靠我自己来应付过去。假如她知道了结果，知道孩子没了，多半只会觉得如释重负。她外表看来还是一切如常。重要的不就是这个吗？

萝宾

大家各自用不同的方式把悲伤藏在心里。希拉里从别人给的镇静剂里清醒过来，像个幽灵一样拖着步子在家里走来走去。她会走进车库，坐在蜘蛛网和灰尘中间，靠在装满卡勒姆遗物的垃圾袋上。她没法打开那些口袋，也碰不得里面的东西。

她会在花园里待上好几个小时，没来由地在地里挖洞，挖完又重新填好。杰克只是在窗前望着她，给她泡了一杯又一杯的热茶。在她把铲子往草地里越推越深，头巾从发丝上滑落下来的时候，热茶都渐渐地冷掉了。

卡勒姆曾经碰过的每一件东西都成了工艺品。一支旧牙刷被裹进薄绵纸里保存起来。还有一袋他从来没有拿走的干净衣服。洗衣机已经洗掉了他留在上面的味道，希拉里会抱着这些衣服，用力嗅着，随后把他们扔得满屋子都是——因为上面除了洗衣粉的味道之外，什么也没有——接着她又赶紧把它们全都收拢起来，不停地跟它们咕哝着说对不起。

萝宾躲了起来，躲在一片寂静之中，因为如今这么多的音乐都成了禁区，到现在，她还没有找到一首不曾被卡勒姆染上色彩的曲子。无论她用哪种方式去想，卡勒姆都会从她的唱片收藏里冒出来。他带着她喜欢上的乐队，他们一起喜欢过的音乐，他们曾经争论过的唱片，他们学会的那些最初的和弦。这一切太过错综复杂，没法试着拆开，每一个音符都会打在她的心上，所以她没有冒险。她躺在床上，凝视着窗外，望着白云仿佛嬉戏的动物一般慢慢地打滚，望着从希斯罗往来的飞机在蓝色天幕上留下的痕迹。

睡觉的时候，萝宾会梦到卡勒姆。梦里有无比真实的色彩，丰富的质感，气味。梦境是如此地真实，不停地嘲笑着她，让她只想彻夜不眠。夜里，她躺在床上，手臂搭在卡勒姆留下的那把伊斯特曼民谣吉他上。这是她唯一忍心去看，能让她想起他来的东西。

她知道妈妈和德鲁会过来，知道在悲痛的时候，德鲁又会把他在现实生活中已然放弃的那份对于卡勒姆的所有权给要回去。她想把屋子封锁起来，不让他进门，然而她却只是继续躲着。

母亲轻轻敲响萝宾的房门，喊道："萝宾，是妈妈。"那个时候，她一心觉得自己会叫她走开。她的母亲又说："我能进来吗？"

"可以。"萝宾回答，惊讶得把话都卡在了喉咙里。

安吉拉走了进来，轻轻地坐在床上。萝宾没有看她，依然在原地坐着，靠在墙上，伸出的指尖刚好能掠过吉他琴弦。

"真的很遗憾，宝贝儿。"母亲说着，萝宾的脸皱成了一团，眼泪来得那么突然，她的面孔、双手和双臂都被这阵湿热给浸透了。

喷涌的泪水很快就过去了。萝宾用衣袖擦了擦鼻子和眼睛，抬起了头。她的双眼红肿充血。

"我不知道该怎么办，妈妈。"她说，紧接着，湿热的泪花又一阵阵地淌了下来，她小小的胸膛伴着这股力量不停地抽动着。再次仰起头来的时候，她看见泪珠从母亲的脸上滑落，她的热泪化成了怒火。

"这是他的错，你知道的，所有这一切。"

"谁的错？"母亲问道。

"你知道是谁。你丈夫。刚才我听见他在楼下，听见他在门厅里说的空话。他怎么还敢跑到这里来，表现得好像很难过似的。"

"他当然难过了！我们两个都很难过，我们所有人都是。天哪，萝宾，你怎么能这么说？"

"他恨卡勒姆。"

"他没有——"

"他恨他，恨他是个宽厚温柔又善良的人，恨他跟希拉里那么像，他恨卡尔——恨他……不是什么像他德鲁一样血气方刚、大男子主义、喜欢玩弄女人的人。而且我弟弟也很清楚。他知道他的爸爸是这样想的，这一点从他还是个孩子的时候就把他搞得一团糟。就算他在这里很快乐，被人接受，被人疼爱，他依然背负着德鲁对他的排斥和厌恶。"

"他或许不是最好的父亲——"安吉拉开口说。

"他是个烂透了的父亲！"

"他很传统，也没有耐心，没错。他第一次当爸爸的时候多半是当得很糟，可他依然是卡勒姆的爸爸，而且他也失去了他，就跟你们当中的任何一个人一样。说不定他更难过，因为他再也没有机会改正自己的错误了。"

"我也没有。"萝宾喃喃道。

"你这话是什么意思？"安吉拉压低了声音，想要伸出手来抚摸萝宾的头发，但萝宾慢慢地躲远了，"他知道你有多爱他，你们俩一直都亲密无间的啊。"

"没什么。"萝宾说，脸朝着自己的膝盖，并没有抬起头来。

"萝宾，别这样。"

"没什么，你出去吧。"

"萝宾。"安吉拉说着，她的声音仍旧柔和而又低沉。

"你选了德鲁，你选了德鲁，看看现在是什么下场。不过永远也别想让我同情他。"

"你给我听好了，小姑娘，"安吉拉的语气变得严厉起来，她一直紧盯着萝宾，直到她移开了视线，"你得往后退一步，因为你不知道自己的脾气会把你带到哪儿去。在其他人伤心的时候你也绝对需要谦卑恭敬。伤心难过不是你的私人财产，你明白吗？假如你不控制自己的话，将来是会后悔的。"

"你快出去吧，安吉拉。"

"拜托你不要做出什么鲁莽的事情。"她的母亲说着，语气又缓和了下来。

"从我的房间里滚出去。"

一直到雷兹被捕之后，一家人才搞清楚他的年纪。他二十三岁了。大家以为他和卡勒姆两个都是小孩子的时候就已经够糟的了，可是卡勒姆十七岁的时候他们就在一起了，那时候雷兹二十二岁。一个男人。一个骨瘦如柴、毫不成熟、贼眉鼠眼的男人，然而他依旧是个男人。而且他是支配这段关系的人，他们都这么认为，尽管他看起来是那么可怜。

萝宾压倒了那个男人。在雷兹的盗窃、持有违禁品和人身伤害案上出庭做证的时候，她目不转睛地死盯着他那张老鼠一般的面孔——因为他没有被控严重人身伤害而愤怒不已，而且拒绝躲在屏风后面做证。"他把我姐姐推了下去，还跟她说'去死吧'。他绝对是有意要伤害她的。"

跟卡勒姆死之前那份最初的证词相比，她的措辞变了。她说是愤怒模糊了自己的记忆，断言自己曾经听见卡勒姆试图阻止雷兹，声称是雷兹抢了首饰，一切都是雷兹起的头，而温柔的卡勒姆只是被他带着走。这是严重且蓄意的捏造。

莎拉并没有出庭做证。萝宾代她宣读了目击证人证词。她在法庭上咆哮着念完了，念到好几个词的时候都哽咽了。

这些全都不重要。警察在公寓里找到了足够的证据，再加上他卑微人生里那些乱七八糟的小罪名，足够把雷兹关上十八个月。

谁也没有就此觉得自己可以不用再负责任了。永远不断地向前延伸，而那些被抛到后面的人，早已散落在风中。

此时此刻

萝宾

"你这里面还有什么呀？"莎拉问道，好奇地站在餐厅门口四处窥探。

萝宾做了一次深呼吸，叹了口气，摇了摇头："连我都不知道。不完全知道。这些东西我从一间公寓拖到另一间公寓。样带、旧的笔记本、吉他、我的第一台功放。那台小小的帕克牌功放，你记得吗？"

莎拉摇了摇头："你肯定是在我去亚特兰大的时候买的。"萝宾努力不去理会那怨怼的口吻。

莎拉把门开得更大了一点，把手放到后腰上，探身进去。

"你还好吗？"萝宾问道，"是宝宝吗？"

莎拉笑了："我还感觉不到宝宝呢，我只是觉得浑身酸痛而已，有点累。"她有些犹豫地往里走了一点，挥手示意萝宾跟她一起进去。

"我不知道，"萝宾说，"其实，今天已经够乱的了，我觉得我没法再来应付这些了。抱歉。"

"嗯，那我们明天再看怎么样？一起？"

"也许吧，"萝宾回答，"不过你明天有什么安排，还有，你知道的，以后呢？"

"要回答这个问题可不容易。"莎拉说着，不安地把手挪到松松垮垮的上衣下面，那隆起的小肚子上。

萝宾等着她再多解释几句，却没有等到。

"你介意我上床去睡觉吗？"莎拉终于说道，急匆匆地从房里退了出来。萝宾连忙重新把大门紧紧地关上，免得有什么散落的回忆在她们身后猛地冲出来。

此时此刻

莎拉

在萝宾的坚持下，我们这么多年来第一次睡在了一个房间里，一头一尾。二十年的时光消散而去，我们又回到了去别人家里挤在一起过夜的日子。唯一缺少的便是卡勒姆。

萝宾那臭烘烘的小脚丫就在我的跟前，我们两个人的脑袋里都塞满了成千上万个疯狂的故事。我需要再来加上一个。之前她问过我有什么打算，而我了解我的妹妹，她会自己去把这个空给填上的。

于是我深吸一口气，把我和吉姆之间发生的事情告诉了她，把那张清单告诉了她。我一遍又一遍地对着她那双瞪大的眼睛说着我从来没有伤害过孩子；说吉姆误会了，误解了所有的一切，而我自己也不好；说这真是所有的坏事都赶到了一起。我告诉她我需要一个栖身的地方。

"要是吉姆太早知道这个孩子的事情，那我就一点希望也没有了。但假如他能在适当的时候知道，他的想法就会不一样了。他就会听我说的话，因为他不听也得听。可是他只能在木已成舟的时候知道，你明白吗？在我的月数已经很大，已经不能回头的时候，到那个时候他也就只能让我去见维奥莉特了。他不能让手足骨肉分离。天知道，我们不能让这种事情再发生了。说不定他甚至还会让我把她带到这儿来住，然后——"我放慢了语速，我不想言之过早。萝宾什么也没有说。

"我只是需要在设法得到维奥莉特之前，先把自己安顿好。你有钱。我知道，我知道，我这么说真叫人恶心，但是我情愿诚实一点直接问——"

萝宾撑在一只枕头上，抬起手来打断了我。她拉着她那深色的鬈发："你需要的钱都会有的，可是莎拉，这简直是糟透了。"

"我知道。"

"我是说，我只是不明白你想要我做什么。我们几年没说过话了，根本不知道对方的生活里发生了什么。你怎么会觉得这样能行得通呢？你说的究竟是什么意思？你是想住在这里吗？你是想让我给你写张支票吗？你是想让我劝你不要这么做吗？"

假如她不理解这些，又怎么能弄懂下一阶段的计划呢？

"我只是需要一点帮助，开始一种能让维奥莉特重新回来的新生活。我需要一点支持，而你是唯一一个真正支持过我的人——"我的声音沙哑了，"你比我坚定，比我顽强，一直以来都是这样。你知道我为什么会变成现在这样，你知道我永远不会去伤害一个孩子，永远不会去伤害任何人。我并不指望吉姆就这么相信我，可是只有我一个人的话，他根本都不可能听我把话说完。"

"所以你是想在问题解决之前住在我这里？"

"对，我是说，我很想这样。"我的心跳陡然加快。我的妹妹。我知道她会帮忙的。

"不是，我问的不是这个。"萝宾开了口，她慎重的语气让我不寒而栗，"我是说，你觉得最好的办法是，你在怀孕的时候躲在这里，然后冷不防地对吉姆说你有了他的孩子，还想设法拿到他觉得被你伤害了的那个女儿的抚养权？"

"你这么一说听起来好像很疯狂，可是……"我的笑容又消失了。

"这他妈的就是很疯狂，莎拉，就是那种会让孩子被人从身边带走的疯狂。你这样是拿不到抚养权的，不过我觉得你说的意思并不是用正常的手段。你一定很清楚我是不会去帮你抢女儿的吧。"

"好吧，那你会怎么做呢，萝宾？假如你是我的话你会怎么做呢？"

萝宾转身从床上下来，走过来坐到我这一头，抬起一只瘦长结实的手臂，搭在我的肩上。这种感觉很好。我的妹妹。我的孪生妹妹。

"我会做的事情多半更疯狂，"她说，"就因为这样我才没有在想自己会怎么做，而是在想你应该怎么做。你并没有伤害女儿，但是你对吉姆胡说八道的次数太多了，他觉得你疯了。而且你还怀着一个他并不知道的孩子，自己跑到曼彻斯特来见你这个同样疯癫的妹妹。我说，莎拉，这样胡扯是不行的。你需要停下来。你需要就这么停下来，说出真相。我们需要把所有事情的真相都说出来。"

萝宾在床上坐了起来，靠着墙壁，盘起了双腿。我们好像又回到了六岁的时候。她说："那好，我们就这么办。轮到我对你说实话了。"

萝宾告诉我她已经好几年没有离开过这间房子了，不是好几个月，是好几年。她也同样好几年没有和乐队一起录唱片了，甚至都没有见过乐队的人。她没有写歌，没有工作，每天就在家里数着步子一圈一圈地走来走去，或者是在健身房里举太多太多次的杠铃度日，要么就监视自己的邻居，一天比一天偏执，一天比一天疯狂。

她告诉我她之前不知道是谁，但那个雷兹来敲她的房门已经有好几个星期了。而且有一天晚上她醒过来，还听见一个上了年纪的邻居在雷兹企图破门而入的时候大喊大叫；她给送货员开门的时候，雷兹试过要推门进来；还有，最近雷兹甚至还爬到了她窗户外面的屋顶上，探头张望。她说，尽管发生了所有的这些事情，她还是没有去报警，因为她非常害怕警察会让她离开这间屋子，到警察局里去或者是最终到法庭上去。就因为这样，她才要让人来装全新的门锁和警报器，但是他们来的时候，我和她正在后面的那排公寓里，她错过了约好的时间。

"可是你确实很坚强啊，萝宾。你跟雷兹当面对峙，今天你敢于去面对他，就让情况变得好多了。"

"那只是因为你在这儿而已，自己一个人的话，我会崩溃的。"

"才不是呢。我只会紧紧贴着墙壁努力不让自己昏过去。你应付了整件事情，就像平常一样。"

她站到了雷兹的面前，是因为她坚决、强硬，还有点疯狂，就是我一直以来所认识的那个萝宾。可她似乎忘记了这一点。我问她现在想怎么办。

"嗯，我想见见维奥莉特。我也确实很想帮你解决所有的这些问题，可是我根本出不了自己的家门，除非是真正性命攸关的事情。大多数的晚上我甚至都不能睡在床上，一般我都会躺在床底下。所以我也需要有人来帮一把。跟你说这个可真是太尴尬了，莎拉。"

我问她为什么会变成这样，为什么会缩进这个离家那么远的小壳子里。她说她也不知道。可她根本没说自己就换了话题："我爱他，莎拉。但我因为发生在你身上的事情而恨他，然后我们大家还没来得及有机会重新开始，或者一起试着找到一种继续下去的办法，就失去了他。"

她还是会主动去避开那个名字——卡勒姆——自从他去世之后，她就一直这样。

"老实说，我觉得发生在你身上的事情都是他的错，发生在他自己身上的事情也是。然后我又怪雷兹让他堕落了，怪希拉里没有好好教训他，甚至还怪你让我从他身上分了心——"

我低头望着借来的睡衣底下，那块小小的凸起。

萝宾轻轻地捏了捏我的手，在昏暗的灯光里并没有看我。"我只是想坦诚一点。但最重要的是，莎拉，我怪我自己。我几乎就是亲手把那根绳子给绑了起来。好多年以前我就应该去救他的，那样他就不会需要一个像雷兹这样的人了。"她压低了声音，字斟句酌，比我所习惯的那个她要更谨慎一些。

"卡勒姆很孤独，又和别人不一样，对吗？可是我失去了孪生姐姐，我的另外一半，我也觉得不一样了。我和他在一起，就不那么孤独了。倒不是说我不想你，可是有他在就会好一点，而且我们也很合得来。而且你知道最糟糕的是什么吗？我觉得是因为他有了男朋友，我很嫉妒，我们就是从那个时候开始疏远的。"

"雷兹？"

"不是，不是雷兹，是约翰。那个在雷兹之前、伤透了他的心的一个同校男孩。约翰是他第一个像模像样的男朋友，卡勒姆被他迷得神魂颠倒。约翰的父母和学校的老师把他们俩分开的时候，我想我是没有发现这件事情在他心里留下了一个怎样的缺口，因为我太兴奋了，他又是我一个人的了。

"可是在那之后他就再也不是从前的他了，莎拉。"她把肺里所有的气都吐了出来，重重地侧躺下来，"所以事情就是这样。我本来可以阻止所有这一切的，假如我是一个更好的朋友、更好的姐姐的话，可是我没有。而假如我救了他，那么接下来发生在你身上的事情也就都不会发生了，因为他就不会和那个笨蛋一起在那儿偷他妈妈的东西了。还有，你知道吗，说不定雷兹甚至都不算是个笨蛋。说不定卡——"她咽了一下口水，"说不定卡勒姆是个笨蛋。"

我不知道该说什么。有好几年，妹妹一整年的生活，我只能从明信片上的只言片语知道一些。我从来没有告诉过她，我在亚特兰大的生活表面之下的汹涌暗潮，而她也从来没有告诉过我，伯克郡里究竟在发生些什么。很多的信上都只是空话。

萝宾对我说她现在也一直会收到来信，在这个家里；说她一直很难应付任何意料之外的事情；说她虽然会把没有拆封的账单归档整理，想也不想就把垃圾邮件扔进回收箱里，但那些白得刺眼的信件一直在纠缠着她。她还以为它们或许会和那些敲门声有关系。"不过假如真是这样的话，雷兹就会承认了，对吗？不管怎样，邮戳是南方的，而他说他现在住在这儿了。"

"南方的？"

"嗯，听起来很荒唐，"她又说，"但就是因为它们这么平常，我才坐立不安。有人把我的地址打在了一张纯白的信封上，贴了正儿八经的邮票，不是办公室里用的那种盖上邮资已付戳记的机器。就好像是有一个人在一封接一封地寄着这些信似的。就是……很怪异。吓到我了。"

很多事情都会把人吓到的，我本来想说。而她从来都是那么地勇敢。童年时代我们看完《大白鲨》之后，我只能跟爸爸妈妈一起睡觉，她却让学校里的男孩子们在游泳池里玩鲨鱼游戏，直到后来村议会把游泳池给关了，因为里面漏水，而且满是污泥。

"去把信拿来，"我说，"我来帮你拆，我们一起应付。"我希望能有个机会为她坚强一次。这能有多难？就是拆几封信而已。不过就像在孩子的卧室里拉开衣柜的大门看看里面有没有鬼一样，就在柜门打开之前的那个瞬间，成年人的心脏也还是会跳得快那么一些的。

萝宾缓缓地下了床，拖着沉重的脚步走下楼去，来到那间被她用作书房的空余卧室里。回来的时候，她带着一小沓整齐的信件。我仔细地打开最顶上的那封，麻利地拿手指当小刀用。我把信抽了出来，就着昏暗的光线迅速浏览了一遍。信看起来很正式。来信警告萝宾说，有人可能会对她造成危害。上面说这个人若干年前袭击了另外一名家庭成员，已经接受过治疗，并按照要求必须登记自己的下落，而这个人已经不再这么做了。

信里说让她保持冷静，但也要提高警惕，如果有任何问题就打电话。还说他们希望她确认已经收到了这封信，还有其他的那几封。

"就是一封订阅时尚杂志的广告而已。"我说，为了她而坚强着，"真奇怪他们怎么还会费心思把它装进信封里。"

"真的吗？"她问我，却并没有伸手来拿信，而我趁着她还没想到伸手拿信，连忙把所有的信都放到了地上。

"嗯，"我说着，从床上跳了下来，"我去上个厕所。"

她笑了，仰起头来笑了。走出房门的时候，我回头瞥了一眼，看见妹妹向后倒在床上，深深地、长长地呼出了一口气。她看起来就跟我们小的时候一模一样，一个邋里邋遢的小东西做着大人的动作。我不露声色地把那沓信带了出来，走下楼梯，进了厨房，在一只挂钩上面找到了钥匙，像个撬保险箱的窃贼一样慢慢地打开了后门，赤着脚踩到了屋外。地上布满沙砾，非常凉爽，在那间闷人的房子里待过之后，这可真是一种解脱。我轻手轻脚地打开那只带轮子的大垃圾桶的盖子，把那些信能塞多深就塞多深，随后啪的一声把垃圾桶盖上，迅速锁好厨房的门，冲上楼去了厕所，接着又回到了床上。

"你没事吧？"萝宾说，"我好像听到了开门的声音。"

"嗯，"我回答，努力让声音和气息保持平稳，"我就是想呼吸点新鲜空气，喝杯水而已。"

"门锁好了吗？"她问得轻松，但我知道她并不轻松。

"锁好了，别担心。你真的一点都不用担心，萝宾，我保证。"

一阵停顿。"我真是安心多了。"萝宾终于说。

"那就好，"我说着，有几分得意，"而且我真的很感激你让我住在这儿。如果你确定没问题的话，明天早上我去把剩下的东西拿过来？"

她重新坐了起来，伸出手来拉住了我的手："当然没问题。你是我姐姐。"

我们手拉着手睡了下去。在我意识变得渐渐模糊，就要进入几个星期以来最为深沉的梦乡的时候，我容许自己想着：或许我和我妹妹，还有维奥莉特，我们三个说不定可以好好的，即便我们已经经历了这么多。

萝宾

这会儿莎拉睡熟了，她平稳的呼吸把萝宾带回到童年时代的无数个夜晚，她们为这样或那样的原因挤在同一个房间里。但萝宾的如释重负被各种疑问取而代之。躺在床上而不是床下仍然不是一件容易的事。莎拉的手绕在萝宾的手指上，她把手指一根一根地从莎拉的手里滑了出来。莎拉咕哝了一声，翻过身去侧躺着。

萝宾注视着天花板，努力想把今天所发生的一切理出个头绪来。所有的这些轨迹，在同一天，在她的生命里迎面相遇。亨利。雷兹。莎拉。

然而事情并没有解决，并没有真正地解决。亨利走了，去和他的母亲同住，但愿能够顺利。雷兹又缩回了正常的大小，他的愤怒冲刷殆尽，但是悲伤和脆弱尽现，而这些正是她一直挣扎着想要摆脱的感情。可是莎拉，她可怜的姐姐，那个永远努力去做对的事、做好孩子的姐姐，所有的这些谎言把她的生活撕扯得支离破碎。这是她应该拥有的生活。这是她应该重新找回来的生活。

谎言所造成的伤害已经够多的了。把那些谎言留在原地，跑来躲在这里，对莎拉而言并没有好处。不管是对她们之中的哪一个，都只有真相才能带来一些希望。

萝宾不打算睡觉了，她轻轻地踏上了楼梯。她把莎拉的手机捏在手里，用屏幕的亮光给自己指路，蹑手蹑脚地走进了客厅，打开电灯，站在相对安全的门口细细察看着房间。一切都跟她离开的时候一模一样：整洁、干净、温暖。她轻轻地关上了门，走过去坐在那只小一点的沙发上。

这部手机里只有屈指可数的几个号码，准确地说是四个。一家咖喱餐厅，某个叫作康奈尔小屋的地方，吉姆的母亲和吉姆。

吉姆的是一个手机号码。虽然时间已经不早了，但这件事情很重要。明天的太阳或许会把萝宾的决心给吓跑的，而她的这份决心还要归功于姐姐。

她按下呼叫按钮。一阵可怕的停顿，随后铃声吱吱嘎嘎地响了，响了八声。就在萝宾准备要挂断的时候，一个男人的声音传了过来，萝宾悬着的心放下了一半。

"喂？"他听起来睡意蒙眬，不过萝宾并没有因为把他吵醒而道歉。这个电话事关更加重要的真相。说出来就行了。

"你好，吉姆，"她吐出一口气，"你并不认识我，我是莎拉的妹妹。打电话来是因为我有一些事情需要解释清楚，是关于我姐姐的。"萝宾听见电话那头的呼吸加快了。

"她并不是出于恶意才对你撒谎的，吉姆。她并没有做你所认为的那些事情。她爱维奥莉特胜过了一切，但她也在掩饰许多有关于她的——有关于我们两个的——过去的遭遇，结果才让自己陷入了困境。"

吉姆有很长一段时间什么话也没说。终于他问道："你叫什么名字？"

"我叫萝宾，萝宾·马歇尔，我是莎拉的妹妹。现在她和我在一起，在曼彻斯特，因为她没有其他的地方可去，非常害怕，也不想把情况弄得更糟。"肾上腺素开始让萝宾说个不停,可她只能继续下去,否则就会丧失勇气,挂掉电话的。

吉姆仍旧一言不发。

"不过我向你保证,你对她的印象都是错误的,她绝对不会去伤害孩子的。拜托你,吉姆,拜托你给她一个机会解释所有的一切。她很想你,很想维奥莉特,她想要把一切都处理好,而且我跟你保证,用我的性命发誓,她值得一次解释的机会。"

一阵长长的沉默。

"莎拉,"他说,"你是莎拉的妹妹?"

"对。"

"她告诉我说她没有家人。"

"她有她的理由,但并不是你可能会想到的那些理由。"

"我不在乎。我得要能够相信她才行。她是在照看对于我们而言,对于我而言最最重要的人,可她用了最卑劣的手段撒谎,做了最卑鄙的事情。"

"不,"萝宾说道,意识到自己正在让一切雪上加霜,"不,她绝对不会做任何伤害别人的事情,这全都是一场可怕的误会。她还是很爱你——"

"她不应该爱我的!"他说着,声音比之前更响了,"她只应该好好地、小心地照顾维奥莉特。"

萝宾没法控制自己,昔日的怒火再度燃起:"用这种态度对待你的太太,你也太不近人情了,难道她不应该同样拥有一份充满爱意的感情吗?"

"我的太太去世了，"吉姆说道，声音哽咽，"莎拉是我们的保姆。"

萝宾沉默了，心脏在胸中怦怦乱跳。吉姆所说的话她只听到了一点，但她正在努力把它们分出个条理来。她做不到，因为这根本就说不通。

"我是说，伊莱恩去世之后，莎拉曾经是帮了大忙，维奥莉特也很喜欢她，可是她做了那么多出格的事情，就算是在……"他越说越轻，最后完全停了下来。

莎拉不是维奥莉特的母亲。她不是吉姆的妻子。她并不是在不顾一切地寻求帮助，要赢回自己的家庭。事实上，萝宾并不知道她的姐姐究竟是什么，是谁。一股冷风从上到下掠过萝宾的双腿。她已经好几年没有见过姐姐了，但她从没想过要去怀疑姐姐所说的任何一句话。楼上的那个女人究竟是谁？

"你还在吗？"吉姆的声音有些厌烦，有些疑惑。

"嗯，"萝宾猛吸一口气，"我只是……这件事情我是第一次听说，我不是很明白。这么说你真的没有和我姐姐结婚？"

"没有，绝对没有，她是我们的住家保姆。"

"只是你的保姆。"萝宾重复了一遍，试着让自己适应这个词语。

"听着，一开始她很不错，可是她对维奥莉特实在是喜欢得过头了，行为举止也越来越古怪。我继续用她，是因为想要稳定一点，也是因为，老实说，我也有一些自己的问题需要处理，可是后来她越过了底线。不止一条底线，很多。对我来说女儿才是最重要的。"

"那维奥莉特？她是你的女儿，但不是——"

"她是我的女儿。莎拉绝对不是她的妈妈。不管她喜欢跟别人怎么说，结果大家都会发现的。"

"那你的太太，她……"萝宾感到自己的脸颊红了，没法把这句话大声说出来。

"我的太太去世了。"他说。

萝宾没有说话，吉姆也没有说话。

"我们只能把莎拉辞掉，"他终于开了口，"是我让这一切变得不可收拾的，而付出代价的则是维奥莉特。我父母想让我当场就报警，可是要让维奥莉特经历那些事情，我受不了。被人问话，上法庭。天啊，这可不行。那个小姑娘受的罪已经够多的了。"

萝宾还以为有人正在背后盯着她看，但是转过身去的时候，一个人也没有，起居室的门仍旧关着。

跟吉姆道了歉，把电话挂上之后，萝宾打开房门，跨进了过道，在楼梯底下仔细听着，然而到处都静悄悄的。她走进厨房，轻轻地开了一瓶冰箱里的啤酒，然后靠在餐具柜上。

她一边小口地喝着，一边在脑中回忆莎拉的叙述，努力想要去相信她。可是吉姆的话语把那些叙述推到一旁，并取而代之。他没有理由对她说假话，尤其没有理由对她编出一个如此离奇的故事。但是莎拉有。假如她想让萝宾帮她留下这个不为人知的孩子，甚至是设法把维奥莉特抢走，或者天晓得是去干些什么的话，需要她说什么她都会说的。萝宾望着后门。

为什么莎拉说要上厕所，却下楼进了厨房，开了后门呢？

萝宾又走到楼梯底下听了听，什么也没听见。她套上运动鞋，回到光线暗淡的厨房里。她把莎拉手机上的亮光当成手电，在后门上摸索着，尽可能轻声地打开了门。为了能走到屋外去，她告诉自己说今

340

天是收垃圾的日子。有的时候，她是能够在夜色的掩护之下，把垃圾给拿出去的。那么她现在也是可以的。

收垃圾。那些信。

用颤抖的双腿走到门外的时候，她的心脏在胸腔里跳得更厉害了。垃圾桶离得并不远，可是花园上方的天空死一般地巨大而又阴沉。

她悄悄翻开盖子，用屏幕的亮光往里面照着。垃圾箱里有两只系得整整齐齐的黑色垃圾袋，它们上周就已经在了。在其中一只垃圾袋的边上，有个白色的东西被绿色的荧光照亮了。那东西真的非常白，几乎都反光了。萝宾抬头扫了一眼那些对她视而不见的公寓大楼，探身把它拿了出来。

她盖上垃圾箱，几乎是从厨房的门里跳进了屋里，又迅速把门锁上。她把那封信从打开的信封里抽了出来，感觉它们比放成一摞的那几个月还更像一颗嘀嗒作响的定时炸弹。

她读了起来。

一位家庭成员遭到了莎拉·格兰杰——也就是她姐姐——的袭击。信上说莎拉应该始终保持联系，登记自己的行踪。现在她失踪了。此时此刻在萝宾家楼上的那个女人可能会对其他家庭成员造成危害。信上提供了一个可以拨打的电话号码，不过现在她打不了这个电话，得等到明天早晨才行。

萝宾知道莎拉在永远离开桦树梢之前是有过一些问题，这一点在和希拉里打过的那些生硬的电话里可以找到一些端倪，但是萝宾好几个月，甚至好几年都没有在意。可是暴力？莎拉从来都不是一个暴力的人，从来不会对任何人造成危害。容易被人害，更像是。

萝宾不知道莎拉今天来到这里之后，对她所说过的话里，有没有一句是真的。她想要逃离这一切的冲动非常强烈，可是手上只拿着一部不属于自己的手机，在这间房子里也没有哪个比这里安全多少的地方可去。

要搞清楚今天晚上所发生的事情，她唯一的希望便是尽力填补脑中的空白，努力弄懂自己要应付的究竟是什么样的状况。她只能想到这么多。萝宾拨了那个这么多年之后仍旧刻在她脑海里的号码。现在已经很晚了，但是她会接的。她那一辈的人，总是会接深夜响起的电话的。

对面咔嗒一声响："喂？"

萝宾的喉咙又酸又疼，她已经有两年多没像今天这样说过这么多的话了。她用沙哑的声音吐出了那个名字。

"希拉里？"

一阵停顿："对，请问有什么事吗？"

萝宾清了清嗓子，可声音没比一阵耳语高出多少："我是萝宾。抱歉这么晚打电话来。"

"萝宾！"希拉里的声音从没这么细过，"亲爱的！你还好吗？出什么事了？"

"希拉里。"萝宾又说了一遍，感觉眼泪忽然流到了脸颊上。有那么一会儿，她只是不停地抽泣。她已经很久没有发出过这种声音了，而她的继母则一如既往，专心地听着，耐心地等着。

"对不起。"萝宾慌忙说。

"嘘——嘘——出什么问题了？"

"莎拉在这儿，希拉里，今天她就这么过来了，我不知道该怎么办。"

"莎拉在哪儿？跟你在一起，在曼彻斯特？"

"对，今天早上她突然就出现了——"

"哦，萝宾，"希拉里顿了顿，"这是我的错。我想要打消她的念头的，跟她说你在曼彻斯特，但是没有给她你的地址。她肯定是自己找到的，我很抱歉。"

"但我想见姐姐啊，只不过……还不只是这样——"

"你一个人跟她在一起吗？"

"对，怎么啦？"

"只要小心一点就行了，给她一点行动的空间，好吗？她有点儿变了，自从，嗯，你上次见她是什么时候？"

"爸爸的葬礼。"萝宾小声说。

"唔。"希拉里说着，停了下来，一提到杰克她就总会这样。几秒钟的时间嘀嘀嗒嗒地过去了。"唔，从那时候起到她离开桦树梢的那段时间，你知道她遇到了一点困难，不是吗？而她也非常努力地想把那些东西抛到脑后，所以对她温柔一点就行了。我们不希望她重蹈覆辙。并且我也不希望……"又有几秒钟嘀嘀嗒嗒地溜走了，"你只要稍微注意一下，明白吗？她有时候会有一点变化无常。"

"她伤害你了吗？"

"我？没有，从来没有，你为什么会这么想？"

"我收到一封信，说莎拉伤害了一个家庭成员，应该登记自己的行踪还是什么的。她伤害谁了？她惹上警察了吗？"

嘀嗒，嘀嗒，嘀嗒。"没有。"希拉里终于开了口，尽力把这个词语说得又长又细。"不完全是。有一点。她碰到了一点危机，对于发生过的许多事情都没有办法真正地去应付，也许是一些我们甚至都不知道她曾经暗示过的事情，而且她……我觉得应该说是她失控了。不过她得到了治疗，也好多了。"

"你为什么不告诉我？"

"哦，"希拉里说，"我们不想让你担心。而且你和莎拉也已经有一阵子没有走得很近了，我们直接控制住病情，让她接受治疗似乎更好一些。"

"'我们'是谁？"

又是死一般的沉默。"我和你妈妈。"

"她袭击谁了？"

"萝宾，你可能还是得给你妈妈打个电话，她会帮你的。"

"她什么时候帮过我？"

这些话萝宾一点都听不懂。萝宾跟希拉里道别，答应明天会再打电话过去，把最新情况告诉她。之后，她还没来得及多想，就拨出了号码。她很惊讶自己居然还记得这个号码，离她的上一个电话已经过了很多很多年。

电话响了很久，久到萝宾都有时间心慌意乱了。她不想往这个家里打电话。不想听见任何一个可能会接起电话的声音。终于，一个女人用不安的语气说道："喂？"

"安吉拉？"

"对。你是——"

她清了清嗓子："啊，我是萝宾。"

"哦，萝宾，"一阵停顿，"听到你的声音我真高兴，一切都好吗？"

我们已经七年没见过面了。你说一切都好吗？

"有些事情我需要知道。"

"好啊。"她的母亲听起来有些谨慎，但并不惊讶。

"莎拉袭击德鲁了吗？是因为他对我们家所造成的伤害才袭击他的吗？而你和希拉里没有告诉我是吗？"

一阵停顿。它被萝宾用愤怒的念头填满了。

"没有，萝宾，"安吉拉终于答道，"没有，她没有袭击他。"

萝宾站在地上晃了一下，用一只手揉着太阳穴："别对我撒谎，安吉拉。我知道她伤害了家里的一个人，我也知道你和希拉里把这件事给'应付'过去了。有人给我寄了一封信。所以到底是谁？"

安吉拉深呼吸了一下："你爸爸去世之后过了几年，莎拉说要过来跟我们一起住。"

"真的？为什么？"

安吉拉没有理会这个问题："我很意外，不过显然也很高兴。德鲁不太愿意，但我把他给顶了回去。让他决定我的孩子什么时候可以过来看我的次数已经太多了。"她留出了一段间隙，但萝宾不肯把它填上。"不管怎么样，她过来了，我们吃了顿饭。她要在这儿过夜，我们又喝了几杯酒，所以大家都很早就上床去睡了。等我反应过来的时候……"安吉拉顿了顿，"你真的想听这些吗？这件事到现在已经过了好几年了。"

"对，"萝宾坚决地说，"而且我当时就应该从你们这儿听说的。"

安吉拉深吸一口气："好吧。嗯，我们一定是睡了大概一个小时，我醒过来的时候，莎拉压在我身上，正在打我。她完全疯了，就像头野兽似的。我从来没有这么害怕过。她开始用手抓我的眼睛——"

"什么？"

"要是德鲁没有回到屋里来的话，我觉得她会要了我的命的。他之前去上厕所了。"

"真是个大英雄。"萝宾愤愤地说。

"根本不是。"安吉拉回答。

这些话萝宾一点也想不通，不过她和吉姆的对话也一样。

"她想伤害他就跟她想伤害我一样，说不定还更厉害。假如躺在床上的人是德鲁的话，她十有八九会把他给杀了的。"

"为什么？"萝宾问道，努力保持着冷冰冰的语调。

"因为她以为我知道德鲁做了些什么，萝宾。但我对你发誓，我不知道。她不相信我，你多半也不会，但我真不知道。"安吉拉又做了一次深呼吸。

他会做什么呢？他做了什么？

"一直到她被逮捕又释放，去跟希拉里住在一起之后，我才有机会见到她。德鲁求着我别去。这一点也说不通。他在央求我。他本应该火冒三丈的，但他怕得要命。所以我去了从前的家里，跟莎拉还有希拉里坐在一起，你姐姐把所有的事情都告诉了我们。"安吉拉的声音变了，开始支吾起来。

"你说的是什么意思？"萝宾问道，问得比预想中更大声，"所有的什么事情？"

"他勾引了她——这是她用的词，是我的话会用另外一个——他是怎么——"她的声音沙哑了，"他是怎么让她怀孕的。"这个词卡在了安吉拉的嗓子里。

"那是他的孩子?"萝宾倒吸一口气,十八年来的疑问终于以最坏的方式解开了。

"我可怜的女儿,"她母亲说道,"她看着我的样子,就好像我是疯了才会那么问她似的,就好像我早就已经全都知道了似的。我真的不知道。真是太让我恶心了。当然了,经历过德鲁对她和卡勒姆所做的所有那些事情之后,希拉里并不是那么意外。"

萝宾皱起了眉头。她从来都避免去提卡勒姆的名字,而今天这个名字却被毫无顾忌地甩了出来。每一次提起都让她心痛不已。

"我从来没有觉得那么内疚,或是那么生气过。不过莎拉还是不相信我。"安吉拉又说。

"然而你还是和他住在一起?"萝宾轻轻地说,对母亲的评价前所未有地低。

"天哪!你是这么看我的吗?当天晚上我就把德鲁赶走了。我把他赶了出去,恳求莎拉把在亚特兰大发生的事情告诉警察,可是她不肯。她说那时候她才十八岁,他让她心烦意乱,满脑子胡思乱想,她不想再去经历一次。这是她的决定。最后我只好放弃了,她还要我发誓不会把这件事情说出去。"

"那在这之后莎拉怎么样了?你想必没有因为这次袭击起诉她吧?"

"我想让他们撤诉。我和希拉里都求了他们。可是我已经给了一份证词,在我对这些事情还一无所知的时候。他们说我不能把它撤回来,已经记录在案了。他们说假如案件上了法庭,莎拉就能得到治疗。这样对她会是最有利的。我保证，萝宾，我保证我不知道当时发生了什么。莎拉不相信我，我也明白她为什么不信，但我确实不知情。我是绝对不会让那种事情发生在自己孩子的身上的。"

"那现在德鲁在哪儿呢？"萝宾并不准备只凭一个电话就相信她的母亲。

"我不知道，也不在乎。最近一次听说的时候，他是在苏格兰，在各种工作，多半也是各种天真的女人中间换来换去。自从那天晚上把他赶走之后，我就再也没见过他了。"

"这可算不上是对他那些所作所为的报应。"

"你想让我说什么呢，萝宾？这又不是童话故事。在他看来，只要没有赞不绝口的名声、花里胡哨的职称头衔和身材骨感的老婆，就相当于失败。我一点也不怀疑他觉得自己的人生已经完了。"

萝宾摇了摇头，什么也没有说。

"听我说，最重要的是莎拉，"安吉拉接着说，"就算她仍旧觉得我是她的敌人，我和希拉里还是得保证她有人照顾，能好起来，后来希拉里帮她在其他地方找了一份工作——一个新开始。而且她现在也还在那儿呢，在给萨里的一家人当保姆。"

"不，她不在了。她在这里，和我在一起，而且我真搞不懂为什么这件事情你一点也不告诉我。我不应该在这会儿，在姐姐在楼上睡觉的时候才知道这些。"萝宾气愤地小声说道。

"就算我告诉你又会有什么两样呢？你本来就已经恨我了。再者，要说也应该是莎拉自己说。"

萝宾一言不发。母亲说得没错。

2013 年

莎拉

她完美无瑕，维奥莉特——我一直梦寐以求的小女婴。自从有记忆以来，我就一直知道自己想要孩子。两个孩子，先要一个女孩，再要一个男孩。

吉姆，雇用我的那个人，相当地客气，可是这会儿他被其他的事情分了心，一连几天甚至都没有来亲亲女儿那小小的额头。我总是在亲她，把她裹进怀里。不能只是因为他那个去世的太太没法胜任母亲的职责，就让维奥莉特受罪。我知道吉姆会重新露面的，他是个好爸爸。不过此时此刻，她完全是我一个人的。我的责任，我的快乐。

刚刚搬来这里的时候，我每个星期都给希拉里打一次电话报备。我得跟好几个人联系报备。我告诉他们自己在一家会计公司工作，输入各种信件。我没有跟他们提起维奥莉特。母亲说做这份工作并不是一个太好的主意。但希拉里知道我很擅长这个，她是对的。

我是说，我当然也不总是第一次就能做对。我中途也犯了一些错误，可是随着日子一天天过去，我的自信心变得越来越强，和维奥莉特之间的感情也越来越深。而她现在最需要的就是这个——有一个爱她胜过世界上其他所有一切的人。这样的工作我可以做上一辈子。

此时此刻

萝宾

萝宾又开了一瓶啤酒，把冰凉的瓶身放到头上，帮助自己理清头绪。今天发生的事情太多了，太多的惊慌错愕，让她没法想出个所以然来。她竖起耳朵在过道里听着——什么动静也没有。莎拉睡得很沉。孕妇会很疲劳吧，萝宾推测。萝宾也很疲倦，然而有几个问题在她的脑子里被揉成了一团，她必须先找到答案，然后才能决定下一步要做什么。

萝宾打开莎拉电话上最近的通话记录，按下了吉姆的名字，电话只响了三声。

"又怎么了？"吉姆接起电话的时候说。

"对不起，"萝宾开口道，"可是还有一件事情，我真的需要知道，之后我保证不会再打搅你了。"

"说吧。"他回答，听起来心力交瘁。

萝宾做了一次深呼吸："吉姆，你太太是怎么去世的？"

"这跟你没有关系。我根本不认识你。"

"我知道，但是拜托了，这很重要。"萝宾喃喃地说。她几乎能听见他在思考，斟酌着要不要在深夜的电话里，把内心隐藏的痛苦跟一个陌生人分享。

他吸了一口气，静静地说："她一个人和维奥莉特在一起的时候，从楼梯上摔下来了。当时维奥莉特才几个月大，在婴儿床里睡着了。我不愿提起这件事情，原因是明摆着的。"

"我很抱歉。"萝宾说着，一阵阴冷的静默落到她的肩头。

"说这种话没有用，"他答道，"我要挂了，只要让你的姐姐离我的家人远一点，我就不会报警的。"

"我会的，我保证，但我只需要再知道一件事，你跟莎拉上床了吗？"萝宾问。吉姆没有回应，甚至都没有愤怒地回应，这就足够说明问题了。萝宾开口说："是几个月以前，说不定更久一点，是吗？"

"哦见鬼。"

"见鬼就对了。"

"就那么一次。我们喝多了，没能控制住自己。可是就只有那么一次，为这个错误我已经一再道歉了。"

"一次就够了。"

"你在说什么？你的意思是说她怀孕了？"

"嗯，是啊，你以为我说的是什么意思？"

"说我让情况雪上加霜。确实如此。"吉姆顿了顿，"不过她是不可能怀孕的。"

"为什么？"

"因为我不会再有孩子了。"

"怎么会？"萝宾还没来得及阻止自己就脱口而出，"我是说，抱歉，可是你确定吗？百分之百确定？"

"对，我确定极了。我一直是想要两个孩子的，可是对我来说再生一个已经不可能了。维奥莉特也是费了好大的劲才怀上的。"

"莎拉知道吗？"

"当然不知道，她为什么会知道？我才不会把那么隐私的事情告诉自己的保姆。她当真宣称自己怀上了我的孩子？"

"没错，"萝宾说，"她就是这么说的。"

"好吧，我不管她跟你说过什么，这在生理上是不可能的。所以假如她怀孕了，那也跟我不相干。"

萝宾用手捋着头发，拽着那些卷卷的发丝，把前额贴在墙上。倘若孩子的爸爸不是吉姆，那又是谁呢？还有多少人藏着跟姐姐有关的秘密？莎拉自己还藏着多少秘密？

"你现在打算怎么办？"吉姆问她。萝宾不确定他是纯粹地好奇，是发自内心地忧虑，还是想让她保证有人会做点什么来让莎拉离他们一家人远远的。

"老实说，我不知道。但她需要帮助，尤其是假如她还有一个还没出世的孩子的话。而且我真的不相信她会去伤害一个孩子。"

"你尽管相信好了，不过要是她当真再靠近维奥莉特的话——"

"我懂，我很抱歉。"

萝宾挂上电话，转身靠在水槽上，往脸上泼水。

在她们分开的这段时间里，萝宾还一直以为自己才是那个掉进最大深渊里的人。她的姐姐，她可怜的、饱受摧残的姐姐躺在楼上，还有一个天晓得是谁的孩子在她的身体里生长。但那是一个她靠着一些帮助，就可以真正生下来，抚养长大的孩子。一个让她终于有机会去悉心爱护的孩子。萝宾甚至都不确定姐姐究竟知不知道自己在撒谎了，这就是问题所在。还有那个混蛋德鲁·格兰杰，那个让人恶心的变态。整件事情比她过去意识到的要严重得多。

萝宾放下啤酒，轻手轻脚地溜进门厅，脱下了运动鞋。她开始往楼上走去。光线很暗，现在已经过了午夜。她只能爬到另外一张床的底下，试着睡上一觉，让自己把这件事情想清楚。她走到二楼的楼梯平台上，手里依旧握着莎拉的手机。双脚摸索着踏上那张宽大的地毯的时候，她在身后感觉到了莎拉的气息。

"你给吉姆打电话了。"她说。

莎拉

我站在暗处，妹妹的头只到我的肩膀。我这个爱管闲事的妹妹。

"我是来找你帮我的。"我说。

"我是在想办法帮你啊，"她说着，平常那种咄咄逼人的气势完全不见了，"我在努力让你的处境变好一点。"

"你把一切都弄得更糟了，就跟以往一模一样。我都不知道自己为什么会觉得你能帮上我的忙。"

我没法完全把她看清楚，光线很暗，我也不知道电灯的开关在哪儿。我一站在楼梯顶上就会觉得焦虑，这样的情况持续好多年了，而黑暗之中的陌生楼梯对我来说几乎就是最糟糕的地方。我觉得恶心反胃。

"莎拉，"萝宾的声音又细又哑，就像我今天早晨来这儿的时候一样，"你怀孕了，需要冷静下来，不要站在楼梯顶上，我很担心。"

"啊没错，"我情不自禁尖刻地说，"我都忘了得要靠怀孕才能引起你的注意。"

"这么说不公平，之前我就很关心你的……"她顿了顿，"怀孕之前和怀孕之后都很关心。我只是不知道该怎么处理那件事情，那时候我才十八岁。"

我从楼梯顶上往后退了一步，说："那时候我也才十八岁，萝宾，而我失去了一切，包括你。"她伸出手来，我摸索着她的指尖，开始在黑暗之中辨出她的模样。

"你为什么要撒谎，莎拉？"萝宾问。

"我们都会撒谎的，萝宾。所有的人都会撒谎。我想得到我应得的东西，被人从我身边偷走的东西。我想拥有成为母亲的机会。我不会为了这个道歉的。"

"那你有没有伤害那个小女孩，莎拉？"

怒火一下子蹿进我的体内。她竟然问出这种问题？我爱维奥莉特。从我把几周大的她抱在手里的那一刻起，我就爱上了她。我爱她，日日夜夜地照看着她，而那个女人却在那里游手好闲，说着自己有多累，有多惨。白天和夜里都是我给她喂奶，给她所需要的一切。而那个我本该出门去参加一场一直都不敢去的网上相亲见面会的晚上，伊莱恩却求着我不要走。吉姆正在处理工作上的事情，而那个女人则缠着我不放，苦苦哀求。维奥莉特正在她的婴儿睡篮里酣睡，在我摇着篮子让她睡着之后，轻轻地抽着鼻子。

伊莱恩扳住我的肩膀，直视着我的眼睛说："我做不到，这是个错误，我不是做母亲的料，求你了。"

这不是我的错，我并不是故意要让这件事情发生的。但在它发生的时候，在她失足落下去的时候，我突然感觉到了一种平静。这个机会自己出现了，一个契机，让我用自己一直想要的方式，去支持守护我的新家。

"我是绝对不会伤害维奥莉特的，"我对萝宾说，"我爱她，像那样去爱一个人是什么感觉，你是不可能理解的。"

"可是她的爸爸觉得你伤害了她。"

"吉姆什么也不知道。他是个一无所知、懦弱无能的家伙。"

"他知道他不想让你靠近维奥莉特。"

"他不能不让我见她！"我喊道。这是我这么长时间以来第一次大喊大叫，嗓子裹着句子不断地拉长。我越喊越响。一团新鲜涌起的怒火让我有些摇晃。

"到楼下来吧，"萝宾用的那种语气就跟在哄一只受了惊的动物一样，"我们到楼下谈，我只想让你和宝宝安全一点。"

"不！"我说。我不想谈这件事。我不想把这件事情敞开了说。我想要维奥莉特，想要一个男宝宝，想要那些我一直以来就应该拥有的东西，那些其他人从我身边夺走的东西。"不！"我又说了一次，伸出手去推萝宾，可她已经开始朝楼下的门厅走了。

她打开楼梯底下的灯，我看见她抬头望着我，又紧张地去看身后的大门。她被困住了，她自己也知道。她不会从大门口走出去，除非遇上性命攸关的事情，这个她之前就已经告诉过我了。我不希望让她面对生死关头。可这是一种什么样的人生啊？她是一个隐士，一个独自幽居的人，住在这栋为一个家庭所建造的房子里。假如她不在这儿了，又有谁会知道呢？假如一个拖家带口的人搬了进来，又有谁会知道呢？维奥莉特和我，我们在这里可以开开心心的。我本来以为我们可以和萝宾一起开开心心地生活，以为她可以帮助我把女儿弄到手，我可以找到我的儿子，给他们一份共同的生活，但我错了。虽然萝宾满嘴叛逆的话，但她是那个最会告密的人。

"你为什么要袭击妈妈？"萝宾问道，抬头望着我。她还以为我并没有注意到她正在角落的暗影里穿自己的运动鞋呢。我把一切都看在眼里。就像妈妈一样。

"你觉得是为什么？"我说道。真的吗？我真的还得解释这个吗？

"因为你觉得是她让你经历了这一切。"

"我觉得她全都看见了。她眼睁睁地看着他打量我的样子，他是怎么安排这整件事情的。她说她不知道，但我还是不知道要不要相信她。他对她做过的同一件事情，也在我的身上做了。她怎么可能会没看见？在那之后只有希拉里真正在我身边支持我：她找人给我治疗，跑来看我。我出来的时候过来接我，帮我在萨里开始了新生活。她帮我找到了当保姆的工作。"

"你想把妈妈的眼睛给挖出来。"萝宾说。这是极大的夸张，不过我能从她皱起面孔的样子看出来，我在那天晚上，还有在那之前所有那些年里的感受，她是永远不会明白的。

"我来这儿不是要谈这个的，这些都已经过去了。我来这儿是要你帮我把维奥莉特夺回来的。"

"你得把维奥莉特给忘了，"萝宾柔声说，"把注意力集中到那个属于你的孩子身上。我能理解你为什么会在维奥莉特的事情上撒谎，我懂。你还在因为自己失去的那个孩子而难过，我也理解你为什么对她产生了感情，但是你自己的孩子就要出世了。我可以帮你照顾这个宝宝，我还是可以帮你的。"

她的声音里有一种央求的哀号声。以前我从没听见萝宾示弱过。然而她不明白。她一点也不明白。她不明白这个怀孕的念头之所以会存在，只是为了能让吉姆把我接回去，为了能让一切成为定局，为了能让他允许我重新回到家里，让他相信，对于维奥莉特而言，对于我们所有人而言，最好的结果就是让我成为维奥莉特的母亲——就像过去三年里我一直在做的那样。她不明白为了重新回去，我无论要做什么都无所谓，任何谎言，任何欺骗，任何事情都值得。

我开始踩着楼梯往下走，小心翼翼，但现在怀孕的事情已经成为历史了。我提起睡衣和背心，拉开胶带，把假肚子扔到了地上。如今这个计划已经破产了。我需要一个新的计划。

"你压根儿没有怀孕？"萝宾问道，但我没有理她，"你到底出什么事了，莎拉？"

我没有回答。

此时此刻

莎拉

萝宾太在意我假装怀孕的这件事了，她把所有的事情都看成单独的部分，却没有去看全局。我攥紧了拳头。根本没法让她理解，而我不能让沮丧干扰自己的思路。我需要一个新的计划。我必须为了维奥莉特把一切都准备好，必须让她回到我的身边，找个地方让我们住在一起。我本来是要住在这里的，然而萝宾是不会帮我的，这一点已经很清楚了。

我需要快点想，想出一个新计划来，但萝宾不肯闭嘴，让我很难思考。

"搞什么鬼，莎拉？你自从到这儿以后就一直在对我撒谎，为什么不跟我说实话？"萝宾问道，"我本来是可以帮你的，现在我却在纳闷儿你还有什么事情瞒着我，你到底想要我怎么样？"

她正在沿着门厅向后退，往厨房里走。

"你？你只有等到卡勒姆不在身边，需要一个目标的时候才想要帮我。你从来都不想要我，从来都不想要你姐姐回来。我想念了你那么久，你却就这么找了一个替代的人。"

"抱歉，"她说，"但这根本不是事实。"

"如今你又背着我捣鬼，"我说，"不过还来得及，你还是能帮上我的。"

"怎么帮？"她问道，那种从前没有过的紧张仍旧悄悄出现在她的话里。这会儿我们进了厨房。她伸手去拿插在后门上的钥匙，我则伸手去拿放在一旁的厨刀。我不想伤害她，只是需要在我思考新计划，把事情都理顺的时候，保证她能待在这儿。我从来没想过要伤害任何人，可是我一无所有。我本来以为自己还有个妹妹，但她只会碍我的事。我喃喃地念着："我不想伤害你，我不想伤害你，我不想伤害你。"

她看了看厨刀，看了看我。她不明白我只是需要时间思考。

"萝宾，求你了，我再最后问你一遍：你要不要帮我把维奥莉特抢回来？我需要想一个计划出来，你会帮我吗？"

我把刀放在摊开的手掌上，把手抬起来，向她证明自己并没有恶意，可她不停地摇着头。

"不，莎拉，你袭击了妈妈，又在非常严肃的事情上撒了谎。你不需要把维奥莉特夺回来的计划，你需要帮助。"

萝宾说话的时候，我这才注意到她正在拨弄着后门。现在她已经打开了门，正跌跌撞撞地往门外退。不！我需要时间想出计划来，这一切全都乱套了。我追着她冲了出去。

萝宾

萝宾一头扎进户外冰冷的空气中，然后被自己的运动鞋绊倒了。姐姐比她高大，但萝宾更有力、更顽强。在一堆混乱纠缠的四肢中间，她设法重新推着自己站了起来，迅速地跑开了。

有人正在用力地喘着气。姐妹俩过了一会儿才发觉，这声音正是她们两个人一起发出来的。

"求你了！"莎拉嘴上说着，手里却握着厨刀乱挥一气。萝宾低头一躲，顺着花园往前跑。

萝宾难得做梦，然而在梦里，她会猛地推开房门，飞身跑出屋外，像镰刀一般划开空气，又轻又快，而不是被钉在地上，笨重不堪。从那些梦里醒过来的时候，她都大汗淋漓，恶心不已。不过这会儿她终于有了快的感觉。她能听见姐姐的脚步声在自己的身后，听到她在鹅卵石上摇摇晃晃地跑着。莎拉赤着脚，但几乎就要跟上她了。她被孤注一掷的力量推动着前进。

萝宾竭尽全力飞快地冲进黑暗的小巷里，砰的一声径直撞上了什么都东西。什么人。

"不！"她喊道，不过这个人绕到她的身旁，抓住了莎拉的手臂。人影移到灯下，萝宾这才看清那是对面公寓里的山姆。他把莎拉按到墙上，萝宾把刀从莎拉的手里打落下来，踢到了暗处。

"该死！"山姆说，"出什么事了？"

萝宾和莎拉都没有说话，后排公寓的大门被推开了。孔雀太太探出头来，手里握着手电筒。

"叫警察来。"山姆说，他的声音有些颤抖，好像只是说出来试试的。老太太重新消失在了花园里。

莎拉之前还软弱无力地靠在墙上，这会儿却扭来扭去，大哭大闹起来。萝宾朝她冲过去，抓住了她的另一只手臂。月光把她的脸庞照亮的时候，莎拉脸上的绝望和惊恐一览无余。

"谢谢你。"萝宾对山姆说，他看起来甚至比今天早晨更害怕了。

"到底出什么事了？她不是怀孕了吗？"

"没有。"萝宾脸色阴沉地说。

莎拉扑通一声跪了下来，抽泣不止，伤心地咕哝着需要一个计划、需要人帮忙之类的话。萝宾和山姆仍旧牢牢地按着她，他们一直按着，在一个筋疲力尽的人身边绷着肌肉，神经紧张，直到警察终于来了。三名警官沿着这条不允许车辆进入的小巷全速奔来，斜停在巷口的警车照亮了他们的身影。

"你会没事的，莎拉，"姐姐被戴上手铐的时候，萝宾说道，"这是为了你好。我保证，你会没事的。"

"我们家的人保证的事情什么时候兑现过了？"莎拉说着，赤着脚，被人沿着鹅卵石小路给拖走了。

2017 年

我领着姐姐穿过两扇大门，走进玫瑰园，来到外面的停车场里。她惶恐不安，并不习惯室外的环境。风刮到我们的脸上，让她吓了一跳。她已经好多个月没有离开过这个地方了，不过现在终于是时候了。她已经尽她所能地做好了准备。剩下的事情就看我们的了。

我和她一同坐进汽车的后座。前排的两个女人紧张地瞥了我们一眼，却什么也没有说。

"你对她说过我们要去哪儿了吗？"她们问道。

"说了，"我回答，"我把新房子的事情告诉她了，她很兴奋，不是吗？"

"嗯。"她微笑着，有点不自在。

我吃不准她是不是真的兴奋。我觉得倒更像是一种屈服让步、顺从安排的感觉。不过眼下这就足够了。

发动机转了起来，我们轰隆隆地开上车道，驶出了大门。树木和篱笆开始越来越快地从身边划过，变成一道道模糊的条纹的时候，我看着她把细细的手指伸进了牛仔裤里，下巴紧绷。

她有能帮助她过渡的药片和工具。她有支持鼓励，还有一个安全的地方正在等着她。不过这个地方是全新的，而她依旧人地生疏。外面的世界对她而言是那么地广大，就像对从前的我一样。

"你跟莎拉说过那张新唱片吗？"希拉里开口，打破了沉默。

"没有。"我回答，有点尴尬，低头打量着自己的牛仔裤，揪掉了上面的一小点什么东西。油漆吧，我想是，在新家的厨房里沾上的。自从拿到钥匙开始，我们就一直紧赶慢赶地好把一切都按时准备好。

"你应该感到自豪。"母亲说着，放慢车速，打着转向灯，拐进了新家门前的马路。她的声音依然不太连贯，流露出她在我们身边有多紧张不安，多想把每件事情都处理好。

"萝宾要发行唱片了。"希拉里靠到后面，试着对上莎拉的眼睛。

"你又跟乐队在一起了？"莎拉问道，视线从车窗上移开了片刻，注视着我，"这样真好。"她淡淡地笑了。

"不是和乐队一起，"我说，"这次的唱片……不太一样。我之后再告诉你。"

我们在屋子外面停了下来，一栋家庭住宅，它在离桦树梢几英里远的梅普斯顿村。我们三个人从车上下来之后，莎拉在车里面待了一会儿。我能看见她的胸膛一起一伏，看见她环顾四周，把每一件全新的事物收进眼里。

当她从车里走出来的时候，希拉里和母亲把脑袋凑在一起说着话。我能听见她们欣赏着门前的花园，开玩笑说着爸爸会如何评价那些灌木的高矮。她们同时笑了起来，微微低下了头。我寻思着只有她们两个人在的时候究竟会是怎样一番情景。这么多年，这么多错，这么多说出口的话语，这么多失去了的东西。假如希拉里认为母亲应该对此负责的话，那她也隐藏得很好。藏在一层层温和的言语下面，藏在她咖啡广告一般细腻的声线里，藏在她紧张不安的失神里。

我第一次说起自己要回伯克郡，终于准备好接受必需的治疗的时候，她们两个走到了一起，携起手来支持我。母亲开车把我从曼彻斯特接回了伯克郡。对于一个像她这么神经质的司机来说，这是一段很长的路，但她并没有抱怨。我很高兴我们在高速公路上的时速只有五十五英里，在这五六个小时的车程里，我大部分时间都用双手捂住了脑袋。她把我带到了希拉里的家，我从小长大的那栋屋子里。她每天都来看我，用很轻的声音跟昔日的好友聊着天，不时向我投来一瞥，触碰着彼此的手臂，无声地表示同意。

　　莎拉在接受照料的时候，或许她们俩都需要一个新目标。或许我就是那个新目标。所以她们常常会一起带着我去诊所，而我则闭着眼睛，一边喘气，一边像念咒语似的说着："哦该死，哦该死。"

　　采用音乐疗法是母亲的主意。

　　把治疗期间创作出来的那张专辑寄给我从前的唱片公司，则是希拉里的主意。

　　我并没有痊愈，我还是很难应付城镇、购物中心、超市，类似的地方多得写不完。成群结队的行人好像一团乱麻，户外的空气也能让我感觉窒息。惊恐发作的时候，我还是会相信，如果不在天黑之前正好走完一万步的话，我就会没命。不过每次发作的时间间隔变长了。我已经准备好再次成为那个坚强的人了。

　　"好了，我们到了。"我说着，把莎拉的行李从后备厢里拿了出来，和她一起慢慢走上了门前的那条小路，"我们的新家。"

　　她站在那儿，凝视着前门。

　　"就我们两个人。"我说。

　　"就我们两个人。"姐姐附和着说，一边缓缓地握住了我的手。

唱片《只是永远》

（词曲：萝宾·马歇尔，卡勒姆·格兰杰）封套内文

　　我并没有亲手写下这些词句，也没有凭空想出这些旋律。这张唱片的核心，是我这辈子拥有过的最好的朋友、我唯一认识的那个弟弟所创作出来的。

　　多年以来，我都无比恐惧，不敢去听他留给我的样带，不敢去看他如此精心写下的文字。去听，去看，就是去承认他身后所留下的那个缺口。那庞大的缺口将我吞了个彻底。

　　是靠着姐姐抓起我的手，把手臂扭到我的背后，才终于逼着我能够好好地去对待这些回忆。我希望你们喜欢这些由我弟弟开头，又由我完成的作品。不过假如我说不管你们喜不喜欢都无所谓的话，也希望你们不要生气。

　　永远太遥远，无法藏在回忆里，无论是好还是坏。所以这些就是我们的永远：她的、他的和我的。

　　致我的姐姐和弟弟，致永远。

致谢

在向许许多多需要感谢的人致谢之前，有一件我非常想让读者知道的事情要说。

在《我不存在的曼彻斯特》当中，有一些非常难以面对的、非常需要谨慎对待的场景和人物体验。我希望大家明白，对于每一幕场景和体验，我都苦苦思索，极其希望能够体恤和尊重那些受到自杀、亲人分别、性侵犯、流产以及精神问题影响的人。

此时此刻我也想要在这里提及一家慈善机构，CALM[1]——抵制悲惨生活运动。他们开展了非常有价值的工作，想弄明白自杀的男性为什么会占到所有自杀人群的 76%，以及为什么自杀会成为英国 45 岁以下的男性最为主要的死因。他们也正在为降低这些人群的自杀率付出艰辛的努力。倘若读者有兴趣进一步了解，请访问他们的网站。(www.thecalmzone.net)

现在该说谢谢了，每写一本书，需要致谢的人就增加一些。

感谢渡鸦出版社（Corvus）无与伦比的团队——尤其是我那位

1　CALM，全称为 Campaign Against Living Miserably。

优秀的编辑莎拉·奥基芙，她的见解对这本书带来了不可估量的影响。同样特别感谢弗朗西斯卡·里卡迪，她真的是一个非常可爱的人，路易斯·卡勒姆（我们会想你的），艾莉森·戴维斯，露西·霍金斯以及妮基·沃德——不过说真的，那里的每一个人都太出色了。我不可能指望找到比他们更加才华横溢的爱书人来为这本书努力工作了。

感谢美国巴兰坦图书的每一个人。尤其要对我可爱的新编辑茱莉亚·马奎尔致以诚挚的谢意，她的热情和批注给我带来了几天的连夜修改和许多许多的改进。

同样也谢谢世界各地正在发行《我不存在的曼彻斯特》译本的出版人们。

和往常一样，最深的谢意送给我勇敢无畏、鼓舞人心、无与伦比的经纪人——尼古拉·巴尔。格林尼与希顿经纪公司的整个团队都太棒了。特别要向凯特·里佐脱帽敬礼。

感谢我的父母和家人，包括我的姐姐——我发誓她不是马歇尔姐妹当中任何一个人的原型——更不用说姐夫马克还有我可爱的小天使外甥女伊娃了。

谢谢（同时也很对不起）我亲爱的孩子们。我非常爱你们。谢谢你们容忍我身在当下，心却在 20 世纪 90 年代伯克郡时的呆滞表情。

我要把这本书献给我的朋友们。在交朋友这方面我非常幸运，也深深地爱着他们每一个人，即便我是一个彻头彻尾的英国人，根本没法当着他们的面把这句话给说出来。我正在慢慢地意识到，友谊以及友谊的重要性是贯穿我所有写作的东西。而那些失去了的朋友，我也永远不会遗忘。

　　同时也献给我最好的朋友，我的勇士，我的偶像明星，假如我是阿诺德·施瓦辛格，那他就是弗朗哥·哥伦布[1]，我最爱的丈夫詹姆斯。我爱你亲爱的。谢谢你所做的一切。

1　弗朗哥·哥伦布（Franco Columbu），意大利演员，健美冠军，与同为健美冠军的阿诺德·施瓦辛格是至交。

我不存在的曼彻斯特

[英] 霍莉·塞登 著

钱思文 译

DON'T CLOSE YOUR EYES

By Holly Seddon

图书在版编目(CIP)数据

我不存在的曼彻斯特 / (英) 霍莉·塞登著;钱思
文译 . —北京:北京联合出版公司,2018.5
ISBN 978-7-5596-1718-7

Ⅰ.①我… Ⅱ.①霍… ②钱… Ⅲ.①长篇小说—英
国—现代 Ⅳ.① I561.45

中国版本图书馆CIP数据核字 (2018) 第021547 号

选题策划	联合天际
特约编辑	刘 默 王书平
责任编辑	牛炜征
美术编辑	晓 园
封面设计	所以设计馆

未读
UnRead
文艺家

出 版	北京联合出版公司
	北京市西城区德外大街 83 号楼 9 层 100088
发 行	北京联合天畅发行公司
印 刷	三河市冀华印务有限公司
经 销	新华书店
字 数	242 千字
开 本	880 毫米 × 1230 毫米 1/32 11.75 印张
版 次	2018 年 5 月第 1 版 2018 年 5 月第 1 次印刷
I S B N	978-7-5596-1718-7
定 价	49.80 元

关注未读好书

未读 CLUB
会员服务平台